I0823896

La vulnerabilidad del azar

Fernando Benavides

La vulnerabilidad del azar

Fernando Benavides

Ediciones Destino
Colección Áncora y Delfín

Bajo el sello editorial DESTINO M.R.
Avenida Presidente Masarik núm. 111,
Piso 2, Polanco V Sección, Miguel Hidalgo
C.P. 11560, Ciudad de México
www.planetadelibros.com.mx

Primera edición en formato epub: septiembre de 2024
ISBN: 978-607-39-1631-8

Primera edición impresa en México: septiembre de 2024
ISBN: 978-607-39-1573-1

Impreso en los talleres de Impregráfica Digital, S.A. de C.V.
Av. Coyoacán 100-D, Valle Norte, Benito Juárez
Ciudad De Mexico, C.P. 03103
Impreso en México - *Printed in Mexico*

Los homicidios que se relatan en la siguiente novela están inspirados en hechos reales, así como las vivencias de los agentes judiciales. Se han cambiado nombres, lugares, detalles y temporalidad para respetar la privacidad de las víctimas y sus familiares.

He tratado de revelar, más allá de una ficción, la violencia que se vive cuando la humanidad pierde el equilibrio, pero también quise reflejar la vida del policía, las dificultades, la complejidad de los casos, su lenguaje, su convivencia y las emociones a las que se enfrentan; a ellos, en especial, les dedico este trabajo por confiar y compartir sus experiencias.

Con este libro espero hacer un poco de justicia en los horrores que se viven en las ciudades de la muerte.

Fernando Benavides

Para Gretel

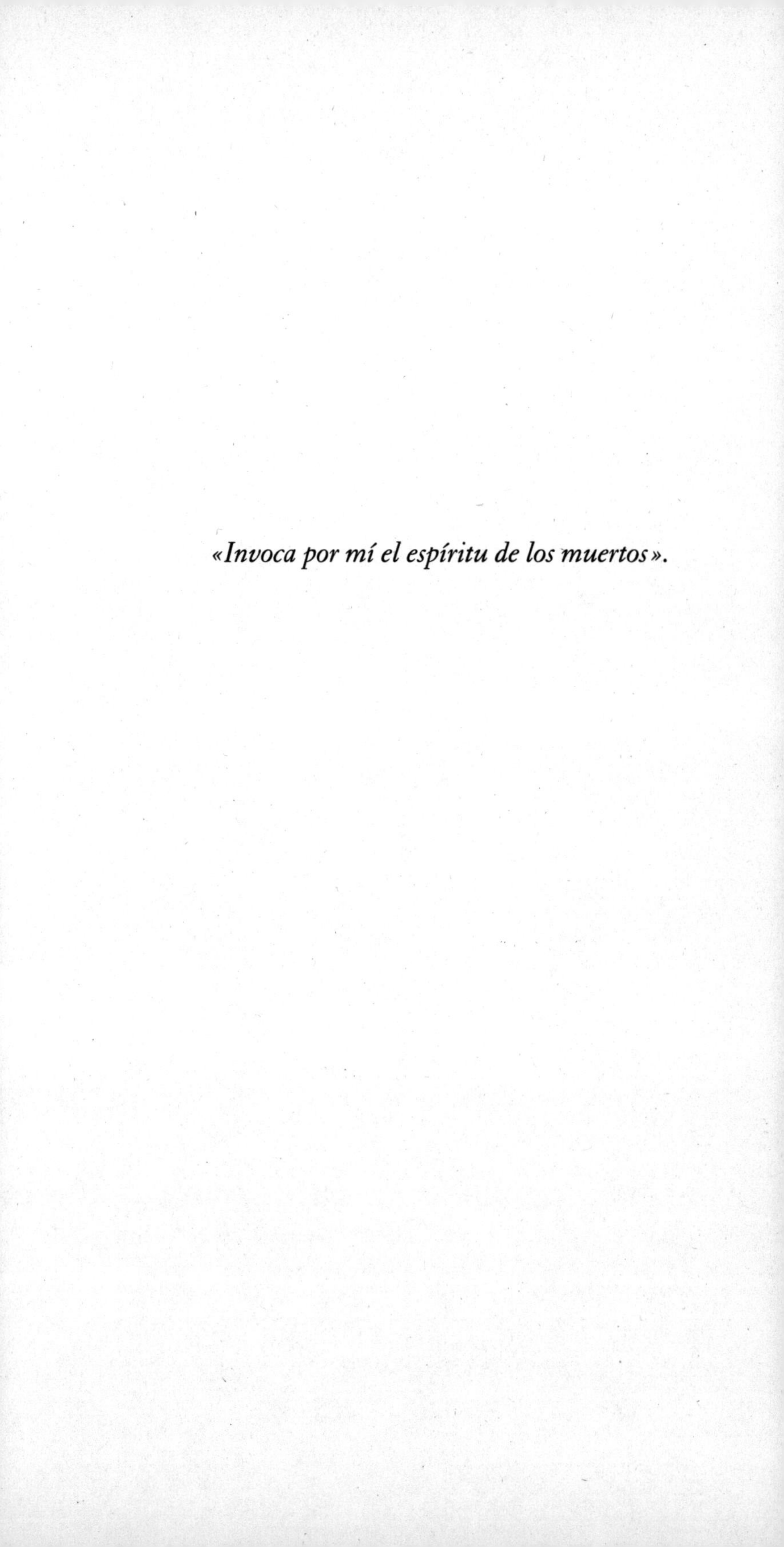

«Invoca por mí el espíritu de los muertos».

Hay cierta oscuridad
que encuentra propósito en mi estómago
en mis ojos y mis manos.

Hay cierto silencio que no responde
ni grita
ni escucha
ni llora.

Hay cierto miedo
que dentro de mí
no encuentra sino un vacío
que nunca se llena.

Hay desde hace tiempo
una oscuridad creciente
en la que transito,
que no es correcta,
pero es real
y no es recta, pero me abraza
me cubre y me alienta a seguir.
Es esa oscuridad en mi estómago

y mis ojos
que no tiene palabras ni juicio.

Soy oscuridad con un propósito
y un momento que no encuentra final.*

* [Transcripción de los escritos encontrados, presentados como prueba documental por el Ministerio Público y rechazados por el juez por no encontrar relación directa con los hechos denunciados].

PARTE I

I

El clima del municipio de Lerma es noble con sus habitantes; el sol y las lluvias se distribuyen generosamente a lo largo del año; las plantas crecen y los animales aún encuentran refugio en los parajes. Los cerros y las montañas están arbolados y el cielo se conserva azul. Los poblados están separados unos de otros de modo que hay pocos conflictos entre ellos, aunque a últimas fechas han aumentado los accidentes viales en las carreteras que los unen, sobre todo de autobuses de pasajeros y camiones que transportan grandes troncos para la industria maderera conduciendo a exceso de velocidad, pero, más allá de eso, la gente opina que ahí no puede ocurrir nada malo.

La carretera de El Charco en Atarasquillo, Lerma, tiene una desviación apenas visible que atraviesa uno de sus cerros; esta desviación es de doble sentido y no existe ninguna línea que marque la división entre carriles. En algunos puntos el pavimento aparece quebrado y pequeñas piedras sueltas rellenan la superficie. En las curvas los árboles amenazan con obstruir el paso, pero en la mayor parte del recorrido, resulta evidente que el camino es poco transitado.

En el kilómetro 7, a la altura de San Lorenzo, se encuentra una vuelta cerrada y, una vez que sales de ella, se asoma un pequeño terreno baldío cubierto de tierra limpia sobre el que se levanta una sencilla construcción de tabicón. Son sólo dos habitaciones sin techo; las paredes están apenas terminadas. El lugar fue pensado para locales comerciales, pero hoy la construcción se encuentra en obra negra y no hay intenciones de retomar el proyecto.

A la orilla se puede ver una alcantarilla de concreto destinada al drenaje público, pero sin conexión a la infraestructura de desagüe; es de una circunferencia gruesa y considerable, de hecho es tan grande que bien podría caber el cuerpo de una persona.

La alcantarilla no tiene colocada la tapadera; sin embargo, los vecinos han obstruido la abertura con una llanta de carro para evitar accidentes.

El miércoles 8 de octubre de 2003 fue un día soleado, la luz de la mañana se reflejaba en el pavimento y el viento se abría paso entre la hierba. El mismo viento golpeteaba un pequeño cartel de plástico colgado en un poste de luz, y el sonido del aire contra el anuncio era lo único que se escuchaba. Aquel era un lugar tranquilo.

Los pobladores del lugar no son muchos. Tres casas al pie del cerro albergan a las familias Perdomo, Acevedo y Escalante, que han habitado ahí desde hace veinte años; llegaron cuando el municipio pavimentó el camino y fue posible construir con mayor facilidad. Nadie más ha querido mudarse al lugar.

La familia Acevedo está integrada por el señor Fortino, su esposa, María Lucila y sus dos hijos: Mario y Manuel.

Pese a su avanzada edad, desde hacía siete años la señora Lucila laboraba como empleada doméstica en la colonia Guadalupe Victoria, sus dos hijos estudiaban en el turno vespertino y en ocasiones ayudaban como peones en la finca «Los Quebrachos».

Ese miércoles doña Lucila salió de su casa pasadas las diez y media de la mañana; consciente del retraso caminó apurada hacia la carretera para esperar el transporte que la llevaría al trabajo. El camión levantaba pasaje en el terreno que cruza la calle de su casa y fue ahí donde se paró como acostumbraba cada mañana.

Al principio no hubo nada que llamara su atención, todo parecía conservar el mismo orden estático en el que las cosas siempre solían estar. Cuando observó con mayor detenimiento la coladera del drenaje, se dio cuenta de que la llanta que la tapaba no estaba en su lugar, y algo más, la tierra parecía estar salpicada de una sustancia roja y espesa.

Al ver el drenaje se molestó; siempre debía estar tapado para impedir que alguien cayera al caminar. Fue hasta donde se encontraba la llanta y, aun con la molestia de su reciente operación —en la que le reemplazaron parte de la articulación de la cadera—, la cargó haciendo un notable esfuerzo. Regresó adonde vio las manchas rojas; no supo de qué eran y se acercó más; al enfocar la mirada se espantó y su primera reacción fue aventar la llanta.

Después siguió el rastro y se encorvó para comprobar si lo que estaba en la tierra era lo que ella pensaba: sangre. Hipnotizada por la curiosidad, avanzó paso a paso, no pudo evitarlo. El camino carmesí terminaba en las puertas de la construcción y Lucila se dio cuenta de que uno de los accesos no tenía los tablones que lo tapaban. Su primera reacción fue asomarse; dentro vio tirado un bote de aceite automotriz y tiras de tela color naranja, amarilla y blanca regadas por el suelo, poco más allá distinguió el cuerpo inerte, completamente desnudo, de una persona quemada; no se movía.

—¡Dios de mi vida... Dios de mi vida! —gritó doña Lucila y se santiguó caminando hacia atrás hasta caer de espalda; entonces se incorporó, chiquita como era y, corriendo lo más rápido que le permitía su maltrecho paso, fue a su casa para contarle a sus hijos lo que acababa de ver.

Sus familiares no le creyeron. La señora se expresaba con más miedo que certeza, por lo que sus hijos fueron hasta la construcción para cerciorarse de lo que habían oído, pero no se atrevieron a entrar, bastó la sangre sobre la tierra para convencerse;

entonces llamaron a la policía, diciendo que había «un cuerpo al costado de la carretera».

La central de emergencias se comunicó con la Dirección de Seguridad Pública, quienes ordenaron al policía municipal Ernesto Martínez que se dirigiera al lugar donde reportaban a una persona al parecer muerta. Él sería el primer respondiente. A las 11:45 a.m. se presentó a bordo de la patrulla GE 14 y confirmó lo dicho: una persona fallecida, aparentemente quemada, yacía en el lugar.

El policía informó a la Delegación y se quedó a resguardar el lugar; acordonó el área para impedir que se contaminaran los indicios y esperó a que los diferentes peritos arribaran para levantar el cadáver.

Media hora después llegó al lugar la habitual unidad cargada de elementos: del Ministerio Público Vargas y su secretario, el médico legista Márquez Rua, el perito en criminalística Gallegos Torres, los camilleros, y los agentes Zapata y Moreira por parte de la Policía Judicial.

Los peritos ingresaron al cuarto en construcción, seguidos del licenciado Vargas y su secretario, pero el lugar era pequeño y no cabían tantas personas, así que se turnaron para realizar el trabajo.

Recolectaron la botella de aceite, los fragmentos de tela y una soga que parecía estar unida entre sí; más adelante se encontraba el cuerpo de una mujer con las manos atadas por delante. Estaba desnuda, sólo llevaba puestas unas botas y se encontraba acostada en posición de boxeador, con los brazos flexionados hacia el pecho. Tenía calcinada la mayor parte de la cara, los brazos y las piernas.

Minutos después entró el agente Zapata; como el lugar no tenía techo, el sol le dio de lleno en la cara; era incómodo, pero ofrecía una iluminación completa.

—¿Qué opina, licenciado? —preguntó Zapata al perito—, ¿aquí la mataron?

Gallegos Torres sabía que era pronto para tener esa conversación, todavía no se podía concluir nada, había que tomar muestras y observar las marcas del cuerpo en la plancha de la morgue, realizar la necropsia, pedir los informes periciales de Genética Forense y otros más. Le molestaba que le preguntaran antes de rendir su informe, pero entendía que los judiciales debían comenzar su trabajo desde ese momento, por lo que se aventuró a dar una respuesta.

—No, no creo, para empezar hay un recorrido de sangre afuera que viene desde la coladera, y marcas de arrastre. Lo que sí puedo adelantarte es que en este lugar le prendieron fuego al cuerpo, pero no la mataron aquí. Si me lo preguntas, este sitio no corresponde a los momentos finales ni últimos previos a su deceso.

—Entonces la arrastraron hasta acá, pero ya estaba muerta —dijo Zapata.

—Mira la mancha de quemazón en el suelo —el perito señaló el piso negruzco—, todavía está caliente, si mueves la tierra hasta sale humo. —Y se agachó para tocar las marcas del fuego extinguido.

—Pero si la trajeron hasta acá, supongo que debieron llegar en automóvil...

El judicial salió corriendo, pasando por debajo de la cinta amarilla que acordonaba el lugar con la leyenda «Policía. No pasar», pero se dio cuenta de que no tenía sentido; para ese momento ninguna huella de la noche anterior quedaba en la tierra, sólo estaba el rastro de las llantas de patrullas, ambulancias y las decenas de nuevas pisadas estampadas en el suelo. El terreno había perdido su valor probatorio.

—¡Chingada! —se maldijo—, si seremos pendejos; a ver si Moreira no me pone un cague cuando se entere.

Al momento en que eso ocurría, el agente Moreira interrogaba a doña Lucila sobre lo que había visto y le insistía en hacer un esfuerzo para que recordara algún detalle que sirviera para dar con el homicida, lo que sea, cualquier cosa fuera de lo normal: una persona ajena a la comunidad deambulando la tarde anterior o ruidos extraños; pero la señora no quiso hablar. Estaba sorprendida, llena de angustia y al final quedó muda del susto; por más que se le insistió, ella se recluyó en la negación. Hay situaciones de las que la gente no habla, no porque no recuerden, sino porque temen regresar al momento de su impresión, y se protegen en la seguridad del silencio.

—Si serás pendejo, Zapata —dijo Moreira cuando bajó a la construcción para inspeccionar el cadáver.

—Ya sé, pero de todas formas fuimos los últimos en entrar; primero llegó el policía y después se nos adelantaron los peritos —respondió tratando de defenderse.

—Si serán pendejos todos.

El agente entró a la construcción, agachándose más que el resto por debajo de la cinta amarilla; su cuerpo robusto no era muy ágil, además, a sus cincuenta y dos años la espalda comenzaba a darle problemas, ya de por sí se cansaba sólo de estar sentado en la delegación. Como sea hizo un esfuerzo e ingresó sorteando la cinta.

Antes de que subieran el cuerpo a la camilla, los agentes pidieron que los dejaran unos minutos a solas junto al cadáver para estudiar el lugar, pero no había mucho que investigar en un local vacío de unos ocho metros cuadrados, de cualquier manera lo intentaron.

—No me habías dicho que también estaba amarrada de los pies.

—Cómo te voy a decir eso si estabas con la doña allá arriba.

Alrededor del cuerpo vieron la marca de la quemazón, era un aura tiznada.

—¿Ya te dijo Gallegos Torres cómo la mataron? —preguntó Moreira poniendo atención en el brazo calcinado del cadáver.

—No, ya sabes cómo es, no quiere decir nada antes de hacer la necropsia.

—Pues tiene razón.

—Sí, pero cómo le gusta hacerle a la mamada.

—¡Bueno, ya llévensela, chavos! —le gritó el agente a los camilleros que esperaban afuera bajo el rayo del sol.

Cuando los camilleros levantaron el cuerpo, éste se les resbaló de las manos y cayó nuevamente al suelo dando un fuerte golpe. Primero lo habían sujetado de los brazos, pero al tomarlo de las piernas, éstas se doblaron como si fueran de hule.

—¡Ay, cabrón!, tiene las piernas rotas —exclamó el camillero al que se le resbaló el cadáver; los demás fijaron la vista en las pantorrillas de la mujer para cerciorarse.

—¡Tiene rotas las dos! —dijo Zapata, comprobando con sus propias manos las fracturas de la tibia y el peroné.

—Puta madre… —Moreira pudo ver los huesos que se abultaban bajo la piel.

Por un momento todos se quedaron pasmados viendo el cuerpo; tenía los dedos de las manos hinchados y los de los pies regordetes y negros, mientras que el resto de la piel era rojizo, resultado del fuego que la carbonizó.

El silencio se prolongó hasta que los camilleros se agacharon y sostuvieron a la mujer, ahora de los muslos y hombros, y así la subieron a la camilla. Al momento de cargar el cuerpo se desprendió un pedazo de plástico de la piel del cadáver, a la altura de la cadera derecha: era una cartera de plástico. El homicida había echado el objeto al fuego para destruirlo, pero el peso del cadáver había impedido que las llamas lo consumieran.

—¿Es una cartera? —preguntó Zapata, incrédulo y asombrado.

—¡Ah, chingá!, ¿a ver? —dijo Moreira, levantando el objeto de una esquina.

—Sí —se apresuró a confirmar su compañero—, o es de ella, o es del asesino, o al menos de un conocido.

Zapata tomó la cartera por los dos extremos y la abrió, por dentro era beige y estaba quemada en la orilla, pero aún conservaba algunos documentos que apenas se habían ahumado.

—Eso es una credencial, ¿no? —murmuró Moreira al ver lo primero que se asomaba.

Lo dijo con la esperanza de haber conseguido un buen indicio para dar con el homicida, pero con la resignación del que ha perdido numerosos casos confiando en pistas falsas. A esa altura de su vida no se podía dar el lujo de creer en las casualidades, aunque muchos de los asuntos importantes se resolvían así, por casualidades, bien lo sabían ellos. Hay quien dice que es la suerte del policía, y otros creen que los casos buscan la forma de resolverse solos.

—Pues sí —respondió Zapata—, es una credencial.

Moreira no esperó una opinión más detallada; sabía que debían entregar la cartera a los peritos, aguardar pacientemente y ver qué información arrojaba, pero por lo pronto colocó la mano en el hombro de su compañero y le dio unas palmaditas.

—Vente, compadre, ya tenemos por dónde empezar —le dijo y salió del local de mejor humor.

Zapata, aún dentro de la construcción, achicó los ojos para estudiar la credencial de plástico, carbonizada por las orillas. Era una identificación en la que no se alcanzaba a entender el nombre o procedencia. Se aventuró a abrir un poco más los pliegues a sabiendas de que se podía romper y comprometer el objeto, pero no le importó, siempre fue impulsivo; varios castigos y arrestos daban cuenta de ello. En uno de los pliegues internos encontró una hoja de papel rosa, doblada con varios mensajes manuscritos. «Para la mejor supervisora del mundo». «Siempre sonríe». «Mucha suerte en tu nueva aventura», las frases estaban escritas con varios tipos de letra.

—A lo mejor la cagamos perdiendo las huellas de las llantas —dijo Zapata para sí mismo—, pero siempre hay alguien más pendejo.

Salió del cuarto y vio a su alrededor, el aire era limpio y olía a campo; los vecinos no darían más información sobre el cuerpo quemado, temiendo por su seguridad; pero al menos tenían una primera pista, y era buena.

El sonido del cartel de plástico fueteado por el viento seguía, pero en ese momento no era lo único que se escuchaba, también estaban presentes las conversaciones derivadas del homicidio; era la plática de la muerte.

Zapata caminó hasta su automóvil, abrió la portezuela y se subió, adentro lo esperaba Moreira, prendió el motor y se alejaron.

Lerma es un lugar noble con sus habitantes, el sol y las lluvias se distribuyen generosamente a lo largo del año, las plantas crecen y los animales encuentran refugio en las montañas. Lerma también es el paraje donde aconteció una muerte solitaria.

II
Cynthia

Cynthia Alvarado tiene veintiún años, es de complexión mediana, más robusta que delgada, sonrisa ligera y mirada tranquila. Su cabello es largo y castaño, y regularmente lo peina en trenza. Es de rostro afilado y nariz aguileña. Lleva tatuadas en el hombro tres delgadas flores entrelazadas a la luna que bajan hasta mitad de su brazo.

Desde hace tres años trabaja en una tienda de autoservicio; es responsable y ha demostrado su capacidad durante todo ese tiempo, por eso ha alcanzado el puesto de supervisora en el departamento de electrónica. No pudo entrar a la universidad terminando la preparatoria, debido al limitado cupo que tiene la UNAM para escuelas no incorporadas, pero no ha perdido la confianza; desde ese primer año ingresa puntualmente sus papeles en cada ciclo escolar esperando alcanzar un lugar. En 2003 recibe la notificación de que ha sido aceptada.

Quiere estudiar Psicología y al enterarse de la noticia se llena de alegría y su mente vuela hacia el futuro y sus nuevas posibilidades. Se lo comenta a su novio, Luis, con quien ha estado saliendo desde hace un año; le pide que vayan juntos a Ciudad Universitaria para terminar los trámites; él comenta que no puede acompañarla, pero le propone pasar a su trabajo para celebrar con un helado afuera del centro comercial.

Para ese momento Cynthia ha presentado su renuncia; en el trabajo se alegran por su ingreso universitario, incluso sus compañeras le entregan una carta en papel rosa donde escriben diferentes mensajes de agradecimiento y motivación.

A las cuatro de la tarde se encuentra con su novio; Luis apenas tiene tiempo, debe regresar al trabajo y no puede acompañarla, de modo que la cita dura pocos minutos. Cynthia le dice que no se preocupe, ella puede ir sola, si se apura tomará un taxi y con suerte llegará a tiempo a las oficinas administrativas de la universidad para entregar sus papeles, y es ella quien paga el helado; recibió su finiquito y por el momento tiene algo de dinero. A las cuatro y media de la tarde se despiden y quedan de hablarse en la noche.

Cynthia viste un mallón amarillo y usa el chaleco del trabajo, que es anaranjado, con motivos verdes y blancos.

Ha llovido durante todo el día, por lo que encontrar taxi no es fácil; es una ciudad grande y hay pocas unidades disponibles; podría usar el camión o el metro, pero el traslado sería largo y al rodear llegaría tarde a las oficinas administrativas de la escuela.

Es una tarde llena de lluvia, pero carente de relámpagos. Los charcos desbordan los baches de las calles y la gente evita las banquetas para no ser salpicadas por el paso de los automóviles.

Cynthia se aventura a la avenida buscando transporte, pero no tiene suerte. Avanza más adelante, apresura el paso caminando en paralelo a un puente que se eleva sobre ella. La llovizna arrecia lo suficiente para que el trayecto sea molesto. Las gotas acumuladas ya escurren por su frente y mojan sus cejas; caen por pequeños surcos sobre su piel hasta mojar todo su rostro. Se detiene justo debajo y a la mitad del puente; es un lugar solitario donde los puestos de comida han cerrado debido a la lluvia y las personas pasan distraídas. Las nubes han tapado el sol.

Cynthia cree que no va a llegar a tiempo y se desespera; entonces una camioneta tipo Van se detiene enfrente, es vieja, de color café; ella no presta atención, está metida en sus propias preocupaciones. No se percata de que el hombre que la conduce se baja y se acerca; quizá está perdido y le quiere preguntar alguna dirección o necesite cerciorarse de que una llanta no esté baja.

El sujeto se pone a su lado; ella usa el bolso para cubrirse del aguacero, ahora sí intenso. Él abre la puerta lateral de la camioneta y la empuja al interior en un movimiento rápido y fuerte. La joven no alcanza a entender nada; su cuerpo cae justo dentro, entonces el sujeto se mete con ella y la golpea en la cabeza. Sólo hay confusión, y un olor a humedad le invade los sentidos. No grita ni mete las manos, no sabe qué pasa. Su realidad se sacude. Siente cómo le tapan la boca, se aturde mientras recibe más y más golpes. El sonido metálico de la lluvia que repiquetea sobre el techo de la camioneta es lo único que distingue, hasta que finalmente pierde el conocimiento.

Despierta, pero no sabe cuánto tiempo ha pasado; sigue dentro de la camioneta que está detenida. Supone que no se encuentran en el mismo lugar, ni bajo el puente o cerca de su trabajo, pero no puede tener certeza de nada porque al interior todo está oscuro. Hay rupturas en su percepción y tiene pensamientos desolados. No grita porque la cabeza le duele; siente los oídos reventados de tantos golpes que ha recibido, sobre todo a la altura de la nuca; sólo entonces siente miedo. Abre los ojos aún más, pero no se aclara nada. Usa las manos para tentar lo que hay alrededor, intentando comprender, lo único que siente es el frío metal del piso; gatea y palpa los relieves donde deben de estar las llantas. Por instinto busca la puerta, pero no hay manija dentro, o al menos no la encuentra. Se arrastra hasta el fondo cuando escucha un ruido; pocos segundos después la puerta se abre, apenas alcanza a ver afuera; no hay luz, ha anochecido.

El ruido de la portezuela recorriéndose es seguido por el del mismo sujeto quien entra nuevamente y se coloca a su lado, sólo para volver a golpearla; ella se cubre, pero no sirve de nada, se lamenta y solloza, luego él ordena que se calle.

—Pinche vieja puta, encuérate —le dice con una voz firme y molesta.

Cynthia ya no puede responder ni a la orden ni a la defensa; su cuerpo está paralizado.

Es arrastrada hacia la puerta de la camioneta, pero no la sacan del vehículo, sólo la orillan para poder manipularla con mayor facilidad. Cynthia recibe una primera puñalada. Alcanza a sentir el filo del cuchillo con el que repetidamente es herida en el brazo; se cubre con la mano, pero sólo consigue que los navajazos le corten la piel de los dedos.

—Te voy a pegar el sida —le dice él y se monta sobre ella.

El sujeto le baja el mallón amarillo, junto con la ropa interior. La avienta de nuevo dentro de la camioneta y la toma del cuello con la mano derecha, apretándolo, y con la mano izquierda la somete. Le quita toda la ropa y abusa de ella; los movimientos de la violación son de fuerza excesiva; continúan por un lapso de cinco minutos, sin que Cynthia pueda resistirse, se encuentra despersonalizada, su mente ya no está ahí, pero después del acto comienza a llorar.

—Déjame —susurra entre lágrimas una y otra vez. Su cuerpo es un guiñapo, pero comienza a recobrar algo de control y conciencia.

—No te voy a dejar hasta que me digas que sientes bonito —le responde y continúa abusando de ella.

Entonces Cynthia trata de defenderse; encuentra fuerza en el abandono y logra zafarse, en ese momento sólo tiene puestos los zapatos. Logra empujarlo y corre, pero sus fuerzas están colapsadas y el lugar es oscuro. Se percata de que está en el bosque o en un paraje distante de la ciudad; no llega lejos porque su agresor no lo permite, la derriba y forcejean de nuevo en medio de ese campo de sombras. Él pierde la paciencia, ya no necesita su cuerpo y le encaja el cuchillo, en esta ocasión en el estómago; Cynthia no alcanza a levantarse. Ha sido demasiado.

Luego el violador se dirige a la camioneta y saca una maleta que está debajo del asiento del copiloto; la abre despacio, el sonido del cierre se mezcla con el cantar de los grillos y las cigarras. Busca dentro de la maleta entre varios objetos y extrae un mazo. Regresa y golpea las piernas de la mujer hasta cansarse; lo hace para saber cuánta fuerza se requiere para romper un hueso humano. A ella no le quedan muchos lamentos en la garganta. Son las 10:15 p. m.

No pasa mucho tiempo para que la joven pierda el conocimiento por completo y, poco después, la vida. Pero antes de que eso suceda él alcanza a cargarla y meterla dentro de la camioneta; ella, con la poca fuerza que le queda, adopta una posición fetal, cubriéndose el estómago, y así es como muere, adoptando una última defensa a su vejación.

El hombre se cerciora de que la mujer no se mueva más, sólo entonces sube en el lado del conductor y maneja sin rumbo. Durante el trayecto trata de recordar algún lugar donde pueda deshacerse del cuerpo, pero no puede pensar claramente; el golpe de adrenalina que le recorrió la sangre lo ha dejado exhausto, de hecho, no puede conducir muy lejos, los ojos se le cierran, los brazos le tiemblan y decide estacionarse cerca de donde cometió la violación y el asesinato.

No hay nadie alrededor y seguramente nadie vendrá, está suficientemente lejos de la ciudad. Maneja por un sendero y se detiene entre los árboles, apaga el motor, prende la luz del interior y vuelve a asomarse a la parte trasera; observa el cuerpo de Cynthia que tiene los brazos flexionados; sólo está ella y un recipiente con aceite que usualmente lleva para el automóvil. Inclina el respaldo de su asiento y al poco rato se queda dormido.

Se despierta en la madrugada; una especie de resaca lo invade; es la abstinencia de adrenalina. Su primera reacción es observar a su alrededor, cerciorarse de que no haya nadie; una vez que se da cuenta de que está a salvo, conduce lo más lejos que puede antes de que amanezca por completo. Toma la autopista; las luces provenientes de los automóviles en sentido contrario se le presentan como resplandores estrellados que lo deslumbran. Decide tomar el camino hacia Lerma, y así continúa hasta que dan las cinco de la mañana. No hay nadie en la carretera. Se cruza con un camino alterno y decide tomar la desviación. Siete kilómetros después, encuentra una construcción en obra negra, aparentemente sin casas alrededor. Detiene la camioneta y apaga las luces; desciende y echa un vistazo: no hay nadie.

Regresa al vehículo más tranquilo. Abre la puerta e intenta sacar el cuerpo desnudo de Cynthia, que ya comienza a presentar rigidez cadavérica, por lo que le cuesta trabajo moverlo. Piensa en la manera más fácil de sacarlo y se quita el cinturón, con el que le amarra las manos, y usa una cinta de la ropa de Cynthia para atarle los pies.

Empuja el cadáver hasta bajarlo de la camioneta y lo arrastra por la tierra. Es más pesado de lo que creía, y ahora, sin adrenalina en su sangre, moverlo le resulta casi imposible. Escucha el sonido de la grava mientras la arrambla, entonces ve una coladera abierta a unos metros de distancia; el boquete es lo suficientemente grande para aventar el bulto dentro; sólo hay un neumático encima que lo cubre. Suelta el cadáver y camina hasta la coladera, toma la llanta y la avienta; ésta rueda unos metros por la terracería y después cae sobre su costado, levantando una incipiente nube de polvo. Regresa y arrastra el cadáver, pero al intentar empujarlo dentro de la alcantarilla se da cuenta de que está construida a medias y no tiene conexión al drenaje.

Se desespera, ha estado ahí mucho tiempo; es cuando alza la mirada y se fija en la construcción. Tiene las puertas tapiadas, pero la madera no está bien montada, con apenas un jalón logra zafarlas. Respira aliviado; siente el aire frío en sus pulmones. Retoma fuerzas para llevar el cadáver adentro, pero antes de entrar a la obra se rompe el cinturón con el que amarró a su víctima. Hay un escalón que le dificulta el acarreo. La empuja de la espalda y las caderas... nada; se pone al frente y la jala de la cabeza y los cabellos, logra un movimiento aún más inútil. Finalmente la arrastra jalándola de las piernas fracturadas, haciendo del cuerpo de Cynthia un desastre.

Por dentro la construcción no tiene techo; es apenas un cuarto, pero le sirve. Se vale de un último esfuerzo para ir por el aceite para automóviles, abre el envase y vacía el contenido por todo el cuerpo de la joven. El olor de la sustancia invade el lugar.

Antes de prenderle fuego regresa a la camioneta y saca la ropa que antes desgarró; sin saber ni buscar qué contenían los bolsillos. Finalmente se inclina, coloca las prendas sobre y bajo el cuerpo y les prende fuego. Todo arde hasta penetrar la piel del cadáver.

El humo comienza a hacerse denso, produciendo más llamaradas de las que imaginó; entonces se asusta, eso podría llamar la atención a la distancia. Aprenderá de esta lección para más adelante, se deshará de los cuerpos de otra manera.

Antes de abandonar la pequeña construcción, asoma afuera la cabeza, pero el lugar permanece tan solitario como a su llegada; sube a la camioneta y se aleja lo más rápido posible. Toma camino arriba, en dirección a Guadalupe Victoria.

Pasarán seis horas antes de que una señora, de nombre Lucila, salga de su casa camino al trabajo. En todo ese tiempo el cuerpo de Cynthia se consumirá hasta quedar hinchado y negruzco, y las llamas se avivarán por el viento que se cuela entre los tablones.

Cynthia fue la primogénita de los muertos.

III

Si ese era el final de la historia de Cynthia, era apenas el inicio para Moreira y Zapata, el caso que cambiaría su vida. Judiciales con años de trayectoria, acostumbrados al frenético ritmo del policía. Su trabajo consistía en entregar oficios, investigar robos, buscar desaparecidos, cumplir órdenes de aprehensión y presentarse al levantamiento de cadáveres cada que recibían la guardia. El historial de los agentes incluía tanto municipios de clase alta, como otros considerados por poco fuera de la ley. En algunas colonias de Cuautitlán Izcalli, Ecatepec, Tlalnepantla o Ciudad Nezahualcóyotl, la policía pensaba dos veces antes de entrar, y ése era el campo de acción de los judiciales.

Zapata describirá estos lugares —cuando se le pregunte en el futuro, muchos años después de su renuncia a la Procuraduría— como sobrepoblados, desnutridos, violentados, violados y humillados.

—¿Sabes? —dirá con melancolía, algo fatigado, hablando desde la nostalgia y cerrando los ojos, ya sin portar un arma en el cinturón—, hay lugares que necesitan mucho amparo, porque están destinados a la tibieza del gobierno y a lo rudo de la pobreza. No es un mal sitio, pero hay rincones en la ciudad donde los gritos y las agresiones callejeras ya son parte de los usos y costumbres. La gente habita casas aglomeradas donde sobreviven cada día y no hay por dónde caminar.

¿Era verdad? ¿Todo eso era la realidad de México? La visita constante del crimen a estos municipios; y las plazas donde se escurrían los sueños y se albergaba el miedo darían cuenta de ello. Pero tal certeza era lejana en 2003. Los delitos salvajes, aunque cada vez más comunes, aún sorprendían a los policías; en su cabeza había espacio para creer que aquella violencia se podía contener trabajando con esfuerzo. Quizá el desbordamiento y el cinismo de los homicidios eran tan sólo una oleada que, con la misma facilidad con la que llegó, descendería; aunque el destino de esa idea era la decepción y la resignación de que, en efecto, el país había caído en espiral y su noche sería larga.

La zotehuela de la casa del agente Moreira abarcaba apenas unos metros. Las paredes estaban atestadas de plantas y flores. Era una pequeña selva con la magnífica cualidad de otorgar tranquilidad a las noches inquietas, elevando al aire aromas silvestres.

Moreira se levantó de la cama a las cuatro de la mañana y no pudo volver a dormir. A esa hora salió al patio para regar las plantas, adelantándose ventajosamente a la salida del sol. Tener, *o pretender tener* un jardín era una costumbre heredada de su abuela, quien tenía no cuatro ni cinco especies, sino un huerto repleto de romeros, rudas, mentas y lavandas, o coronas de Cristo y violetas. Moreira hacía lo posible por mantener su jardín vivo, no era fácil, pero lo intentaba.

Afuera, en la calle, comenzaban a escucharse los camiones frenando con motor, pero el sonido aún no era abrumador; se podía decir que había más tranquilidad que caos. Sin embargo, esa vez regar y cambiar de lugar las macetas no sirvió para alejar su insomnio. Regresó a la cama donde descansaba su mujer. La vio dormir plácidamente entre sombras emitiendo un suave ronquido, más cercano al ronroneo, que envolvía la habitación. Moreira se limitó a observarla desde la esquina de la recámara y envidió su descanso. Decidió bañarse y llegar temprano al trabajo. Una hora después estacionaba su automóvil en la explanada del Centro de Justicia. La luz del sol ni siquiera se afilaba tras los cerros.

Los peculiares hábitos en las delegaciones comienzan con que no pueden estar cerradas, siempre hay personas de guardia. Entre turnos de jornadas variadas —algunos funcionarios con más días de descanso que otros—, las desveladas, las malcomidas y la gastritis compartida, crean un entendimiento entre los elementos de la Procuraduría que va más allá de la convivencia profesional. Una complicidad donde comparten historias, se sinceran en la dificultad de sus investigaciones, se acompañan en los desayunos, comidas y mal pasadas, y se apoyan durante las presiones políticas; pero también experimentan las mismas noches solitarias, sienten las madrugadas frías y reciben amaneceres revueltos de pesares.

La delegación por naturaleza es cruel. Nadie acude a esos lugares para festejar, a diferencia de los hospitales donde hay muertes, pero también nacimientos, o en los aeropuertos donde se llora al despedirse y se llora al encontrarse. No es así en las delegaciones. A esos recintos siempre se llega con un problema; por eso el ambiente es pesado, el futuro incierto y las noticias oscuras. Toda esa atmósfera se palpa en el entorno y la guardan los funcionarios en las entrañas.

Cuando Moreira llegó a las cinco de la mañana, la mayor parte de los agentes se encontraban dormidos. El silencio era casi absoluto, contrario al ajetreo que se gestaba para el mediodía. Varios trabajadores dormían sentados, con las piernas estiradas, un saco sobre el pecho y los brazos cruzados. Algunos se resguardaban dentro de sus automóviles. Al interior de las oficinas, una fila de sillas servía de cama improvisada para otros más, éstos se tapaban con cobijas que traían de su casa, porque otra particularidad de las delegaciones es que son frías, sin importar la época del año. Adentro nunca hace calor.

El agente vio a sus compañeros y optó por no despertarlos, compadeciéndose de sus posturas maltrechas. Salió a la explanada donde la luz de un faro alumbraba a un perro acostado y enroscado sobre su propio cuerpo. Dormía al amparo de una barda que impedía que el aire helado le diera de lleno. Moreira se recargó en el muro que enmarcaba la puerta de cristal, esperando a que el vendedor de café apareciera, como siempre, a las seis de la mañana.

El cafetero llegó antes de lo acostumbrado. Cargaba una dispensadora en la espalda, una suerte de mochila metálica y robusta que mantenía los líquidos calientes. Cuando estuvo lo suficientemente cerca de la entrada, reconoció al agente Moreira, indicándole con señas que se aproximara.

—¡Ah, caray!, ¿y eso mi comandante, madrugó? —preguntó a dos o tres metros de distancia y apresuró el paso hasta donde estaba Moreira apoyado en la pared.

—Ya ve, con los pendientes que no dejan dormir. —Moreira se frotó los brazos, tratando de calentarse—. ¿Usted a qué hora se levanta, don Pepe?

—¿Yo? A las cuatro de la mañana, es que vengo desde Lomas de Totolco.

—Ah, no, pues sí te queda algo lejitos.

—Pues sí, pero mire, ya estamos aquí. ¿Quiere un cafecito?

—Y si tienes un sándwich también, me vine sin desayunar.

—Es que es bien temprano, a esta hora nunca hay nadie. ¿El sándwich de pollo?

—Si tienes de queso de puerco, mejor.

Platicaron. Estaban en el limbo en el que la madrugada se acaba y la oscuridad se entrega a la mañana en una ceremonia solitaria. Un momento a solas. Un tiempo donde nada se atreve a ocurrir. Una tregua.

A las 6:15 a. m. el agente y el vendedor caminaron juntos a la delegación. Moreira entró bebiendo su café humeante. Se separó del cafetero buscando al secretario del Ministerio Público, y ahí se enteró de que no tuvieron asuntos relevantes. Había sido una jornada tranquila.

Aun con la amenaza de la mañana, las oficinas seguían oscuras y olían a cigarro. Los agentes del turno anterior escucharon entrar a Moreira y se apresuraron a entregarle la guardia para irse pronto. Cuando se aprestaban a salir, el comandante Barboza llamó a todos a una reunión.

Si las oficinas judiciales olían a tabaco, el privado del comandante tenía un olor aún más intenso. Acostumbraba a fumar puros de tamaño corona y en algunas ocasiones robustos, pocas veces lanceros. Sobre su escritorio había documentos, un cargador calibre 9 mm y un cenicero de mármol con habanos aplastados.

Con todos los agentes reunidos dentro, comentó que había recibido un oficio comunicando la salida del subprocurador Benítez, y lo más seguro era que los presionaran para resolver asuntos pendientes antes que Saldaña entrara en su lugar. Cada que movían a un directivo les exigían resultados, como si pudiera concluirse una averiguación de un momento a otro. Así que ya sabían, que no les asombrara si recibían gritos de arriba.

La reunión se alargó repasando los casos relevantes con probabilidad de llamar la atención. Cuando dieron por terminada la junta, un primer agente se puso de pie, y los demás lo imitaron dirigiéndose a la salida. Moreira también se levantó del asiento, pero Barboza lo detuvo tomándolo del brazo; esperó a que se vaciara la oficina y cerró la puerta tras salir el último.

—Oye, More, sobre esa mujer quemada, ¿qué noticias me tienes? —preguntó.

—Nada por el momento, pero si quiere le doy prioridad, jefe.

—No creo que sea nada grave, pero échale un ojito, comandante —dijo dándole una palmada en el hombro para concluir la conversación.

Quizá por la costumbre, la falta de ingenio o las predicciones gitanas, todos los judiciales se llaman unos a otros *comandantes*, aunque no lo sean.

Moreira salió de la oficina del comandante Barboza (el único con nombramiento oficial) y vio a su compañero Zapata caminando hacia él. La actividad en la agencia se había normalizado con el ruido de las voces, las sillas arrastrándose y las máquinas de escribir con el tecleo ordinario.

Zapata llegó exactamente a las ocho de la mañana. Su formación militar le arraigó una puntualidad casi obsesiva. Al entrar cruzó con paso firme el vestíbulo, repleto de sillas viejas de plástico con bordes redondeados y rotos. Los encargados de limpieza ya barrían y trapeaban las instalaciones. Algunas personas esperaban respuesta a sus asuntos, quejas o noticias de los detenidos; también se veían abogados coyoteros al acecho de clientes desesperados que cayeran en sus manos con un asunto fácil de resolver.

Una señora, de unos cuarenta y tantos años, se encontraba sentada al final de la hilera de sillas, vestía un mandil y preguntaba por su hijo; se enteró de que había sido arrestado el día anterior junto con dos cómplices por robar un automóvil Honda Civic, en la esquina del auditorio Humberto Vidal, en dirección al deportivo Las Flores. Fueron detenidos adelante del lugar donde cometieron el asalto. Habían bajado al conductor a punta de pistola y lo golpearon con un bastón de seguridad hasta romperle el brazo. Al lado de la señora del mandil se encontraba otra mujer de mayor edad, con el rostro arrugado y la vista cansada. Acudía a reportar a una persona desaparecida: su hija no llegaba a casa desde hacía dos días. El secretario del Ministerio Público se asomó al vestíbulo y le pidió que esperara su turno para ser atendida.

—¿Están listos los periciales de Márquez Rua respecto a la mujer quemada? —preguntó Moreira.

—Sí —respondió Zapata—, están ahí en el escritorio de Marcela. —Indicó con la mirada y alzando las cejas en dirección al escritorio de la asistente del comandante; eran dos oficios, uno, el informe médico de las heridas y otro, la documentación fotográfica.

—¿Ya los leíste? —preguntó Moreira.

—No, apenas llegué hace rato, pero me confirmó Márquez Rua que la mujer fue asesinada en otro lado. Sólo la fueron a aventar a la construcción y ahí le prendieron fuego.

Moreira estaba preocupado, después de la plática con Barboza sabía que el subprocurador buscaría cualquier asunto para adjudicarse méritos y salir bien parado de su gestión. Tenía el presentimiento de que el homicidio de la carretera sería conflictivo y les daría varios dolores de cabeza. Lejos de ser un simple cadáver, era una muerte afarolada para las actas de la delegación. No tenían idea de lo que se avecinaba.

—Pues vamos a ver —se dirigió al escritorio de la secretaria y tomó el expediente; no se interesó por la documentación fotográfica, pues estuvo presente en el levantamiento del cadáver.

—¿Algo nuevo? —preguntó Zapata al ver a su compañero barajar el oficio.

Antes de responder, Moreira se saltó hoja tras hoja del acta hasta llegar al apartado que le importaba, donde se mencionaba que Cynthia había muerto por una hemorragia aguda, consecuencia de una laceración pulmonar. La mujer presentaba una herida penetrante en el tórax por instrumento punzocortante, así como varias heridas no mortales en el brazo.

—Murió ocho horas antes de que la encontráramos —respondió Moreira sin disimular su pesadumbre; quizá se estaba haciendo viejo y comenzaban a afectarle más de la cuenta los asesinatos que anteriormente le parecían ordinarios—, sí, aquí lo dice: ocho horas de haber fallecido de acuerdo al denominado intervalo de la muerte.

—Y encima, todo ese tiempo desangrándose y agonizando, pobre chava —comentó Zapata; luego agregó—: ¿la torturaron?

—Pues agonizar ocho horas cuenta como tortura, ¿no?

Al poco rato se liberó el informe completo del médico legista, confirmando que Cynthia había sido violada. Al doctor le fue imposible recolectar restos de semen debido a la calcinación del cuerpo, pero de acuerdo con la exploración ginecológica, el cadáver presentaba genitales con abundantes restos de sangre seca, el clítoris edematizado y los bordes de los labios vaginales con raspones. Se concluyó que el cuerpo tenía signos clínicos de penetración reciente.

—Y ni para saber quién lo hizo —dijo Zapata al leer el reporte—, no tenemos mucha información.

—Pero sí tenemos la credencial —agregó Moreira—, ¿ya te la entregaron los peritos?

—No, pero vente, vamos a presionar. —El judicial se levantó seguido de su compañero y se dirigieron a las oficinas superiores, donde se encontraban las mesas de trámite y los servicios periciales.

El olor a papel, tinta y orines de la delegación contrastaba con el de la lejía proveniente del consultorio médico y la morgue. Subieron las escaleras de concreto que se levantaban imponentes al centro del edificio y llegaron hasta los privados de los peritos, buscando a Javier Ortega, el criminalista en turno.

—¿Tienes algo de la credencial? —Zapata le dio la mano a Ortega para saludarlo.

—¿De qué asunto? —preguntó el perito.

—De la mujer calcinada que levantamos antier en la orilla de la carretera —aclaró Zapata mientras se sentaba en la orilla del escritorio.

Ortega se levantó y caminó hacia el archivero al fondo de su oficina. Abrió el primer cajón; buscó entre varias carpetas y sacó dos bolsas de plástico, una con los restos de la cartera quemada y la otra guardaba una credencial.

—Ah, sí, ya la analizamos —dijo— y pudimos determinar que la mujer se llamaba Cynthia, pero el apellido quedó ilegible, puede ser Navarro o Alvarado. Lo que les va a servir es que la credencial es una tarjeta de empleado de la Comercial Mexicana.

Tenía sentido, ya que la Comercial Mexicana era una cadena de tiendas de autoservicio distribuidas a lo largo del país, tenía varias sucursales, una de ellas cercana al Centro de Justicia, sería cuestión de preguntar. Si ahí no encontraban respuestas, investigarían en otras sucursales alrededor de la periferia.

—Entonces Cynthia Alvarado —dijo Moreira.

—O Navarro —aclaró Ortega.

—Vámonos, Zapata, ahorita resolvemos este desmadre.

Los agentes salieron de la delegación y subieron al automóvil de Zapata —un Cougar XR7 color verde, modelo 95—; tomaron rumbo a la sucursal más cercana.

—¿Y qué tal te fue ayer en tu descanso?

—Ayer bien... más o menos, pero los otros días no he podido descansar.

—¿Por?

—Pues hay una nueva vecina que se la pasa haciendo fiestas. Hace unos días hasta llevó mariachis, pero era mitad de la semana, no me chingues; son puros escuincles pendejos que no dejan dormir.

—¿Te invitaron?

—¡Qué me van a andar invitando! Si yo lo que quiero es descansar, si no es el mariachi ponen un karaoke y se la pasan cantando pura pendejada.

—¿Qué cantan?

—Yo qué sé, de Luis Miguel.

—¿A tu señora no le gusta Luis Miguel?

—Ése no es el punto.

—Pero ¿le gusta?

—Sí, le gusta, a todas las viejas les gusta Luis Miguel.

—A mi hermana no, a mi hermana le gusta Chayanne.

—A mi vieja también le gusta Chayanne.

—¿Invitan a tu mujer?

—No.

—Pues que la inviten.

—Te digo que ése no es el punto, el punto es que no dejan dormir a nadie en toda la privada.

—¿Ponen de José José?

—Sí, pero ésas ya como a las tres de la mañana.

—A mí me gusta José José.

—A mí también, pero no me gusta cuando me obligan a escucharlo.

—¿A tu señora le gusta José José?

—¿Sabes? He estado pensando, y tengo una teoría sobre el ruido, la gente y la violencia; es una teoría que podría salvar esta ciudad…

—Pero a tu señora ¿le gusta José José o no?

—Sí, también le gusta. A ella no le molesta tanto el ruido, siempre se queda dormida y no se despierta con nada.

—¿Ni con los temblores?

—Con los temblores sí… bueno, a veces no.

—¿Tú te despiertas con los temblores?

—Sí, pero hace mucho que no tiembla fuerte.

—Fíjate que a mí me dan mucho miedo los terremotos; si tiembla me pongo bien nervioso, salgo de la casa aunque sólo traiga los calzones puestos, me pongo muy mal y me quedo varios días alterado, yo creo que es lo que más me pone nervioso.

—A mí más o menos.

—¿Qué te pone nervioso?

—Pues no sé, a lo mejor encontrar algún pariente como la chava ésta, toda quemada, con los dedos de las manos rojos e hinchados como salchichas, como los tenía ella.

—Ya te estás haciendo viejo, Moreira.

—Sí, es lo que pensaba la otra vez.

Después de esas palabras se quedaron un rato en silencio. El automóvil se rodeaba en el exterior de los ruidos de la calle: cláxones y gritos de cacharpos. El sonido de los cambios automáticos en la caja de velocidades al interior del Cougar los tranquilizaba. Era un sonido sordo, pero constante. Moreira sacó un cigarro y lo prendió; bajó la ventanilla para echar el humo afuera y le ofreció uno a su compañero, pero él no fumaba. Poco después llegaron a la Comercial Mexicana; Zapata se estacionó en el lugar reservado para minusválidos.

—No seas naco, Zapata, estaciónate allá, mira ahí hay lugar —señaló Moreira un espacio unos metros más adelante.

Zapata hizo una mueca, pero obedeció. Se echó en reversa y se estacionó donde le indicó su compañero. Moreira tenía un sentido ético enraizado, le era imposible estacionarse en la entrada de una cochera, o pasarse un semáforo en rojo, ni siquiera ostentaba ser agente de la Judicial; a diferencia de sus compañeros, no portaba visibles la placa ni la pistola.

—Eres bien portado —le dijo Zapata.

—Y tú eres bien pinche naco —respondió Moreira.

Entraron en la tienda caminando por el pasillo, hasta que llegaron a un mostrador coronado por un letrero en el que se leía: «Atención al cliente». Una señora de pelo corto, teñido de rojo y vestida con un chaleco verde escribía cartulinas que anunciaban descuentos del 15% en el jitomate bola. Era la encargada. Moreira le preguntó si conocía a una joven llamada Cynthia Navarro.

—O Alvarado —interrumpió Zapata.

La empleada los observó, visiblemente incómoda por la pregunta. Era una mujer mayor, de unos cincuenta años y se adivinaba que trabajaba en la tienda desde hacía mucho tiempo, quizá desde que la inauguraron. Era malencarada y segura de su puesto. Antes de que hiciera algún comentario, Moreira sacó la placa que lo identificaba como funcionario.

—Somos de la Judicial, señora, no se preocupe.

—Alvarado, Cynthia Alvarado —les aclaró la encargada—, pero ya no trabaja aquí, la semana pasada renunció; dijo que iba a entrar a la universidad. Todavía le tocaba venir esta semana, pero ya no se presentó, así pasa cuando renuncian, se les hace tarde por irse, cobran su liquidación y ya no aparecen.

—¿Tiene su dirección? —le preguntó Zapata.

—¿Hizo algo malo? Era buena muchacha, sólo ya no regresó a terminar su quincena, no levantamos cargos.

«Levantamos cargos», a los agentes les hizo gracia que la dependienta usara esa frase. Las personas piensan que la vida es como en las películas.

—No, madrecita, no estamos buscándola por denuncias o cargos —aclaró Moreira—, la chica está muerta y vinimos a preguntar la dirección para informarle a su familia.

El rostro de la mujer se puso blanco; tomó el gafete que colgaba de su pecho usando las dos manos y sus ojos se abrieron desorbitados.

—¿Nos puede dar la dirección, por favor? —dijo Zapata nuevamente tamborileando en la barandilla con la punta de los dedos.

En ese momento llegó otra empleada; ésta con un chaleco anaranjado, y antes de preguntar qué querían los agentes vio a la mujer temblando. La señora comenzó a llorar y se dirigió a la recién llegada.

—¡Ay!, dicen estos hombres que Cynthia está muerta, son policías.

—Agentes de la Judicial —la corrigió Zapata, y también sacó su placa, aunque no era necesario porque, a diferencia de Moreira, le encantaba hacer notar que era agente y portaba la pistola en la cintura sin disimulo—, si nos puede proporcionar la dirección de Cynthia se lo agradeceremos y ya no las molestamos.

—¿De qué murió? —preguntó la empleada.

—No podemos darle más datos; sólo venimos por la dirección para notificar a sus padres sobre la muerte de la joven.

La mujer de mayor edad se levantó, llorando pero un poco más calmada. Buscó en la papelera del mostrador. Los documentos estaban a la mano porque recientemente le habían pagado el finiquito y se los entregó a los agentes. Zapata sacó una pluma y su libreta y anotó la dirección con letra apresurada. Luego se fueron mientras las mujeres se lamentaban y llamaban a otros empleados para darles la noticia.

—Mejor nos apuramos, More, no vaya a ser que le hablen a la familia y nos entorpezcan la averiguación.

Salieron de la tienda hacia el carro apremiando el paso.

—Si me hubieras dejado estacionar aquí ya nos hubiéramos subido —comentó Zapata viendo melancólico el lugar para discapacitados.

—Son unos metros más, no seas huevón.

—¿Sabes qué no entiendo? —comenzó a decir Zapata al encender el automóvil—, que no vayas con tu vecina, le digas que eres Judicial y le baje a su desmadre y ya, a chingar a su madre.

—Sí, lo he pensado, pero no me gusta eso; de todas formas yo creo que ya sabe que soy Judicial.

—Dicen que se nota de volada que somos policías, que eso se huele, que el policía apesta.

—Sí, yo también lo creo, tenemos cara de malas personas... bueno, tú de mala persona y de naco —dijo Moreira viendo a través del parabrisas hacia la calle.

—Ay, cálmate, tú no pareces francés.

—Más que tú, sí.

Zapata no respondió, llevaba las de perder en bromas raciales. A diferencia de Moreira que era alto, robusto, casi gordo y de piel blanca, él era de estatura pequeña, moreno, cabello lacio y pelado con corte militar; se quedó con la costumbre de llevarlo así desde sus épocas en el ejército, cuando sirvió durante varios años en operativos en la selva, donde estuvo varias veces pecho tierra en senderos de mierda y lodo, esperando a que se fueran los sicarios y narcotraficantes para continuar el trayecto sin ser descubierto.

La dirección que buscaban estaba en Villa Xochitenco, cerca de la parroquia de San Pablo. Llegaron ahí en veinte minutos. El automóvil se detuvo a la mitad de la calle Pesqueros. Los agentes se bajaron del automóvil. Zapata sacó su credencial y la colocó sobre el tablero para que supieran quiénes eran y no les robaran las llantas o les dieran un cristalazo, como increíblemente les había pasado antes.

Moreira caminó hasta la puerta del domicilio y primero tocó el timbre, cuando nadie respondió, golpeó la puerta con la mano abierta, amplificando el sonido. Era una casa de dos pisos con herrería metálica blanca.

—¿Para qué tienen timbre si no sirve? —dijo.

—O a lo mejor no quieren salir.

Poco después un hombre de camisa verde arremangada y pantalón de vestir gris abrió la puerta. Moreira comenzó el interrogatorio.

—¿Usted es el señor Alvarado?

—Así es, ¿qué se les ofrece? —respondió el hombre usando un tono tosco.

—Somos agentes de la Judicial, él es el agente Zapata —respondió, señalando a su compañero con un movimiento de cabeza.

Zapata dio un paso al frente, y aprovechó para asomarse dentro del domicilio.

—Mucho gusto, señor, venimos a preguntar por su hija Cynthia, ¿sabe algo de ella?

—Pasen, pasen, no esperaba que respondieran tan rápido.

El señor Alvarado los invitó a pasar.

Los agentes se desconcertaron al escuchar esta respuesta, pero rechazaron la invitación. El señor Alvarado les explicó que su esposa había ido al Centro de Justicia a levantar un reporte de persona desaparecida justo esa mañana. Cynthia no había llegado desde el lunes 6 de octubre, y ya tenían varios días sin noticias de ella.

—¿A qué se dedica? Me refiero a su hija...

—¿Saben algo de ella? —los interrumpió el señor Alvarado, presintiendo que los agentes no habían acudido atendiendo el reporte.

—No sabíamos que su esposa estaba en la delegación, vaya, nosotros no vinimos por el reporte, señor Alvarado —confirmó Zapata.

—Pero ¿saben dónde está Cynthia?

—Mire, señor, mejor pase a su casa y siéntese, sí sabemos dónde está su hija. —Pero el señor Alvarado no entró ni se sentó, siguió parado, sosteniéndose de la puerta.

—Gracias a Dios —dijo aliviado al escuchar que los agentes conocían el paradero de Cynthia—. ¿Pero está bien? ¿Está en el hospital?

—Señor Alvarado, sentimos decirle que su hija fue víctima de un delito y perdió la vida.

El padre de Cynthia no respondió ni se asombró; se mantuvo tranquilo ante la noticia, lo único que notaron los agentes fue que se aferró al picaporte de la puerta hasta que la mano se le puso morada por la presión, sólo hasta entonces su rostro se enrojeció y se le escurrieron lágrimas de impotencia.

—¡Ese hijo de la chingada, lo voy a matar! —dijo apretando los dientes.

—¿A quién se refiere, señor? Cálmese, estamos aquí para ayudar, tranquilo, confíe en nosotros, díganos, ¿a quién se refiere?

—Fue su novio; él la mató, yo sabía que mi muchacha no estaba bien.

—¿Dónde encontramos al novio de su hija? —preguntó Zapata.

—En la Plaza Neza, el pinche mugroso ese tiene un puesto de zapatos.

El señor Alvarado estuvo maldiciendo y vociferando, amenazando con matar al novio de Cynthia, eso le llevó varios minutos hasta que lo calmaron y lo hicieron entrar en razón. Sólo entonces fue consciente de que su hija estaba muerta y una averiguación estaba en desarrollo.

Mientras Zapata lo tranquilizaba, Moreira se adelantó al automóvil, tomó la radio y dio aviso a la central de que irían a detener a Luis Alcalá, el novio y presunto asesino de Cynthia. Mientras llamaba a la comandancia, Zapata le pedía al señor Alvarado que fuera a la delegación a reconocer el cuerpo, y a darle la trágica noticia a su esposa.

Lo que no le dijo fue que su hija estaba irreconocible, y que tendrían que buscar una manera alterna de identificar el cadáver; porque para ese momento las costras que cubrían el rostro de la chica y lo hinchado de su piel quemada, la hacían verse distinta a la fotografía de la credencial encontrada.

IV

Las sillas de madera volaban de un lado a otro, estrellándose contra el piso del área de comida de Plaza Neza. Moreira y Zapata habían llegado al centro comercial para interrogar al novio de Cynthia quien, según el padre de la víctima, era el culpable del homicidio.

La plaza estaba poco concurrida entre semana, los días de mayor visita eran los sábados y domingos; además, acababa de pasar la quincena y la gente tendría que esperar para cobrar el sueldo y gastarlo nuevamente. Moreira pensó que sería buena idea llegar a la Plaza a la una de la tarde, y así lo hicieron. En cuanto entraron, los dos agentes preguntaron dónde estaba el local de zapatos que atendía Luis Alcalá, el novio de la chica calcinada, y les indicaron que siguieran derecho por un pasaje adornado con pequeñas palmeras artificiales, pasarían algunas islas de bisutería y llegarían al local ubicado al lado izquierdo del aparador de uñas postizas.

Los agentes estudiaron rápidamente el lugar con la mirada mientras caminaban por los pasillos

—una manía involuntaria usual entre los judiciales—. Al acercarse a la tienda se separaron, tratando de obstruir las posibles rutas de escape del sospechoso. Desabrocharon el seguro del cintillo que protegía sus pistolas, pero las mantuvieron enfundadas. Zapata fue quien entró al establecimiento; caminó hacia el fondo del local, cerca de la caja y preguntó por Luis. Una vendedora entregaba un zapato de tacón y hebilla dorada a una mujer sentada en los banquillos con un calcetín de fuera. La encargada de la tienda escuchó lo que decía Zapata sin levantar la mirada, siguió atendiendo, envolvió el otro par del zapato en papel de china y lo guardó dentro de una caja; preguntó para qué necesitaban a Luis; en el momento en que el agente metió la mano en el bolsillo para identificarse, un joven en cuclillas ubicado en la entrada, saltó y salió corriendo: era Luis.

Zapata volteó y se apresuró a perseguirlo. Luis, en su aparatosa huida empujó y tiró a Moreira, quien se encontraba parado afuera del local. El agente fue a dar de espaldas a las bancas del pasillo. Un dramático ruido, resultado de su cuerpo impactando contra los muebles y luego cayendo de nalgas al suelo, puso en alerta a los clientes y paseantes de la plaza, quienes cambiaron su trayecto o se refugiaron asustados en otros locales.

Zapata intentó atrapar al fugitivo en su salida, pero se tropezó con una pila de zapatos que se encontraba en el piso; luego chocó con las piernas de la señora que se probaba las zapatillas y fue a dar de bruces, golpeándose con un espejo de pies en el trayecto.

Moreira se levantó, pero su caída fue considerablemente escandalosa, era un hombre grande y el impacto fue acorde a su peso y tamaño.

Luis corrió por el pasillo, escapando.

—¡Agarren a ese cabrón! ¡Policía Judicial! —Zapata trató de reincorporarse a la persecución, viendo de reojo a Moreira, quien se levantó, pero al primer paso se dobló nuevamente, se dolía de la espalda y la sobaba con la mano a la altura de los riñones. No podría contar con él.

—¿Estás bien? —le gritó Zapata a su compañero.

Moreira no le respondió. Le dolía el estómago e intentaba correr junto a Zapata, pero el esfuerzo le entregó una tos que lo inhabilitaba y la saliva le impidió deglutir, asfixiándose con su propia respiración entrecortada.

Zapata tenía condición atlética, eso siempre le había servido; Moreira era más sesudo, pero menos activo, quizá por eso hacían buena pareja. Se complementaban. Excepto cuando tenían que perseguir a alguien corriendo, como era el caso. «Ni modo —pensó Zapata— me lo voy a tener que chingar yo solo».

Pero para ese momento Luis le sacaba bastante ventaja, era prácticamente imposible darle alcance, el muchacho era joven y estaba asustado. El dicho «Corre como ratero» nunca fue tan bien empleado como en ese momento; por más que Zapata gritaba que lo detuvieran, nadie le hizo caso. Pasaron la tienda de lentes, la de ropa, el mostrador de cháchara, otra tienda de zapatos, el local de imágenes religiosas donde tiraron a un san Miguel Arcángel de tamaño natural colocado en el pasillo y la isla de dulces, hasta que finalmente llegaron a la zona de comida rápida. Ahí se le acabó la pista a Luis, que se detuvo de tajo patinándose en el piso al escuchar el disparo al aire de Zapata, pero aún era un animal aterrado. Volteó a un lado, al otro; pensó en saltar al mostrador del KFC o del Burger King, pero sabía de antemano que los locales no tenían puerta trasera. Sencillamente estaba acorralado, lo sabía y no quería que lo agarraran. Vio cómo el judicial se acercaba, ya con el arma desenfundada y se asustó más, así que tomó una de las sillas y se la aventó al agente. La silla se estrelló de lleno en el cuerpo de Zapata quien tiró la pistola y, antes de agacharse para recuperar el arma, sintió cómo otra silla voladora se estampaba contra su espalda. Al agente se le sumó la adrenalina al enojo, y ya no fue por la pistola, respondió la agresión tomando otra de las sillas y aventándola hacia Luis, que estaba a diez o quince metros de distancia, erró en el tiro y dio de lleno contra una mesa, mientras otra volaba en sentido contrario. Los encargados de los establecimientos se escondieron tras los mostradores, presenciando con emoción la pelea de sillas voladoras que se desarrollaba ante sus ojos.

Zapata se acercaba uno o dos pasos con cada silla que aventaba, pero también Luis se alejaba la misma distancia cuando era su turno, y así siguieron hasta atrincherarse cerca del baño de hombres. Al final arrastraban incluso las mesas para cubrirse y atacar, eso hasta que llegó otra silla aérea en el flanco ciego de Luis y le dio en la cabeza; era Moreira que llegaba a participar en la guerra de muebles.

El golpe tambaleó al delincuente y Zapata aprovechó el momento para lanzarse e inmovilizarlo; ya en el plano cercano Luis no tendría oportunidad. Zapata era notable en el enfrentamiento cuerpo a cuerpo, lo aprendió en el cuartel y lo perfeccionó en la calle, así que saltó sobre él y los dos dieron el porrazo en el suelo. El judicial le colocó un golpe certero en la mandíbula que, junto al sillazo, dejó a Luis inmovilizado.

Zapata se montó sobre el estómago del detenido, asegurándose de que no intentara un escape más. El joven estaba demasiado aturdido como para pensar siquiera en meter las manos cuando sintió un segundo cachetadón.

—Por si las dudas —dijo Zapata—, ¡y por aventarme las sillas, pinche escuincle! —El agente sudaba, tenía el cuello de la camisa alborotado y la respiración agitada.

Moreira lo alcanzó segundos después, con la pistola que recogió del suelo. Le tendió el arma a su compañero, quien la tomó y enfundó.

Se pusieron de pie y entre los dos levantaron a Luis, que era moreno, pero con la pelea estaba blanco como cebolla. Tenía la boca seca y espesos hilos de saliva, consecuencia del susto, le impedían articular palabra alguna.

Los policías de vigilancia del centro comercial se acercaron sólo hasta que confirmaron que la pelea había terminado, antes no se atrevieron a participar. Los agentes se identificaron y ordenaron que levantaran el desastre del enfrentamiento, también pidieron prestadas unas esposas a los policías para inmovilizar al joven.

Luis caminaba delante de los agentes con las manos esposadas. El área de comida rápida quedó destruida. Las sillas rotas por doquier. Eran las dos de la tarde y tenían apresado al principal sospechoso del asesinato de Cynthia. Se dirigían hacia la salida cuando Zapata se detuvo de súbito y giró el cuerpo dando media vuelta. Moreira se puso en alerta inmediata al ver que su compañero observaba con determinación el lugar de un lado al otro, despacio, hasta que su mirada encontró un punto específico.

—¿Qué pasó compadre? —le preguntó asustado.

—Espérame cinco minutos —dijo Zapata y comenzó a caminar tranquilo—, voy a comprarme algo de comer en el China King.

Luego, mientras se dirigía al local de comida china confesó:

—Desde que estaba recibiendo los sillazos se me antojó un Chop Suey con cerdo agridulce.

V

—Yo no quería —comenzó diciendo Luis Alcalá en la oficina donde lo interrogaron. Estaba sentado y con las manos esposadas, varios agentes estaban alrededor. Zapata se puso de acuerdo para hacer las preguntas mientras Moreira mecanografiaba el interrogatorio.

—De verdad, yo no quería —continuó—, pero mis compañeros de la plaza me obligaron, me dijeron que era algo normal.

—Oye, cabrón... ¿Cómo va a ser normal matar a tu novia? ¿Quién te obligó?

—¿Cuál novia? ¿Cynthia? —preguntó Luis sin saber de qué le hablaban.

Zapata continuó con las preguntas.

—Pues claro que Cynthia, Cynthia Alvarado es tu novia ¿no?

—Sí, es mi novia. —Luis parecía abrumado, moviendo los pequeños ojos negros de un lado al otro.

—¿Y por qué la mataste?

—¿A Cynthia?

—Sí, a Cynthia… a ver, otra vez, hijo. ¿Por qué mataste a Cynthia?

—Pero yo no maté a Cynthia. ¿Cynthia está muerta? —respondió con la voz temblorosa, deteniendo la mirada fijamente en el judicial.

A Moreira, Zapata y al resto de los agentes les vino un golpe frío en el cuerpo cuando escucharon eso y advirtieron honestidad en la pregunta, porque el rostro de Luis se mostraba auténticamente confundido.

—A ver, hijo, ¿por qué crees que estás aquí? —preguntó Zapata de inmediato, tratando de calmar al joven que parecía que en cualquier momento se pondría a llorar del susto y la impresión.

El comandante Barboza, que se encontraba dentro de su oficina privada con la puerta abierta salió y, antes de que Luis respondiera, le hizo una señal a Zapata para que se acercara y le preguntó.

—Oye, ¿le leíste sus derechos y le dijiste por qué lo estaban deteniendo?

—Sí, le dijimos cuál era el cargo, pero si le soy sincero, jefe… el muchacho estaba muy asustado cuando lo detuvimos, se puso a aventarnos sillas el cabrón.

—¿Estuvo feo?

—Mi jefe, las sillas volaban y caían como ángeles. Yo me sentía en guerra santa.

—No seas mamón, Zapata, ¿le dijiste cuál era el motivo de su aprehensión o no?

—Claro que sí, pero por lo que veo, no lo entendió. Déjeme seguir con el interrogatorio.

El judicial regresó al escritorio donde estaba Moreira frente a la máquina de escribir y Luis con el semblante alarmado. Le dio media vuelta a la silla, que terminó con el respaldo al frente y así se sentó.

—A ver, hijo, lo que estás diciendo es grave, te voy a hacer unas preguntas; escúchalas bien porque estás metido en una bronca grande.

El muchacho no respondió con palabras, pero asintió con la cabeza. Claramente estaba impresionado de estar rodeado por tantos agentes judiciales con media pistola dentro del pantalón en las poco iluminadas oficinas del Centro de Justicia, con los archiveros metálicos al fondo y policías uniformados que entraban y salían; escuchaba el sonido de las máquinas de escribir que retumbaba en las esquinas y pasillos del lugar.

—Te llamas Luis.

—Sí, Luis Alberto Alcalá Santillán Sánchez.

—¡Ah, chingá! ¿Alcalá, Santillán o Sánchez?

—Los tres.

—¿Cómo que los tres? —Zapata preguntó de tajo, creyendo que el detenido lo quería confundir.

—Sí, tengo tres apellidos.

—¿Por?

—No sé, así está en mi acta de nacimiento. —Alzó los dos hombros, arrastrando la mirada aquí y allá. Se podían ver los escalofríos que constantemente corrían por sus brazos.

—Pero sí eres Luis Alberto Alcalá.

—Sí.

—Y vives en Privada de Nochebuena número 36, interior B, en Jardines de Nezahualcóyotl.

—Sí.

—Y eres novio de Cynthia Alvarado.

—Sí, somos novios desde hace un año, más o menos.

—¿Y desde cuándo no la ves, hijo?

—Pues desde hace dos o tres días.

—Oye, ¿y no te pareció raro que no se hayan comunicado en todo este tiempo? —Zapata se cruzó de brazos e hizo el cuerpo un poco atrás, estaba encontrando el camino para obtener la información.

—Sí, porque la última vez que la vi fue el… —y comenzó a hacer cuentas usando los dedos—, el 6 de octubre, ese día fui con ella a su trabajo porque renunció. La iba a acompañar a la universidad, pero yo tenía trabajo en la plaza y luego fuimos por… —Luis comenzó a descomponerse conforme respondía—. Es que ella, pero… es que, o sea, Cin… ¿está muerta?

—A ver, no te me desconcentres, hijo, sigue.

—¿Me puede regalar un vaso con agua?

Al joven se le volvió a secar la boca y hablaba con saliva pastosa. Otro agente le acercó un vaso de plástico con agua; la mirada de Luis estaba fuera de órbita, aún no asimilaba lo que estaba pasando ni entendía lo que decían los agentes.

—Yo fui con ella por un helado afuera de su trabajo, ese día me pidió que la acompañara y yo le dije que sí, pero luego me pidieron cubrir a un compañero en la tienda, y yo no ando bien de dinero, así que le dije a Cynthia que no la podía acompañar, pero sí nos vimos ese día. No recuerdo la hora, pero fue como a la una o dos de la tarde. Y la gente de la tienda de helados nos vio, a lo mejor también una de sus amigas, pero yo no tuve nada que ver con lo que me dice. —Luis comenzó a extraviarse en el recuerdo y, finalmente, la voz se le quebró y empezó a llorar.

—Tranquilízate, a ver, respóndeme. ¿Te vio alguna de sus amigas con ella?

—Sí, yo creo que sí, pero no sé, a lo mejor.

—Nada de que a lo mejor. ¿Te vieron o no te vieron? —Zapata mantenía el rumbo del interrogatorio en la mano, impidiendo que se saliera de control.

—Es que no lo sé. Se lo juro de verdad.

—Bueno, ¿y te vieron cuando te fuiste? ¿Alguien?

—No sé, pero de ahí regresé al local de la Plaza. Me acuerdo porque estaba lloviendo ese día y me tardé mucho en llegar a la Plaza, porque el metro se paraba a cada rato.

—¿Y quién te vio ahí?

—¿En el metro?

—No, en el trabajo.

—Ah, mis compañeros. La chava a la que le preguntaron en la mañana; ella es la encargada y estaba ese día. Si le preguntan les puede decir que estuve trabajando esa tarde.

—Ahora dime, ¿por qué no le marcaste a tu novia a su casa?, porque ahorita apenas te estás enterando de que falleció.

—A su papá le caigo mal, porque trabajo en la Plaza vendiendo tenis.

—¿Y no te llamó la atención que no se marcaran? Porque según tú ella estaba emocionada por lo de la escuela, ¿no se te hizo raro que no te hablara en la noche para contarte cómo le fue? ¿Por qué no hiciste nada para buscarla? —Zapata tomó una pluma y garabateó sobre la superficie del escritorio.

—Pues no le marqué porque ya les dije que a su papá le caigo mal y me trata muy grosero, y el único lugar donde nos veíamos era en la tienda donde ella trabajaba y ya había renunciado.

—Por eso, pero ¿no se te hizo raro?

—Pues sí, pero también cada quien su pedo, o sea sí nos queremos, pero también cada quien sus cosas.

—¿Y no se pelearon antes?

—¡Cómo nos vamos a pelear si nos vimos para comer un helado!

—A ver, hijo, no me grites y te calmas, que el que se puso violento fuiste tú.

Luis guardó silencio y se encogió en la silla con la respiración agitada. Luego Zapata continuó.

—Y, por cierto, si no tuviste nada que ver, ¿por qué chingados corriste cuando te buscamos en la plaza? ¿Y por qué chingados me aventaste las sillas, cabrón? —Zapata se acordó de las primeras palabras del interrogatorio y le indicó a su compañero que buscara al inicio de la declaración en el acta—, ¿con qué fue que empezó su testimonio el muchacho, pareja?

—«Yo no quería, mis compañeros me obligaron a hacerlo». —Moreira leyó directo de la declaración mecanografiada y luego volvió a centrar la hoja en la máquina de escribir, entonces Zapata continuó:

—Cómo es eso de que no sabes que mataron a tu novia, pero empiezas diciendo que tú no querías y que te obligaron, y aparte me avientas sillas cuando te fuimos a buscar y corriste para huir de nosotros.

—Es que me equivoqué.

—¡Que te equivocaste ni que la chingada, pinche chamaco! Tú tuviste algo que ver con la muerte de Cynthia. No te hagas pendejo.

—No, yo no sabía, es que en serio me equivoqué.

—¿Me aventaste las sillas por equivocación o te equivocaste en aceptar que lo habías hecho? Porque así comenzaste tu declaración, a ver, léela de nuevo More.

—«Yo no quería, mis compañeros me obligaron a hacerlo» —repitió el agente y de nuevo colocó la hoja de papel al centro de la máquina de escribir.

—¿Entonces, hijo? —preguntó Zapata con una seguridad en la que manifestaba al lugar donde quería llegar—, ¿te vas a desdecir o qué?

—No.

—¿No qué?

—Sí, lo dije.

—¿Entonces?

—Pues es que creí que habían ido por mí, porque me robé unos tenis del local. Pero mis compañeros me obligaron. Yo no quería, por eso corrí. —Luis hablaba rápido, nervioso y asustado.

—No, hijo, no fuimos a la plaza por un pinche raterillo. Fuimos por ti por homicida.

—No, pero yo no sabía, lo de los tenis sí, pero pues ya los devuelvo. Todavía los tengo en casa de mis papás.

—Pues no vas a salir de aquí ni vas a regresar a casa de tus papás por los pinches tenis. Te quedas con nosotros hasta que nos aclares todo, así que ni te preocupes. Quién sabe cuándo salgas.

Moreira continuó escribiendo la declaración de Luis; tanto él como Zapata sabían que el muchacho no tenía nada que ver con el homicidio de Cynthia. Quizá el chico era un ladrón, y tendía a cierto comportamiento violento e impulsivo, pero eso estaba lejos de la mentalidad del hombre que acabó con la vida de la joven Alvarado, calcinándola y rompiéndole las piernas. No, Luis no era un asesino, era un ladrón novato y a todas leguas pendejo. Entonces los agentes supieron que su mejor pista se les había esfumado; ahora sí no tenían nada, sólo el cuerpo de una chica que no le marcó a su novio la noche lluviosa en que fue asesinada.

Tardaron más de doce horas en interrogar a Luis. Descansaban y le preguntaban de nuevo, ya no para inculparlo, sino para conseguir nueva información que los llevara a esclarecer el asesinato. Cuando menos se dieron cuenta, había oscurecido; poco después llegó la madrugada y finalmente salía de nuevo el sol.

Cansados, después del interrogatorio salieron todos a desayunar en las orillas de la agencia. Hacía frío y las calles a esa hora estaban poco concurridas, sólo uno o dos automóviles llegaban con algún burócrata a bordo.

Se decidieron por el puesto de la esquina en las calles Flores y Sauces que atendía doña Chabe; era reconocida porque siempre usaba delantal azul a cuadros, era diestra y amable con la comida y los clientes. Su marido cobraba y recogía los platos sucios.

A esa hora, las siete de la mañana, llegaron los agentes, se sentaron y platicaron principalmente del interrogatorio que acababan de terminar, mientras decidían qué ordenar para desayunar.

Ahí estaba el agente Lourdes que dudaba entre la inocencia del sospechoso, el pan de dulce y un cuernito con ensalada de pollo; no podía pedir los dos porque tenía prohibidas las harinas y trataba de evitarlas sin mucho éxito. Y estaba el agente Rodolfo Gutiérrez, que llevaba veinte años laborando en la Procuraduría y había perdido el gusto por el trabajo; él sí creía que Luis era inocente, lo decía mientras pedía, como siempre, tacos de moronga y una Coca-Cola en botella de vidrio.

Moreira y Zapata, tan dispares: uno imponente, con el problema del habla que en ocasiones afloraba y no se le entendía, sobre todo cuando se angustiaba demasiado o estaba cansado; y el otro, moreno y con mirada despierta y menos culto, pero con mayor intuición que la mayoría de los agentes, quien esa fresca mañana se decidía por quesadillas de hongos y un agua mineral.

Al final de la mesa estaba la secretaria Mary —quien a la postre terminaría siendo comandante de la Policía Judicial, una de las pocas mujeres en lograrlo— con los ojos cansados de desvelo y pidiendo café sin azúcar y donas para el desayuno. A su lado el agente Espinoza, que tenía una tienda de abarrotes que alternaba con su trabajo de judicial, pidió un café endulzado con tres cucharadas de azúcar y nada más.

Allá venía caminando, aún lejos, el licenciado Vargas; después de entregar el tercer turno del Ministerio Público, con paso seguro y bonachón se unía al desayuno callejero.

Los seis agentes platicaban, hacían bromas y cargaban con el peso del desvelo en sus espaldas. El vapor proveniente de los anafres se hacía espacio entre ellos y el frío.

En silencio, risas y palabras, en ese puesto de comida de toldo amarillo sobre sus cabezas, instalado sobre la banqueta y con sillas que invadían la calle, cada uno comentaba sus casos. Las dudas provocadas en el interrogatorio de Luis afloraban. Habrían de liberarlo dentro de un par de horas, sin cargo alguno, excepto el de los zapatos robados. Poca cosa.

Todos los funcionarios, pero más los agentes judiciales, sentían el lastre abrumador de lidiar diariamente con el crimen. Pero esa mañana que el sol escalaba lentamente casas y edificios, el calor ganaba terreno y con el trato amable de la señora Chabe, sintieron que la ciudad, tan llena de delitos, no era tan mala. Al menos estaban juntos, sin que la muerte hubiera arrebatado a ninguno del grupo.

VI

En 2003 hay pocas cámaras de seguridad y circuito cerrado en la ciudad, aún menos en la colonia Olivos en Chimalhuacán; sin embargo, en la calle de Nájera se encuentra la fábrica de plásticos Lozano que, al ser un blanco frecuente de robos, instaló cámaras en ambos extremos de su propiedad. Este lugar se ubica enfrente de una escuela que, a su vez, se divide en primaria y secundaria.

En una revisión posterior de los videos se puede ver a un sujeto, de estatura mediana y robusto, frecuentar las escuelas a la hora de salida. Cuatro de las seis veces en las que fue grabado viste una sudadera y lleva la capucha puesta. Llega puntualmente diez minutos antes de que salgan los alumnos y en todas las ocasiones se sitúa en el macetero de una esquina. Ahí se queda y actúa como si esperara a alguien.

Pocas veces visita la esquina contraria, donde se encuentra la escuela primaria. Sólo una vez deambula por ahí, pero sus acciones no denotan ningún interés específico. No muestra ninguna inclinación, tendencia, ni sigue a nadie en particular. En esa zona, además, las madres y los padres de familia están más al pendiente de sus hijos, aunque muchos niños se encaminan a sus casas sin compañía. Por el contrario, en la parte designada a la escuela secundaria la situación cambia. El sujeto se muestra más interesado. Observa salir al alumnado y se fija principalmente en las jóvenes, la mayoría salen en grupo o en parejas mientras platican y ríen. El sujeto las sigue con la mirada; después elige a alguna y la acecha de cerca, caminando a sus espaldas a tan corta distancia que da la impresión de que en cualquier momento le saltará encima. Su comportamiento sugiere que mira su cabello y estudia su andar y, cuando se pega demasiado, se desvía con naturalidad. Es por eso que nadie sospecha de él, porque se mantiene camuflado en la normalidad.

En las ocasiones en las que camina tras estas jóvenes, no avanza más de veinte pasos y regresa de nuevo al macetero, como una hormiga roja que explora el camino de ida y repite el trayecto de vuelta. Algunas personas lo ven con incomodidad, pero él actúa con tal confianza que todas piensan que el estudiante —al que seguramente ha ido a recoger— se ha retrasado.

En las grabaciones se observan varios puntos que destacan: la ropa que lleva puesta; la indiferencia por los niños varones; su desinterés por alumnos de la escuela primaria (todo indica que sólo lo tientan las estudiantes mayores de trece años) y, por consiguiente, la particular inclinación que muestra por las jóvenes de la secundaria. En especial las de cabello negro peinado en cola de caballo. Regularmente sigue el camino de aquellas que manifiestan una conducta retraída. Por el contrario, las que exhiben una actitud desenvuelta y social no parecen ser de su agrado.

Las cámaras que lo graban captan poco o casi nada de su rostro, sólo en dos de esas grabaciones el sujeto lleva puestos lentes. En todas parece estar, más que excitado, intrigado.

Al finalizar la salida escolar se aleja siempre en la misma dirección, sin ningún acompañante. Varias personas recuerdan haberlo visto, sobre todo aquellas que atienden puestos de comida o baratijas frente a los colegios.

Por otra parte, en las escuelas preparatorias de la zona sólo se le puede ver en una ocasión registrado por una cámara de seguridad de muy baja calidad. Se sospecha que es el mismo por la vestimenta y el modo de caminar. Aquí varias personas declaran haberlo visto frecuentar el plantel, donde se desenvuelve sin tensión. Incluso hay quien asegura que intercambió un par de palabras con él.

En esa única grabación también se le observa siguiendo a mujeres jóvenes, guardando distancia, subiendo al mismo camión que ellas.

VII

Ana Hernández salió cansada después de cubrir un doble turno en el hospital Álvaro Obregón, donde trabajaba como enfermera. Esa tarde no estaba de humor para atravesar toda la ciudad y llegar a su casa en Ixtlahuaca a descansar, pero no tuvo otra opción. Se le hacía eterno el trayecto que comenzaba con la caminata a la estación Insurgentes, luego dirigirse hacia dirección Pantitlán y transbordar en Pino Suárez hasta la terminal Cuatro Caminos, donde el viaje no terminaba, sino continuaba abordando un camión a Santa María Mazatla, y luego uno más que entrara a su colonia. Era un recorrido pesado que duraba al menos dos horas con el sol calentando el asfalto, el metal y las ventanas del autobús.

Había sido un día de mierda. Uno de esos donde se desmoralizaba y pensaba seriamente en renunciar. Pero no podía hacerlo. Cargaba con el peso de la manutención de su familia. Tirar la responsabilidad por la borda no era una alternativa.

Ese día Ana sólo obtuvo del hospital un agotamiento extremo, quizá crónico y fastidioso. Unas horas antes había asistido como enfermera circulante en la amputación de pierna realizada a un policía de la Ciudad de México.

«No debí escoger este lugar para trabajar», dijo para sus adentros. Había escuchado a sus compañeras quejándose de las condiciones laborales en ese hospital. ¿Por qué no les hizo caso? ¿Por qué no tomó nota de la experiencia de otros doctores que salían huyendo de ahí, donde el presupuesto era mínimo y los directores y supervisores se robaban medicamentos e instrumental quirúrgico? La única respuesta que se le venía a la mente era que su vocación de ayuda iba más allá de la rabia. Gracias a eso podía atender a los no pocos pacientes —la mayoría granaderos, patrulleros y policías— que llegaban por lesiones sufridas cumpliendo sus labores. Y es que ese hospital era el asignado por el gobierno para atender estos casos. Algún convenio se había establecido desde hacía muchos años, y la sombra de la corrupción asomaba en el acuerdo. Historias de policías ingresados por herida de bala, lesiones por arma blanca, choques automovilísticos resultado de persecuciones o golpes derivados del enfrentamiento directo con la delincuencia eran el pan nuestro de cada día.

Por otra parte, estaba el sueldo. La paga de Ana era la más deplorable de entre todos los lugares donde había trabajado. Pero eso no era lo que le molestaba. No estudió ni ejercía como enfermera para hacerse millonaria. Lo que verdaderamente le enojaba eran las míseras condiciones del hospital Obregón. Experimentó de primera mano la falta de presupuesto, y padeció el desabastecimiento de medicamentos y material. No creía en la cínica rapiña del instrumental quirúrgico en épocas de elecciones gubernamentales para ser revendido en otros centros de salud hasta que lo vivió. Lo más absurdo eran los contrastes: el hospital contaba con un espacio VIP en la parte superior, más que una habitación era un apartamento con puertas de vidrio corredizas al balcón y jarrones orientales con flores reservado para líderes sindicales y altos funcionarios. Una estupidez, porque las instalaciones no tenían una zona de terapia intensiva adecuada ni equipo para atender emergencias. Pero eso no importaba para atender al policía de a pie. No había consideraciones para el agente que tenía que comprar sus propias balas, arriesgando su vida en la calle. Para ellos el hospital Obregón, con todas sus carencias, era suficiente. El colmo eran los casos donde se contraían infecciones en la misma clínica, como era el caso del policía amputado, a cuya operación asistió Ana Hernández ese 24 de noviembre.

La desgracia del policía comenzó el día en que perseguía a un ladrón y, al intentar alcanzarlo fue atropellado por un automóvil. Ingresó al hospital de buen talante y con una fractura no muy grave en la pierna. Durante su recuperación los médicos *pasantes* impidieron que las enfermeras cambiaran los vendajes y utilizaron al paciente como objeto de práctica para estudiantes de Medicina. Pasadas dos semanas, la habitación despedía un olor fétido, el policía presentaba altas fiebres y los doctores se limitaban a recetarle paracetamol sin cambiarle el antibiótico; decisión a todas luces irresponsable. Para ese momento el buen humor y las esperanzas del paciente se habían disuelto en las mismas medicinas erráticas que tomaba. Ana y otras enfermeras reportaron la infección una y otra vez con el doctor y jefe de enfermeros, pero fueron ignoradas e incluso sancionadas. La falta de atención resultó en una supuración que, al cabo de pocos días, sólo encontró remedio con la amputación de la extremidad.

Ana fue la enfermera asistente en esa operación sintiendo la frustración de que aquello pudo haberse evitado, pero casos como ese abundaban en el hospital más de lo que los directivos querían aceptar.

En ese estado de abatimiento terminó su turno ese lunes, y tomó rumbo a casa. Eran las dos de la tarde.

Santa María Mazatla es una comunidad rodeada en buena parte por vegetación, y la zona es poco transitada. El clima de noviembre comenzaba a enfriar, y el sol quemaba la piel sin calentar. Después de más de una hora de trayecto y ya en el autobús, en la zona de Jilotzingo, Ana pidió al chofer que la bajara en el paradero del Barrio de los Laureles. El camión aminoró la marcha para que pudiera bajar. En ese punto el terreno presenta un declive precipitado que se origina desde los montes, por lo que las casas se construyen en picada al desfiladero.

A las tres y media de la tarde la luz del sol daba de lleno en las copas de los árboles, la carretera libre y las pocas casas del camino. Ana buscó algo de sombra y se sentó en la banca del paradero antes de continuar su trayecto. Fue ahí, sentada, donde escuchó unos gemidos dolidos provenientes de la cañada adentrada en el bosque. Al principio no hizo caso «pero los sollozos eran constantes —diría después en su declaración—, se escuchaba como un animal herido».

Se asomó al barranco y vio dos casas que sobresalían de entre los árboles, a unos veinte metros del camino. Una de ellas bien construida y la otra deshabitada, de esta última provenían los ruidos. Esta casa se encontraba en obra negra y estaba separada unos cuarenta metros de la otra.

La enfermera prestó mayor atención a los gemidos hasta que el sonido se ahogó. Aguzó el oído y volvió a escucharlos, cada vez más quedo. Ana estaba ensimismada, intentaba comprender el significado de los lamentos. Lo que la regresó a la realidad fueron los moscos que zumbaban a su alrededor, parándose en su brazo buscando picarla. En esas fechas del año los enjambres de mosquitos salen de los matorrales, desplazándose como una sola nube gris en busca de alimento y humedad.

El roce de los insectos sobre su piel la hizo consciente de nuevo. Se dio un manotazo y dudó entre bajar a la construcción o pedir ayuda, pero no vio a nadie cerca. Cierto, estaba una casa enfrente, al otro lado de la carretera, pero no pensó en eso cuando percibió los ruidos, así que decidió bajar a la construcción abandonada. De alguna manera, el lugar la llamó.

Entre la maleza encontró un sendero pequeño. El pasto crecido estaba doblado, marcando el camino hacia la construcción. Una vez abajo vio que la casa era de una sola planta, sin vidrios en las ventanas. Apenas tenía puesta la herrería de los marcos. Caminó alrededor buscando la entrada, finalmente ingresó. En la construcción predominaba un penetrante olor a humedad, arena y orines; además, no tenía techo, y pudo ver cómo la vegetación invadía el interior. La maleza trepaba las orillas de lo que debía ser el espacio para la sala y el comedor. Las dos columnas laterales de granito rosa estaban libres de enredaderas o musgo. Un derroche de luz se colaba por las esquinas.

En el centro de la estancia vio a una pequeña mujer tumbada, dolorida y sangrando. Ana se acercó rápidamente porque en ese momento el bulto dejó de emitir sonidos. Varias gotas de sangre salpicaban la tierra alrededor del cuerpo. Cuando se acercó aún más, escuchó algo de nuevo, ya no un gemido, sino un intento de hablar. Ana sintió un escalofrío y reaccionó alejándose y cayó de espaldas luego de un momento, y mirando de un lado al otro, volvió a acercarse gateando, más por inercia que por curiosidad. Sentía que la cabeza iba a explotarle del susto; los oídos se le taparon y escuchaba los sonidos embotados. Todo parecía darle vueltas, pero mantuvo la calma lo más que pudo. Se acercó para escuchar lo que intentaban decirle la mujer y vio una herida de cuchillo que atravesaba su mejilla izquierda. La sangre le escurría por la cara y el cuello. Varios cortes en el rostro revelaban otras lesiones, aunque menos profundas. Al estar cerca se percató de que la mujer en realidad era una niña que se dolía; bajó la mirada y vio las manos de la joven presionándose el lado derecho del tórax, donde debía estar la herida más profunda. Una oscura mancha carmesí empapaba su ropa.

Ana hizo acopio de fuerza, entendiendo la gravedad del momento. No la movió, pues sabía que eso podía ser peligroso. La joven aún estaba con vida y debía ir por ayuda, pero antes de que se levantara escuchó nuevamente que intentó hablar; era difícil entenderle, tuvo que acercar el oído casi a su boca. Entonces, entre la sangre que salía por las heridas le escuchó decir: «Me apuñaló un hombre… ten cuidado porque esas personas todavía están aquí».

El mareo que sufría Ana adquirió nuevas proporciones y las piernas le dejaron de responder. El estómago se le hizo nudo sobre nudo. La garganta se le secó en cenizas y ella misma se hizo chiquita. Los brazos se le durmieron. Un cosquilleo le recorrió la espalda y podía percibir el roce del viento sobre la piel; se encontraba en estado de supervivencia. Trató de no hacer ruido, aunque la niña seguía revelando su posición, quejándose en su agonía.

La enfermera se mantuvo en cuclillas, pero el peso le ganó y cayó nuevamente para atrás. Así, con las manos en el piso y yéndose de espaldas, se arrastró buscando la puerta por donde había entrado, pero no pudo recordar cuál era el camino. Se sintió encerrada entre aquellas incipientes paredes blancas, salpicadas de mezcla de cemento gris. Le faltó la respiración y logró llegar arrastrándose hasta la puerta. Cuando finalmente salió de la casa se giró y, gateando, subió el sendero de maleza hasta alcanzar la carretera. El camino se le hizo eterno porque no sentía la tierra bajo sus rodillas. Las piernas le temblaban y, en el momento en que vio algunas personas esperando el autobús, comenzó a llorar, balbuceaba pidiendo ayuda. Rápido.

En el paradero se encontraban dos mujeres, una de edad mayor y una joven, también estaba un hombre. La más joven se asomó al desfiladero y vio de lejos la casa que Ana mencionaba.

—No te asomes, no te asomes —le suplicó ella—, todavía están ahí, no te asomes, por favor.

Todos se contagiaron de miedo. La mujer mayor abrazó a la enfermera y se alejaron del lugar, tomando el sentido de la carretera. El hombre, por su parte, corrió en dirección contraria tratando de encontrar ayuda.

Cuando estuvo lejos y sin dejar de llorar, Ana al fin pudo respirar. Sólo entonces se dio cuenta de que ese día el viento de su camino traía olor a muerte.

VIII
Martha

Martha Galván tiene trece años. Cursa la educación secundaria en la Escuela Federal México, un instituto de gobierno ubicado a veinte minutos de la comunidad del Barrio de los Laureles.

Es la segunda hija de cuatro, vive con sus padres. Su papá es mecánico automotriz y su madre ama de casa. Pelea y se reconcilia con sus hermanos con la misma facilidad.

Martha, la niña de cabello negro hasta los hombros, es de las pocas personas que practica el arte perdido de escribir cartas a sus amigas para contarles lo que siente y lo que piensa de su vida a la orilla del barranco. La que aún no se enamora de nadie, no porque no quiera, sino porque su corazón es un torbellino, como suelen ser los corazones a los trece años. Está llena de las pequeñas preguntas que se quedan sin respuesta.

Le gusta la música y —piensa— también le gustarán los viajes, sólo que aún no ha hecho ninguno digno de contarse, porque en su casa no hay muchos lujos, aunque tampoco la pasan mal. Le agrada leer, lo hace bastante para una chica de su edad. Por lo regular lee novelas juveniles. En su recámara tiene una pequeña colección de libros de pasta colorida.

El lunes 24 de noviembre regresa de la escuela a la una de la tarde. La última clase que había tenido era la de música, por lo que, aparte de su mochila, llevaba una guitarra que guardaba en una funda acolchada color negro, también vestía una corbata que sirve como distintivo a los alumnos que cursan esa materia. Últimamente ha adquirido gusto por la guitarra, no porque le ayude a pasar la asignatura de artes con mejor calificación, sino porque ha comenzado a entender el enmarañado lenguaje de las seis cuerdas; los acordes que causan alegría y los que, por alguna razón, entristecen el alma. Es cierto que no tiene mucha práctica, y sólo un día a la semana recibe clases, pero el instrumento la ha acompañado y eso le permite estar menos confundida en sus pensamientos.

Ese día, como los anteriores, se baja de la combi enfrente de su casa. Atrás de ella desciende un hombre también. Ella no le presta atención. Cruza la carretera y comienza a subir los quince escalones para llegar a la puerta. Del otro lado estará su madre y olerá la comida recién preparada; pero no alcanza a percibir nada, ni alcanzará a saludarla o a hablarle. No alcanza siquiera a pisar el quinto escalón, porque siente cómo la toman de un pie y la jalan. Se golpea la mandíbula con el peldaño. Un fuerte golpe. La guitarra y su mochila quedan abrazadas por la vegetación que rodea el lugar.

El hombre sigue jalándola de los pies y ella cae uno y otro escalón. Intenta zafarse dando una patada, pero está asustada. Antes de gritar le ponen una mano en la boca y la cruzan al otro lado de la carretera, donde hay una barda y un barranco. La avientan tras la pequeña pared. La niña rueda camino abajo, seguida del hombre que va tranquilo tras ella. Al fondo hay una casa que, ella sabe, está deshabitada.

Por un momento piensa que la van a aventar a un canal que pasa por debajo de la carretera y que lleva toda el agua de las viviendas de arriba. El caño es grande y tiene piedras y hierba crecida. En efecto la avientan en esa dirección, donde podrían abandonar su cuerpo sin que nadie se entere. Cae rodando y se detiene antes de llegar a la cañería. El hombre se sienta sobre ella y comienza a abofetearla. Ella, en el suelo, comienza a buscar con la mano lo que sea para defenderse; encuentra una piedra de unos diez centímetros y la estrella en la cara de su agresor. Él se enfurece, se la arrebata y la golpea con la misma piedra hasta hacerla sangrar, cuando está aturdida la ahorca apretándole el cuello con la corbata del uniforme. Martha pierde un poco la conciencia. Recupera el conocimiento al sentir que la van jalando en dirección a la casa abandonada en el desfiladero. El hombre carga una maleta sobre su hombro izquierdo.

Entran al lugar y él la arroja hacia el centro de la casa. La luz entra por un resquicio del techo, pero sus gritos han quedado sofocados dentro.

Entonces escucha al hombre decir que la va a matar, que se calle, y ella no tiene otra opción más que obedecer. Le amarra las manos.

Su agresor se sienta de nuevo sobre su abdomen, pero ahora con más calma y control, continúa ahorcándola. La amenaza nuevamente con que la va a matar y la golpea en el rostro y en la cabeza. Le sube la falda y le baja la pantaleta, él también se baja la ropa; ella patalea pero no tiene suficiente fuerza. Él la voltea y la penetra de forma anal. En ese momento no sólo se rasgó su piel, también lo hizo el tiempo y la dignidad, que cayeron en un abismo. Ella se retuerce y logra desatarse las manos y lo empuja con la suficiente fuerza para tumbarlo e intenta escapar gateando. Él se levanta y le propina una patada. Cuando la patea por segunda ocasión, ella lo toma del pie y en el forcejeo le zafa el tenis. Él se molesta por el valor que ha demostrado la joven y le azota la cabeza en el piso una vez más. Ella se vence y deja de pelear, pero el hombre ya no la ataca, la deja en ese estado y se vuelve a la maleta. La abre y de adentro saca ropa de mujer, evidentemente usada; es una blusa morada, una falda corta y una tanga. Camina hacia Martha, la jala del suéter y se lo quita por la cabeza. Luego le alza los brazos, le quita la camisa, ya manchada de sangre, pero le deja puesto el sostén y la corbata. También le quita la falda y las calcetas. Entonces le avienta la ropa que sacó de la maleta y le ordena que se la ponga. Martha pierde la conciencia por ratos, pero obedece; primero la blusa y, cuando se va a poner el pantalón, el hombre ríe y le dice que se quite los calzones para ponerse la tanga. Ella niega con la cabeza y recibe otro golpe como respuesta. Como puede, se quita los calzones, se cubre el sexo con la otra mano, se arrastra a una esquina y se pone la ropa interior como le indica. Finalmente se pone la falda, toda la ropa le queda grande.

Una vez vestida de esa manera, el hombre se acerca y le dice de nuevo que la va a matar. La sujeta de la blusa, le acerca la cara y la observa; entonces Martha le escupe y él se molesta; le baja el pantalón y la viola durante varios minutos hasta que se detiene. Se levanta y la obliga a hacerle sexo oral hasta que termina en ella. Martha ya no está consciente de nada, es un bulto sacrificado a la perversión.

En susurros le pide que la deje ir. Él se acerca y la amarra con la cuerda, le tapa los ojos con una tira de tela y le dice que sí, que la va a dejar ir, pero que cuente hasta cien, en voz alta, y sólo hasta entonces podrá irse, mientras él huye.

Ella asiente con la cabeza y comienza a contar en voz alta, siguiendo las instrucciones. En algún momento no sabe en qué número va, ha dejado de escuchar ruidos a su alrededor y continúa contando. Mientras pasa el tiempo se mueve un poco. Está amarrada así que sólo puede deslizarse por el suelo. Llega al número setenta.

No sabe cuánto tiempo ha pasado, no sabe cuánta distancia ha recorrido en su arrastre, no alcanza a entender la magnitud de lo que le ha ocurrido. Entonces recuerda su guitarra y se angustia, se angustia hasta las lágrimas pensando que puede estar rota y que debe repararla; si sólo están dañadas las cuerdas tiene solución, pero si el cuerpo está roto ya no podrá volver a tocar, ni refugiarse en su sonido, y no puede con ese sentimiento que le diluye la sangre que le escurre sobre el rostro mezclada con sus lágrimas. Y así sigue contando hasta que alcanza el número cien.

Se retuerce en el suelo tratando de desatar sus manos y, como ya antes se ha zafado, logra liberarse por segunda ocasión. Y así es, desata sus manos, pero quema una de sus muñecas por la fricción de la cuerda. Guarda silencio. Sólo escucha sus propios lamentos quedos y sentidos. Se quita la cinta de los ojos para escapar, al fin, sube lentamente la mirada y lo primero que ve frente a ella es a su atacante, que nunca se fue; se ha quedado a ver cómo Martha se revuelca en la locura. Él sonríe, puede verle los dientes y los ojos achicados en la burla. Le dio esperanzas sólo para observar cómo se arrastra, creyendo que podía escapar. Ella comienza a llorar con mucho sentimiento. Es una niña de trece años.

A él de pronto lo invade una ira excesiva. La toma de los cabellos y le pide que busque el zapato que le quitó en el forcejeo y se lo coloque en el pie. Vuelve a arrojarla al suelo. Martha cree ver a otra persona en la casa y se asusta pensando que son dos los violadores, pero también pueden ser las sombras porque en ese momento la sangre cubre sus ojos y la humillación se ha apoderado del resto de su vida.

Ella así, tirada, no lo obedece, demostrando un último vestigio de dignidad. Su captor la ve con gran odio, con coraje; la toma del pantalón y la tanga y la jala, la golpea una y otra vez en los brazos, el abdomen y le rompe las piernas usando un martillo. Después saca un cuchillo y la apuñala tantas veces como le es posible. La apuñala en el costado y en las mejillas para que las lágrimas dejen de limpiar su sangre.

Martha sigue viva, aunque disminuida ante la destrucción.

Mientras gime en la muerte, su raptor recoge el uniforme escolar y los zapatos y los avienta a una habitación contigua. En ese momento se escuchan ruidos afuera. Alguien se acerca por el camino de pasto. Rápidamente agarra su maleta, mete el cuchillo y el martillo y escapa trepando una ventana. En la prisa no alcanza a recoger su zapato y toma cañada abajo para huir.

Minutos después, una enfermera de nombre Ana Hernández entra a la casa y ve a la mujer envuelta en agonía. Se acerca para escuchar sus últimas palabras. Es una niña que ya no coleccionará libros, ni viajará, ni vivirá otras historias.

IX

Transcripción de la audiencia e informes con relación al homicidio de Martha Patricia Galván.

Declaración de Ana Hernández quien descubrió el cuerpo de la hoy occisa:

Quien señaló que aproximadamente a las catorce horas llegó al paradero de autobuses del Barrio de los Laureles, y es cuando escuchó ruidos provenientes de una casa; bajó a ver de qué se trataba y al entrar se percató de que en el centro de la casa deshabitada, justo en medio, se encontraba tirada la hoy occisa Martha Patricia Galván, que estaba sangrando mucho de diferentes partes del cuerpo como el abdomen y cara. Se acerca hasta ella y la misma le dijo «que la apuñalaron, y que tuviera cuidado porque estas personas todavía estaban ahí». Agrega que se dirige a la salida y busca ayuda, temiendo por su vida; y un hombre, del cual no conoce su nombre ni apellidos, busca a la policía, arribando posteriormente los servicios de emergencia a las 14:45 horas aproximadamente.

Declaración del Ministerio Público en turno del día 24 de noviembre de 2003 ante la autoridad judicial

—¿...Sabe el motivo por el que se encuentra en esta sala de audiencias?

—Sí.

—¿Le puede referir a su Señoría cuál es ese motivo?

—Fue en un levantamiento de cadáver realizado el 24 de noviembre de 2003, en el cual nos trasladamos al lugar del hallazgo que fue en la ubicación de la comunidad de Santa María Mazatla, Estado de México, en el cual, ya estando en el lugar nos percatamos, bueno me percaté, de que había una cinta de color amarillo que decía «policía, prohibido el paso». El cual era una carretera de un sólo sentido de sur a norte, no tenía líneas divisorias, era un lugar abierto en el cual, bajando la cañada, había un camino sobre el pasto en el cual estaba un policía municipal del municipio de Jilotzingo el cual era el primer respondiente de nombre Roberto, no recuerdo sus apellidos, con el cual observamos que se encontraba una casa como a unos veinte metros, que no estaba terminada ni habitada, las paredes sin pintar y sólo en algunas partes tenía techo, ya con impermeabilización, y una vez dentro, vimos que se encontraba una persona del sexo femenino sin vida.

—¿Puede decir qué vio en el lugar, alrededor de la mujer?

—Sí, pues localizamos en una esquina un zapato negro, de hebilla, también otro zapato tenis de la marca Nike, negro, y sobre el área cercana al cuerpo se percibían manchas color rojas.

—¿Puede detallar la vestimenta que portaba la mujer sin vida?

—Se podía observar que iba vestida, pero con ropa que le quedaba grande, que no era de su talla; en las prendas de la blusa se observa la tela jalada de su parte anterior y la falda estaba desabotonada y con el cierre abajo, así como visibilidad de la tanga. También portaba una corbata, pero no estaba apretada, sino floja.

—De su primera intervención, ¿cuál fue el estado en el que encontró el cuerpo cuando usted llegó al lugar?

—Ya sin vida, sin signos vitales.

—Descríbale a su Señoría, ¿cuál era la posición en la que encontró el cuerpo cuando usted llegó al lugar?

—En posición decúbito lateral derecho, dando la espalda al observante y de cara a la pared próxima. Tenía las extremidades superiores flexionadas en dirección al estómago, como doliéndose y las inferiores rígidas y estiradas.

—¿Qué más encontró en el lugar?

—En otra de las habitaciones encontramos ropa de niña, ropa de estudiante; estaba tirada en el suelo y desordenada.

—¿Sabe qué tipo de ropa era?

—Sí, como le digo, era ropa de estudiante, uniforme escolar para ser precisos. Una falda color gris, una camisa color blanca con cuello gris y un suéter verde, en la manga del suéter se podía apreciar la palabra «Esc. Sec. México» en una franja blanca, que suponemos es el nombre de una escuela.

—¿Era todo?

—No, también estaban unas calcetas blancas y hallamos el par de la zapatilla negra que encontramos en la estancia principal y un calzón tipo braga color azul con un moñito al frente, también azul.

Declaración de Christofer Alberto Garduño, médico legista en la misma audiencia:

Trabajo para la Procuraduría General de Justicia del Estado de México; desempeño el cargo de médico legista, el motivo de mi presencia es para ratificar dos intervenciones: un certificado psicofísico, lesiones ginecológicas, proctológicas y una mecánica de lesiones.

Acredito que la víctima falleció a consecuencia de traumatismo toráxico abdominal y pélvico secundarios a heridas punzocortantes penetrantes de tórax y pelvis con hemitórax y las cuales las clasifico de mortales y consistentes en el despliegue de actos para privar de la vida a la menor Martha Patricia Galván al lesionarla y producirle traumatismo toráxico abdominal y pélvico, por heridas punzocortantes, ocasionándole la muerte.

El certificado ginecológico se elaboró el día 24 de noviembre. El mismo día del deceso fue agredida sexualmente, el agresor la penetró vía vaginal y anal. En la exploración física encontramos una herida contusa en región parietal derecha y en el psicomático (sic) derecho, hematoma por contusión en la frente, ambos lados de la línea media, en región biparietal izquierda, mejilla derecha, mejilla izquierda y el dorso de nariz, equimosis por contusión en ambas mejillas, en labio inferior y superior, pectoral anterior, ambos brazos, ambos antebrazos, rodillas y piernas.

—¿Puede detallar las heridas que tenía la menor de edad Martha Patricia Galván?

—Sí, su Señoría, por cuanto hace a la que hoy sabemos se llamaba en vida Martha Patricia Galván, y como médico legista con facultades aptas para tal acción, corroboro lo que dejé en constancia de fecha 25 de noviembre del año 2003, que la hoy occisa presentó:

- Herida punzocortante en mejilla derecha.
- Herida punzocortante en el maxilar derecho.
- Herida en cara lateral izquierda del cuello.
- Herida punzocortante en cara lateral izquierda.
- Herida punzocortante en cuello, lado derecho.
- Herida punzocortante en tórax derecho.
- Herida punzocortante en fosa ilíaca izquierda, comprometiendo el ovario izquierdo en la occisa.
- Herida punzocortante en cara superior de tórax.
- Herida punzocortante en región hipotenar; es decir, en la parte baja de la palma de mano izquierda.
- Herida en la región hipotenar de mano derecha.
- Herida punzocortante entre segundo y tercer dedo de la mano derecha.
- Múltiples heridas en cara anterior de mano izquierda, así como un hematoma violáceo en oreja

izquierda, hematoma violáceo en mano derecha, excoriaciones o irritaciones en el labio inferior derecho, en labio superior y en la cara lateral del cuello, así como raspones en la cara anterior de la muñeca izquierda. Dando un total de doce heridas punzocortantes, una herida en el cuello, una supraclavicular, diversos hematomas en labios y cara y cinco heridas producidas por objeto sólido en la cabeza causando descalabro cada una de ellas.

—Y confirma que la herida mortal, ¿cuál es?
—El traumatismo toráxico abdominal y pélvico.
—Gracias, doctor, puede retirarse.
—¿Puedo agregar algo, su Señoría?
—Adelante, doctor.
—También tenía ambas piernas fracturadas.

X

El pastel de Verónica Flores tenía en la parte superior una vela con la forma del número tres, junto a cuatro velas más pequeñas que juntas hacían alusión a su cumpleaños treinta y cuatro. Una orilla estaba aplastada y se podía ver la línea de mermelada que dividía el pastel en dos.

Verónica y su esposo, Juanjo, decidieron que esa ocasión sí celebrarían su cumpleaños, a diferencia del año anterior cuando tuvieron que conformarse con salir a un restaurante donde pidieron una rebanada de flan y café, después de comer sopa de tallarines y limonada mineral.

Este año era diferente. La situación económica de la familia mejoró cuando el marido encontró trabajo en una fábrica de cuadernos escolares que les permitió estar más desahogados, e ir pagando las tarjetas que, desde hacía tiempo, se encontraban en el límite máximo.

Cuando se casaron, cinco años antes, alquilaron un pequeño departamento en la colonia Escandón donde fueron, según dijeron, felices. Juanjo era mesero en la cantina El León de Oro y Verónica trabajaba como recepcionista en un gimnasio. Al año siguiente, ella se embarazó y decidieron que lo mejor para la familia era dejar el gimnasio. Al principio parecía que podrían cubrir todos los gastos con un sólo ingreso, pero entre la inflación, los pañales y la leche de fórmula toparon el límite de las tarjetas de crédito y, dos años después, las deudas los rebasaron.

Cada tanto Juanjo recordaba con nostalgia esos años en la colonia Escandón, cuando caminaba por la avenida Patriotismo. Tan llena de comercios y empresas, y sentía que tenía una oportunidad en la ciudad. No era así. Siempre se decía que lo mejor vendría mañana, aunque cada mañana estaban peor.

Finalmente analizaron sus posibilidades y llegaron a la conclusión de que la miseria finalmente los había alcanzado. La única opción era mudarse al Estado de México, donde las rentas eran más accesibles. La situación fue peor de lo que creían cuando nació su hija Fátima y fue diagnosticada con síndrome de Asperger. El trastorno no era avanzado, pero empeoraría con el tiempo, según dijo el médico. Comprendieron que la niña necesitaría cuidados especiales de tiempo completo, y eso impidió que la madre buscara un nuevo un empleo.

Los padres de Verónica vivían en Huehuetoca. La pareja decidió mudarse hasta ese municipio para apoyarse de tanto en tanto en los familiares para el cuidado de Fátima.

El 3 de diciembre de 2003, Juanjo salió de la fábrica de cuadernos a las seis de la tarde y pasó a comprar un pastel y velas para celebrar el cumpleaños de su esposa; se subió a su automóvil —un pequeño Chevy rojo— y condujo por la calle CTM del Barrio de San Bartolo hasta el lejano y solitario conjunto de departamentos de fachada color mamey y techo rojo donde ahora vivían. En el camino cayó sobre un bache y el pastel se resbaló del asiento del copiloto y se estrelló en el piso del automóvil. Pensó en regresar a cambiar el pastel, pero el golpe no era grave y el pastel aún servía, sólo una esquina se había despedazado.

Para la celebración invitaron al padre de Verónica y a los vecinos del departamento de abajo. Finalmente, a las siete de la noche, cantaban Las Mañanitas y se dieron cuenta de que, aunque vivían lejos de su querida colonia Escandón, su vida prosperaba ahí.

Fátima, la niña, se rindió a los festejos a las nueve de la noche y le dijo a su mamá que tenía sueño y quería ir a dormir. Antes de que Verónica se levantara, Juanjo se adelantó y llevó a Fátima a la recámara para ponerle la pijama y acostarla.

—Tú sigue platicando con las visitas —le dijo a Verónica mientras cargaba a la niña.

Pasaron al menos quince minutos y Juanjo no regresó a la reunión, entonces Verónica fue a la recámara y lo encontró con el oído pegado a la ventana y la vista clavada en la oscuridad. La luz estaba apagada. Cuando entró, él le hizo una seña con la mano para que guardara silencio y le pidió que llamara a su padre. Verónica obedeció y fue por su papá; el vecino los siguió por imitación y todos entraron a la recámara.

El pequeño grupo concordó en que sí se escuchaba un ruido, pero no se pusieron de acuerdo en qué clase de sonido era. El suegro de Juanjo propuso salir para cerciorarse de que todo estuviera bien y no corrieran peligro; la colonia estaba poco habitada. Unos minutos después los tres hombres cruzaban la puerta exterior, mientras Verónica se quedaba con la vecina cuidando a Fátima.

Los alrededores carecían de alumbrado público. La poca iluminación provenía de la luz que escapaba de las ventanas de casas aledañas, bastante espaciadas unas de otras. En la parte trasera del edificio la penumbra era pesada, pero no absoluta. Esa noche tuvieron suerte porque la luna de esturión se había atrasado, ofreciendo algo de luz extra cuando las nubes se alejaban; aunque en realidad sólo era el reflector intermitente de una desgracia que señalaba árboles y esquinas.

El edificio estaba rodeado de terrenos abandonados y lotes baldíos, y desde uno de ellos se escucharon ruidos «como gritos o gemidos», explicaron después.

Juanjo y su suegro, acompañados del vecino, se dividieron. Rodearon la casa y se adentraron en los terrenos, pero ninguno encontró nada raro. Luego los ruidos cesaron. Regresaron al departamento y continuaron festejando, aunque no por mucho tiempo. A las once de la noche se despidieron y la reunión terminó.

Al día siguiente, Juanjo se levantó de la cama temprano para ir a la fábrica. Caminó hasta el baño sin hacer ruido y se dio un regaderazo para quitarse la resaca causada por el ron de la noche anterior. Se puso la primera ropa que encontró; en esa ocasión Verónica no le dejó preparado nada en la silla de la recámara, donde cada mañana encontraba su ropa medianamente combinada para ir a trabajar. Ella seguía dormida. Ni siquiera sintió cuando su marido se levantó. Aunque todos se habían ido a acostar temprano, Verónica se quedó platicando con su padre hasta bien entrada la madrugada.

Cuando Juanjo salió de la recámara, vio a su suegro acostado en el sofá de la sala, tapado con un sarape a cuadros grises y azules. El señor tenía el cuello de la camisa chueco. «Seguramente no pasó una buena noche», pensó. Después se dirigió a la recámara de Fátima, que seguía dormida. Acostumbraba levantarse después de las ocho de la mañana, pero a Juanjo le gustaba asegurarse de que todo estaba en orden antes de partir.

Salió de su casa. A esa hora la escarcha de la madrugada seguía instalada sobre el parabrisas y el techo del Chevy. Encendió el automóvil y esperó a que el vehículo se calentara un poco. Sólo entonces recordó los sonidos de la noche anterior, pero no quiso ir a los terrenos de atrás, no estaba de ánimo y tenía el tiempo justo para no llegar tarde al trabajo. Le adjudicó la paranoia a las cubas que había bebido en la fiesta; ya después le preguntaría a Martín, el vecino, qué opinaba sobre aquellos extraños ruidos.

En la casa el día transcurrió normal. Fátima se levantó como de costumbre y para ese momento Verónica le preparaba el desayuno. El padre de ésta también estaba despierto, sentado a la mesa y tomando café. Continuaron la conversación de la madrugada anterior. Era una lástima que doña Moni, la madre de Vero, hubiera fallecido apenas un año antes de diabetes y no festejaran más cumpleaños juntas.

A las dos de la tarde, después de ayudarla con algunos pendientes y compartir la comida, el padre de Verónica se despidió; le dio un beso en la frente y tomó rumbo a su casa, no lejos de ahí. Tampoco se acordó de los ruidos y, si lo hizo, no les dio importancia.

A las seis de la tarde Verónica jugaba con su hija en la habitación de ella. Verónica la cargó y la aventó a la cama para hacerle cosquillas, pero no calculó bien el espacio ni la fuerza y la niña rebotó en la cama para después caer en el buró, golpeándose la cabeza. Fátima comenzó a llorar inconsolablemente, al parecer más de sentimiento que de dolor. Verónica la revisó y, al ver que no tenía ninguna herida grave, trató de distraerla, pero ese día era particularmente difícil en el ánimo de ambas. Luego la cargó y la acurrucó en sus brazos para que dejara de llorar. Entonces pasó junto a la ventana y le señaló a unos perros que estaban husmeando en el terreno de atrás. Eso llamó la atención de la niña y se calmó un poco. Fátima fue la que observó que, al lado de los perros, se veía algo. Y sí, en efecto, había un bulto junto a los animales.

Con la niña en brazos, Verónica puso atención al lugar que señalaba su hija: eran tres perros bajo un pirul mordisqueando algo que parecía un *maniquí*.

Acompañada de su hija, Verónica bajó corriendo, asustada. Su instinto le decía que no la podía dejar sola en casa. Caminaron tomadas de la mano por detrás de la casa, hacia los baldíos; luego llegaron a la banqueta. Vero le dijo a Fátima que no se moviera de ahí, que se quedara quieta mientras ella se adentraba al terreno. Los perros salieron corriendo al escuchar las pisadas que rompían las ramas y hojas del suelo. Una vez bajo el pirul vio que su peor pensamiento se materializaba. Se trataba de una persona acostada y olía muy mal. Verónica tuvo arcadas, pero siguió acercándose.

Después declararía que: «la persona estaba como podrida». El cuerpo se encontraba colocado bocarriba, sin ropa y se veía inflado. Antes de desmayarse por la impresión, lo último que observó Verónica fue que al cuerpo le faltaba la cabeza y el brazo izquierdo.

Fátima vio a su madre desvanecerse y comenzó a reír, creyendo que estaba jugando. La niña corrió de un lado al otro de la banqueta. Pero Verónica no se levantaría, sino hasta después, cuando la policía la arrastrara fuera del terreno, lejos de aquel pirul que daba sombra a la tercera víctima del asesino.

XI

Los rincones de la colonia CTM se cubrieron de rumores mientras la policía cercaba las calles para levantar un cadáver manipulado por el viento, la lluvia y los perros que en repetidas ocasiones se alimentaron de las diferentes partes del cuerpo.

No había nada familiar en la forma de su muerte, ni hubo alguna señal que hubiese predicho el acontecimiento. Falleció cuatro días antes. No fue víctima de la delincuencia común, ni de la venganza, o al menos eso parecía. En ese momento aquella mujer no era más que un cuerpo amorfo.

Los chicos se arremolinaban alrededor del terreno, aunque la policía no les permitía acercarse demasiado. Los cuchicheos de las vecinas, sobre todo de señoras, surgían aquí y allá, a un lado de la acera y del otro lado de la calle. Aquel era el homicidio de la semana, del mes, o de una desgracia muy particular. La apariencia de la víctima perturbó a la comunidad, aunque no tanto a los agentes que levantaron el cadáver bajo el sol del mediodía.

Cuando los policías llegaron a la escena del crimen la gente estaba aglomerada. El morbo le ganaba la partida a la peste que emanaba del cuerpo y que llegó hasta la ambulancia de la que bajó la médico legista Maribel Delgado y su ayudante Gerardo Colín. En otros automóviles iban los judiciales y una patrulla transportaba al Ministerio Público. La brigada se acercó, rodearon el cuerpo y comenzaron la rutina del levantamiento. Los agentes buscaron objetos e indicios al igual que los peritos. El Ministerio Público se enfocó en tomar notas y analizar la escena.

—El cuerpo se encuentra sin rigidez cadavérica —dijo el médico asistente Gerardo Colín, mientras anotaba los detalles en su libreta de apuntes. Tenía un bolígrafo colocado sobre su oreja derecha, pero nunca lo usaba, o al menos no lo habían visto usarlo desde que fue asignado como asistente forense en la delegación. Llevaba otro bolígrafo que era con el que escribía los datos que necesitaba para realizar el reporte pericial.

—Sí, ya vi. Sin rigidez, en estado de putrefacción y se alcanza a ver fauna cadavérica —agregó la médico titular Maribel Delgado, mientras señalaba con la punta de su lápiz a los gusanos que se movían, entrando y saliendo del cuello de la mujer. Luego Colín preguntó:

—¿Ya encontraron la cabeza y el brazo?

Antes de que respondiera la doctora, un policía preventivo que había llegado antes que los demás respondió.

—No, doctora. Yo me encontré a la señora que descubrió el cadáver, estaba desmayada al lado del cuerpo y la tuve que sacar a rastras. Nosotros solamente hallamos lo que creemos que son las pertenencias de la difunta por allá. —Señaló hacia la esquina del lote baldío, adelante del pirul. Luego añadió—: pero seguro encuentran las demás partes del cuerpo adentrándose en los campos. Los ejidos son grandes y hay varios lotes pegados. En esta zona más que nada son terrenos. Hay pocas casas.

—¿Qué otra cosa deduces del cuerpo? —preguntó la doctora Delgado a Colín, a quien tenía como honorario y lo capacitaba para que en algún momento la apoyara en las diligencias.

—Hay depredamiento animal, doctora —respondió el pasante analizando el cuerpo y los diferentes factores que podían observarse desde su punto de vista.

—Es correcto, Colín. Al menos el brazo fue desprendido por animales, no debe estar muy lejos, la cabeza quién sabe, tengo mis dudas.

—La mordieron fuerte ¿no? —preguntó Colín impresionado por el cuerpo desmembrado. Era la primera vez que asistía al levantamiento de un cadáver con esas características.

—Yo pienso que no —respondió la doctora poniendo especial énfasis en los desgarramientos de las extremidades—. Los animales terminaron de desprender el brazo y la cabeza, porque si te fijas ahí —señaló el hombro del cadáver—, se alcanzan a ver marcas de dientes.

—Ah, caray, yo no veo nada, doctora, si el cuerpo está todo hinchado —dijo Colín manteniendo dos pasos de distancia tras la doctora.

—No ves nada porque no quieres acercarte, porque huele muy feo, pero te vas a tener que acostumbrar. De estos cuerpos no hay muchos, pero tampoco es que sea el último que vas a ver. Por lo general cuando están así de inflados es porque se quedan muertos en su domicilio por varios días y el olor alerta a los vecinos. Ésos son los peores porque el olor es más penetrante. Me acuerdo de uno que fuimos a levantar cuando estábamos en Ecatepec —la doctora alzó la cabeza en busca del agente Zapata, que estaba en cuclillas hurgando entre las ramas y moviendo la tierra tras el pirul; cuando lo vio le gritó—: ¡Zapata! ¿Te acuerdas del cuerpo que fuimos a levantar en la Alborada de Aragón?

—¡Guácala! —respondió el agente acercándose a la doctora—. Ese estaba bien apestoso. Me acuerdo que el licenciado Roldán contenía la respiración desde el pasillo del edificio, entraba a tomar apuntes con el aire que aguantaba y luego se salía otra vez corriendo, y así levantó toda el acta. Entrando y saliendo hasta que terminó.

—Sí, ese se murió porque dejó la llave de la estufa abierta y llevaba varios días así en su domicilio —continuó relatando la doctora.

—Oiga —preguntó Zapata—, ¿se acuerda cuando los camilleros levantaron el cuerpo y se les desprendió la piel del brazo del muertito como calcetín?

—Sí, caray. Ese cuerpo llegó muy mal. La piel se desprendía de lo putrefacta… Vas a tener que aguantarte el olor, Colín —dijo buscando a su asistente, no lo encontró, pero escuchó cómo vomitaba tras un árbol cercano.

El sonido de las arcadas de Colín se interrumpió por el grito de un policía al otro lado del terreno; había seguido un camino de ropa conformado por un par de botas negras, un calcetín, una blusa rosa, y una pantaleta negra. El rastro lo llevó hasta el siguiente lote. Cuando creyó haber perdido la pista, encontró algunos huesos de cráneo y otro hueso largo, uno más corto con aspecto poroso y todos tenían pedazos de piel seca y acartonada. Pocas veces habían visto tantas pequeñas torturas en un solo cuerpo.

Entonces, usando un trapo, tomó un hueso maxilar en el que se podían ver sostenidos los dientes superiores, apenas sujetos por brackets.

—¡Creo que ya encontré la cabeza! —dijo alzando la mandíbula para que todos pudieran verla. Cuando Colín, al otro lado, distinguió los dientes sostenidos por el alambre de los brackets, se dobló de nuevo a vomitar.

—Pinche Colín —dijo la doctora Delgado—, para qué se mete como forense si ni aguanta nada.

XII
Leticia

Cinco días antes de que se ahogara en el mar de su sangre, Leticia Romero escuchó a lo lejos los ladridos agitados por bocinazos y pisadas a su alrededor.

Lleva bebiendo al menos dos días y ha dormido en la esquina donde hay una tienda de abarrotes, al amparo de un puente.

Tiene dos hijos, ya mayores, una de treinta y dos años y uno menor, de veintiocho. Ambos casados y al tanto de ella. Tratan de darle algo de dinero cada vez que pueden. Incluso le han pagado un tratamiento dental, es por eso que usa brackets. Lo que nunca les ha aceptado es ir a una clínica de rehabilitación.

Leticia está divorciada, aunque se ha juntado con don Josué y viven juntos desde hace tres años; sin embargo, el alcoholismo de Leticia lleva al límite la paciencia de cualquiera. Ella lo sabe y lo acepta. A sus cincuenta y dos años tiene suficiente experiencia para aceptar sus problemas y lidiar con ellos, u olvidarlos.

Tiene algunos compañeros habituales de tragos, pero aquella semana no puede sonsacar a nadie, así que anda por las calles con una botella de ron en la mano. Puede comprar alcohol porque trabaja en un mercado, ayudando a la dueña de un local de comida corrida. Le pagan por día y tiene algunos billetes arrugados en la bolsa del pantalón. Finalmente se encuentra con el Charly, un hombre que usualmente deambula por la zona; podría ser un vagabundo o un hombre solitario, nadie lo sabe. No se le conocen familiares ni amistades. Acostumbra andar por ahí y por allá, siempre con un cigarro en la mano. En ocasiones parece también estar alcoholizado, pero serían suposiciones; podría estar fingiendo su ebriedad o realmente tenerla. Tampoco se le quieren acercar porque, aunque no es alto, incomoda a la gente.

El domingo Leticia se cruza con el Charly en la esquina de la calle 22 y la avenida Primero de Mayo. Ella sabe que él la observa desde hace algunas semanas, pero no le importa y no piensa que quiera aprovecharse de ella. Los dos están bastante mayores para juegos eróticos y coqueteos, además todos saben que ella está con Josué, y es consciente de que no es una mujer precisamente atractiva, así que cuando le acepta tomar unos tragos, los recibe de buena manera.

Están juntos todo el día. Hay quien los recuerda en el parque, y otros confirman haberlos visto tras el mercado donde trabaja Leticia. Ahí se encuentra con otros locatarios. Ella les presenta a Charly y dice que es su hijo, pero todos saben que eso no es cierto. Lo que dice obedece más a un desliz etílico, que para ese momento la tiene bastante aturdida. No se necesita demasiada bebida para ponerla en un estado alcohólico avanzado, ya lo estaba desde antes, ahora sólo ha mantenido el ritmo de los días pasados.

La respuesta de Charly cuando lo presentan a los locatarios es el silencio, y de pronto le insiste a Leticia.

—Ya vámonos. —Pero ella no le hace caso y sigue hablando con la gente que se encuentra.

Cuando le preguntan si ese día irá a trabajar al local de comida, ella responde:

—No, no. —Niega con la cabeza y luego añade—, dígale a doña Mary que la veo en la semana, nomás me llevo a mi hijo a su casa. —Dice refiriéndose a su acompañante como si fuera su hijo, a modo de broma. Entonces Charly insiste, alzando la voz.

—Ya vámonos.

Ambos caminan rumbo a los matorrales y luego doblan en la calle Maturines, donde vive él.

Entran a una privada donde hay cuatro edificios color mostaza, de una arquitectura anticuada y de varios niveles. Charly renta el primer departamento de la planta baja.

Por dentro el apartamento es verdoso y mortecino, los muebles son pocos y viejos: una mesa con dos sillas, una de ellas de plástico y la otra de metal, un sofá deteriorado y una pequeña televisión.

Hay varios papeles sobre la mesa, como si Charly olvidara las cosas con facilidad y necesitara apuntar todo para recordarlo después.

Leticia se sienta en el sillón, donde los cojines se hunden de tan usados. No hay cuadros en la pared, sólo una imagen de Bill y Bob, los fundadores de Alcohólicos Anónimos; de modo que sí, Charly es AA, está pasando por una recaída, no se sabe desde cuándo.

Leticia, en su borrachera, lo observa por primera vez con detenimiento. Es un hombre acabado, los pantalones le quedan grandes y su departamento tiene un olor a ropa sucia y humedad, aunque hay otra pestilencia que no alcanza a descifrar.

Él se dirige a la cocina. Abre uno de los anaqueles superiores. Busca entre varias latas de comida y finalmente saca del fondo una botella de licor de agave. Leticia escucha el movimiento de algunos trastes en el fregadero, y luego el sonido del líquido vertiéndose dentro de un vaso.

Charly sale de la cocina sin nada en las manos y prende el televisor; se transmite el resumen de un partido de béisbol, la imagen tiene colores opacos y siluetas poco nítidas, luego regresa a la cocina y vuelve con un vaso y una taza blanca.

—Tome, beba más —le dice Charly arrimando el vaso mientras ingiere otro tanto que ha servido en su taza.

Leticia acepta y comienza a reír. Ríe de nada y ríe constantemente. Le cuesta enfocar la mirada con tan poca luz, que es amarilla, pero alcanza a ver en una de las esquinas un paquete con pañales para adulto. Charly sigue la dirección de su mirada.

—Me da diarrea seguido —dice—, luego ni puedo salir, tengo cáncer, doña Lety —confiesa apenado bajando la vista, y bebe de un jalón el resto del licor.

Es eso. La pestilencia que Leticia no alcanzaba a descifrar es olor a mierda.

Siguen tomando alrededor de dos horas.

En algún momento Charly se acerca a Leticia, sabe que no debe hacerle nada, el trato era entregarla; le habían dado un dinero adelantado, pero tiene el juicio nublado, y hace tiempo que no está con una mujer. Ella, aturdida y sumida en el sillón, no se percata de la cercanía del hombre; para cuando siente su mano en la pierna, él ya está prácticamente sobre ella, con el aliento de cigarro invadiendo su rostro. Entonces con mucho esfuerzo le quita la mano y se levanta.

—¿Dónde está su baño, Charly? —pregunta.

Él responde señalando hacia un pasillo pequeñísimo donde convergen tres puertas, dos son de las recámaras. El lavabo está a la vista, y el retrete y la regadera en el interior del baño.

—Me voy a echar agua en la cara, Carlitos —le dice mientras camina al pasillo. Él no responde.

Leticia abre la llave. El agua sale y humedece la punta de sus dedos, pero no alcanza a mojarse la cara porque siente que la toman del brazo. Charly le dice que lo acompañe al baño, porque quiere decirle algo, y la empuja dentro; una vez ahí cierra la puerta y, usando toda su fuerza, inclina a la mujer sobre el escusado. Ella pregunta:

—¿Qué pasa?

—No pasa nada.

—¡Suéltame! —le ordena Leticia, pero no obtiene respuesta.

Él la empuja de los hombros y la inclina aún más. Luego toma una de sus manos, colocándola tras su espalda y recarga su peso en ella. Leticia se duele y se agarra de la taza del baño con la mano libre. Él comienza a acariciarle los senos, le baja el pantalón y los calzones a la altura de la rodilla; ella dice que va a gritar, pero él le mete los dedos en la boca y la jala de los brackets. Ella se dobla del dolor y alcanza a ver que su atacante busca algo en una de las repisas, sobre el retrete. Saca un condón color café, se lo coloca y la penetra durante cuatro o cinco minutos. Leticia comienza a llorar, luego él la voltea y la arrodilla; le mete el miembro en la boca, sujetándola del cabello. Ella le pide que la deje, es sólo entonces cuando la suelta y sale del baño. Ella se sube el pantalón y poco después se encamina hacia la sala con intenciones de salir e ir a su casa, pero Charly no la deja partir del departamento, por el contrario, la avienta al sillón y le ordena que se quede ahí sin gritar.

Leticia obedece, inmovilizada por la conmoción. Le duelen las rodillas, que le siguen temblando. Tiene golpes en los brazos que nunca supo cuándo recibió y una tempestad de emociones la invaden.

Desde ese momento comienza a rechazar su propio cuerpo, como si ya no le perteneciera, como si hubiera olvidado quién era.

Piensa que es responsable de lo que acaba de pasar, que no debió aceptar ir a la casa de Charly, y siente que su vida pierde sentido. Está ansiosa, tiene angustia y tristeza; le dan náuseas y vomita en ese instante. Le duele el abdomen y se recuesta en el sillón. Piensa que es la responsable de lo que vayan a pensar ahora de ella sus hijos y Josué, su pareja. Responsable de todo el sufrimiento que vendrá en cuanto pueda salir de ese lugar. ¿Cómo podría vivir con lo que le han hecho? «Lo mejor es que me maten, es lo mejor, es lo mejor», piensa. Pero no puede continuar con toda la marea de emociones, porque un golpe la aturde y le provoca un desmayo. El alcohol hace el resto.

Dos horas después, Charly recibe una visita, es un hombre joven, el mismo que le pagó para que le consiguiera a una mujer.

El joven pasa a la sala y ve a Leticia tirada en el suelo, al lado del sillón y con el vómito bajo su brazo, enferma de su propio temor. A partir de este momento la desgracia seguirá subiendo como la marea.

—Viejo pendejo —le reclama—, ¿quién te dijo que podías violarla y golpearla?

Charly no responde. Está ahogado en alcohol y apenas puede sostenerse de pie.

—¿Alguien te vio traerla? —le pregunta, cada vez más desesperado. Se inclina para cerciorarse de que la mujer respira y confirma que su pecho se mueve, pero está en muy mal estado.

—¿Y tú por qué te vas a quedar con las mujeres? —reclama Charly, con la saliva cayendo de su boca y los ojos hinchados y rojos.

—Viejo pendejo, es la última vez que te pido algo.

El joven levanta a Leticia, la apoya sobre sus hombros, sale del lugar, camina por el patio y la sube a su camioneta. Luego regresa al departamento y, al entrar, ve a Charly tirado en el sillón, durmiendo. Una peste agria se ha apoderado del lugar. Charly se cagó en sus pantalones.

Leticia es de baja estatura, por lo que su cuerpo es fácil de manipular. El hombre que la sube a la camioneta no sabe bien qué hacer con ella. Para ese momento es más un guiñapo que una persona; está débil, violada, golpeada y endeble, no responde a ningún estímulo. Está ensimismada en la profundidad de la humillación. Por sus venas corre el alcohol de tres días, por lo que no puede articular palabra.

—¡Mierda, mierda, mierda! —repite una y otra vez el hombre al volante. No sabe qué hacer.

Más tarde declarará que no supo siquiera por qué la subió a la camioneta ni sabía a dónde la llevaría; pero en ese momento pensó que lo mejor era sacarla del departamento de Charly para no dejar algún rastro que pudiera delatarlo.

—¡Mierda, mierda, mierda! —dice de nuevo.

Llegan hasta Huehuetoca, que es un lugar que no conoce, pero le parece desolado. Al dar varias vueltas por la colonia comienza a idear un plan. No bastaría con abandonarla, incluso no bastaría con matarla, eso sería lo de menos porque no se trataría de la primera. Pero ya no encontraría placer en lastimarla, mucho menos en violarla. «Así, no», piensa.

Desde su última depredación hubo un cambio en su forma de actuar. A Martha Patricia pudo violarla porque prácticamente era una niña y no opuso resistencia, aun cuando ella lo golpeó con la piedra tratando de defenderse. En la casa abandonada la hizo vestirse con ropa de mujer, mientras le decía «Te vas a vestir de puta». ¿En qué momento encontró placer en el lenguaje vulgar? ¡Él!, que tanto se jactaba del amplio léxico que usaba como arma de atracción. ¡Él!, que comenzó su vida sexual con prostitutas a las que les escribía poemas cursis. Ahora su mentalidad había cambiado. Ver cómo se arrastraba Martha le dio placer. No puede sacar de su mente la imagen de la niña con las zapatillas negras y la falda escolar de tablones a cuadros. Incluso la guitarra que cargaba en la espalda. Todo eso lo excitó.

Desde entonces carga en la maleta un par de medias blancas, una falda de cuadros, una camisa blanca y un suéter escolar azul; toda la ropa que imita el uniforme escolar. Pero no podrá usarla con la mujer que transporta en su camioneta. Ensuciaría la ropa antes de ponérsela, además no estaba en estado conveniente. Piensa que lo mejor es matarla, dejarla irreconocible, para que no puedan saber quién es. Según le dijo Charly es una borrachita que nadie echará de menos, que con unos tragos quedaría lista para llevársela adonde sea, vestirla como él deseaba y hacerle lo que quisiera. Pero Charly es un viejo pendejo y cagado que no pudo resistirse a violar a Leticia. Y ahora la llevaba vomitada y usada. «Así, no», piensa… «Así, no».

Finalmente arriba a los alrededores de la calle CTM del Barrio de San Bartolo, donde no hay alumbrado público y los terrenos deshabitados abundan. Se siente cómodo en esa zona. Hay poco ruido y sobra penumbra.

Estaciona la camioneta a la orilla de un terreno, apaga las luces y se queda un buen rato sin hacer nada. Observa que nadie salga de las casas contiguas. Escucha el sonido de la respiración pesada de Leticia proveniente de atrás. Voltea a verla, se encuentra acostada, enrollada en su propio cuerpo. Piensa que en esa posición parece un gusano, y le da mucho coraje verla así: ridícula, porque no le gustan las mujeres ridículas, lo que a él le gusta es ridiculizarlas.

Treinta minutos después decide salir de la camioneta. Actúa como si estuviera perdido ante un público ausente, buscando el nombre de la calle en alguna esquina por si se encuentra con alguien, pero no hay nadie. Una de las casas tiene un letrero anunciando que se hacen costuras y arreglos de ropa. Se asoma por las ventanas del lugar para cerciorarse de que no salga algún curioso, y en efecto comprueba que no hay nadie en la casa. Ni luces prendidas ni sonidos domésticos.

Regresa a la camioneta. Abre la puerta trasera y encuentra a Leticia en la misma posición: enrollada y con el rostro contra el piso. La toma de las manos y la saca. La avienta a la banqueta, le sorprende lo fácil que es manipularla, lo dócil que se presenta ante la muerte.

A rastras la mete en medio del terrenal y la deja bajo un pirul. La mujer sigue sin moverse y él comienza a pensar que el golpe que le dio Charly fue demasiado fuerte y pudo causarle algún daño mortal. Quizá ella ya no esté ahí, sólo su cuerpo y su respiración. Lo que sí sabe es que tiene que darse prisa, porque los vecinos pueden llegar en cualquier momento.

Saca una barreta de metal del interior de la camioneta, también un martillo y un cuchillo. No sabe qué hacer y es lo único que tiene en la caja de herramientas que puede servirle y que ha utilizado en sus anteriores asesinatos. Se coloca al lado de ella, su respiración es cada vez más débil, ya casi no se escucha, hace varios minutos que dejó de sollozar. La pone bocarriba y se monta sobre su pecho. Agarra la barreta con ambos brazos y los alza para tomar impulso y golpearla con fuerza. Antes de propinar el golpe le llega un pensamiento fugaz pero inquietante: aunque la mujer está más muerta que viva y en mal estado, quiere verla desnuda, saber cómo son sus senos y sus nalgas, incluso tocarle el sexo. Una morbosidad vulgar se ha abierto paso en su mente. Así que le quita los pantalones y la ropa interior. Saltan los botones y el cierre del pantalón se revienta. El calzón no le cuesta trabajo ni tampoco la blusa manchada de vómito agrio. El brasier está sucio y lo rompe de un solo tirón. Así la ve moribunda en la tierra. Contrario a lo que pensó, no le despierta ningún deseo, ningún pensamiento. Nada. Ante la falta de excitación le da un golpe contundente con la barreta en la cara. La cabeza de la mujer se sacude, rebota en el piso y muere en el acto. Está tendida, sin moverse ni quejarse. Su cuerpo alcanza la tranquilidad que le había sido negada, y así se queda. La entrañable belleza del descanso en el horror del asesinato.

Piensa desmembrarla, cree que es fácil. Encaja la barreta en su cuello, pero la herramienta es gruesa y es trabajoso atravesar la carne, por lo que sólo le lastima el cuerpo. Entonces se acuerda de que tiene un cuchillo en la maleta. Se mueve apenas un poco para alcanzarlo y se inclina, montándose de nuevo sobre ella comienza a romperle la piel, los nervios y los músculos en la base del cuello. Llega al hueso, pero no puede romperlo. Pensó que sería fácil, pero las fuerzas no le dan para separar la cabeza, por lo que la deja así. Entonces se le ocurre encajar el cuchillo, ahora en el inicio del brazo, lacerando la piel con mayor detenimiento y profundidad para poder desmembrarla más fácilmente. Así lo hace, entierra el filo en el hombro y de ahí lo baja y pasa alrededor de la extremidad. La piel se abre y la carne se desflora, apresurándose a salir, cruda. Eso lo perturba y abandona la tarea. La deja así, rota y destrozada, con el camino del filo marcado alrededor de la extremidad. Finalmente se levanta y recoge sus herramientas, las mete en la caja y las avienta a su camioneta. Cierra la puerta. Se fija que no haya alguien alrededor o asomado en las ventanas: nadie.

En medio del crimen reflexiona en lo atropellado que resultó ese día. Nada fue como lo planeó, gran parte por culpa de Charly. Era la primera vez que le encargaba algo tan delicado, pensó que aquel viejo pendejo le serviría porque ya estaba al borde de la muerte por su cáncer, pero resultó que al idiota senil aún le quedaba lujuria entre las piernas. Pensándolo bien era de esperarse, el viejo estaba desahuciado, no asexuado. Charly siempre tuvo aspecto sucio y depravado. Pero no más, ha aprendido varias lecciones últimamente: la principal es que debe trabajar solo. Buscar lugares más seguros —la niña del barranco le dio un buen golpe con la piedra y el sitio donde la asesinó estaba demasiado cerca de la carretera, por eso se escucharon los gemidos y lamentos; también olvidó su zapato en el lugar y eso lo tiene preocupado—. Otra cosa que ha decidido es no calcinar a sus víctimas. Rociar sobre la empleada de la Comercial Mexicana un galón de aceite y prenderle fuego lo expuso demasiado. «Finalmente —piensa—, todo ha servido para afinar detalles futuros».

Algo más ha cambiado: ya no quiere obligar a las mujeres a vestir como prostitutas o colegialas. Desvestirlas y vestirlas de nuevo con otras prendas requiere de mucho esfuerzo. Concluye que lo mejor es tomar niñas o jovencitas que ofrezcan la menor resistencia, cosa aparte es que la mujer que acaba de asesinar era desagradable. No más alcohólicas —decide— ni drogadictas ni señoras; a partir de esa noche su lívido se ha inclinado a mujeres jóvenes y limpias. Ha reconocido sus errores. Ha aprendido las lecciones de la muerte.

Sube al vehículo y prende el motor. Se marcha sin encender las luces. Se escuchan las llantas rodando sobre las piedras del camino, mientras los perros se acercan a oler el cuerpo que ha dejado. La noche tiende mantos de oscuridad sin miramientos.

Pasan tres días, en ese tiempo, cuando se oculte el sol, la fauna del lugar se acercará al cadáver para alimentarse de él: gatos, ratas y perros. Después del primer día el cuerpo comenzará a descomponerse, emanando gases, y al tercero la piel se desprenderá.

Los animales, hambrientos, finalmente separarán la cabeza al roer desesperadamente las vértebras del cuello y, peleando entre ellos, llevarán la cabeza y el brazo, también desprendido con hambre y ferocidad, hasta el terreno aledaño, más allá del árbol de pirul. Cada noche estos animales harán ruidos de trituración y su rumiar se confundirá con gemidos.

La luna y el sol pasarán cuatro veces sobre el cuerpo de Leticia hasta que, finalmente, en la mañana del quinto día, una mujer se acerque y se desmaye al instante por la impresión; mientras una niña ríe a la orilla de la banqueta.

He dejado de ver al mundo
como solía hacerlo;
no construí los imperios
que tenía para mí.

He dejado de creer en las personas,
sólo encuentro lugar en los silencios.

Ya no tengo principio
sino finales cercanos y borrosos.

He dejado de escuchar las voces
y he caído en la pasión enferma
de la soledad y la perversión.

Mi dolor no es
más que una búsqueda
que nunca se acaba
que nunca se llena
y nadie puede nombrar.

Mi destino acaba con la neblina
rindiéndose ante mis ojos
arrastrándose hacia mí.*

* [Transcripción de los escritos encontrados, presentados como prueba documental por el Ministerio Público y rechazados por el juez por no encontrar relación directa con los hechos denunciados].

XIII

—¿Supiste que el subprocurador quiere que tomemos un curso de la UNAM? —Moreira llegó con la noticia para la brigada, se la comunicó directamente el comandante Barboza. En ese momento había doce judiciales presentes, de los cuales apenas cuatro o cinco le pusieron atención.

—¿Curso de qué? —preguntó Salgado.

—Por lo que entendí es para definir el perfil de los homicidas y desarrollar acciones de prevención y readaptación, lo hicieron apenas en la Universidad junto con la policía gringa de Minnesota, eso me dijo el comandante.

—Esos cursos no sirven para ni madres, nada más quitan el tiempo —se quejó Salgado.

—Igual y nos sirve —respondió Zapata que siempre le hacía segunda a Moreira—, yo terminé la preparatoria, pero muchos de aquí ni eso.

—Pinche preparatoria patito que cursaste. Seguro estudiaste en Harvard... pero de Ciudad Neza —dijo el Chacho González.

—Cállate pendejo —respondió Zapata—. No fui a la Harvard, era la Vasconcelos.

—Aquí todas las escuelas se llaman Vasconcelos cuando son culeras, igual que todas las primarias que se llaman Benito Juárez. Como si no hubiera héroes chingones en el país, como por ejemplo, Rafa Márquez —dijo el Chacho refiriéndose al futbolista—, ese sí es chingón y no hay escuelas con su nombre. Yo a todos mis hijos los metería en la Rafa Márquez, de ahí si no salen listos, al menos salen futboleros.

—Cómo te encanta decir pendejadas, Chacho —dijo Moreira.

—A ti porque no te gusta el futbol, pero es lo único bueno que tiene este país.

A Moreira le molestaba hablar de futbol y las conversaciones en la delegación terminaban inevitablemente en eso; y por más que se proponía desviar el tema, los ánimos se calentaban y era imposible cambiar la plática.

—Aparte, ¿qué tienes contra Benito Juárez? —preguntó Zapata.

—Pinche Juárez, ni hizo nada por el país, era bien dictador, igual que Porfirio Díaz —respondió el Chacho González.

—Ay, no mames, Juárez es un héroe —varios alzaron la voz en una especie de consenso.

—Sí, pero también era un tirano. Pregúntenle a Moreira que es el único que lee aquí.

Moreira se asombró gratamente y se sintió cómodo en un tema que dominaba. No tuvo que hacer nada y la plática ya estaba en el lado de la historia mexicana, entonces preguntó:

—¿Y tú cómo sabes eso?

—Me lo enseñó un maestro en la prepa y nunca se me olvidó. Luego vi un documental donde decían más o menos lo mismo. Lo que pasa es que el gobierno nos ha metido a todos que era un chingón, pero era culero.

—Pues sí, en realidad es cierto —dijo Moreira respaldando al Chacho.

A Moreira le tenían respeto porque era de los más leídos entre los agentes judiciales. Le gustaba investigar los temas y por eso le molestaba hablar de futbol; en esa ocasión estaba satisfecho en el rumbo que iba tomando la conversación.

—Pero sería una escuela más chingona si se llamara Pável Pardo —dijo Márquez Rua desde el fondo de la oficina.

Varios agentes asintieron.

—O mejor Ricardo Lavolpe —respondió otro.

—Chinga tu madre, pinche director técnico culero que siempre tiene a Carmona en la banca —dijo alguien más de entre todos los agentes.

Entonces todos comenzaron a opinar al mismo tiempo sobre quién consideraban mejor futbolista, y el momento más culto de la delegación en años se eclipsó con la polémica de la Selección Nacional de 2003.

Moreira se levantó del escritorio y le hizo una seña a Zapata con la cabeza para que se fueran de ahí. Nadie notó que salían porque estaban absortos en la disputa deportiva.

En lugar de usar la puerta principal tomaron la de la derecha, que daba directo a las galeras —una suerte de prisión provisional para los presuntos culpables recién detenidos—, eran varias celdas y en la tercera, del lado izquierdo, estaban encerrados dos jóvenes.

Uno de ellos acostado y con la pierna levantada: tenía una aparatosa herida en el pie. El otro, que parecía ser su compañero, lo acompañaba y le preguntaba si se sentía mejor, a lo que el otro respondía que sí, y ambos reían al acordarse de lo que les ocurrió.

—A ver, compadre, ¿qué tienes? —Moreira se detuvo y preguntó, porque vio bastante sangre en el piso, saliendo de la herida del recluso.

—Se cayó de la moto por pendejo, jefe —respondió el compañero del joven.

Zapata tomó del brazo a su compañero para irse, pero éste se resistió. La herida del detenido parecía grave.

—A ver, hijo, déjame revisarte —le ordenó al compañero para que se quitara de enfrente y le dejara ver la herida.

El joven que estaba acostado quiso mover su pie, pero no pudo. Entonces el agente se acercó para observar a detalle y se percató de que la planta de su pie estaba prácticamente desprendida, apenas sujeta por la piel del talón. Como si fuera una suela de zapato rota, sólo colgada del pegamento. Se podían ver los nervios, el tejido y la carne viva. Toda la planta del pie desprendida de un tajo.

Moreira no pudo ocultar su asombro. Trabajar en la Procuraduría siempre les ofrecía imágenes, historias y delitos que superaban cualquier experiencia previa.

—No se preocupe, jefe —respondió el herido al ver el rostro consternado del judicial—, ahorita me van a llevar a la Cruz Roja, nada más están esperando llenar los documentos de salida.

—De traslado —lo corrigió Zapata—, porque no te vamos a soltar.

—Sí, bueno, esos.

—De todas formas, ya vino el doctor y le puso anestesia —explicó el compañero del herido.

—¿Y te duele? —preguntó Moreira sin apartar la mirada del pie accidentado.

—¡Qué le va a doler!, si está bien feliz por la anestesia —respondió.

Y, en efecto, el joven herido tenía una sonrisa en la cara, y se reía de lo que le había pasado.

—¿Qué hicieron, hijo? —preguntó Moreira ya un poco más tranquilo al saber que el detenido estaba anestesiado y el doctor lo había revisado.

En esta ocasión respondió el herido.

—Nos robamos una motoneta. Éramos tres. Estos mensos se subieron conmigo, les dije que era mucho peso, pero no me hicieron caso.

—Entonces cuando arrancó, y como éramos tres, se le metió la pata en la cadena de la moto y se la rebanó. —Completó la historia su compañero.

—Y la moto fue a dar hasta no sé dónde, y ya me vi el pie y chingue su madre —expresó el herido—, ¡todo abierto! —Y comenzó a reír de nuevo.

La anestesia causaba efecto y veían el accidente con gracia. Incluso no se preocupaban por el delito que habían cometido. Entonces Moreira se encaminó hacia el final del pasillo alcanzando a Zapata y salieron rumbo al estacionamiento.

—Se veía feo, ¿verdad? —comentó Zapata.

—Muy cabrón, nunca había visto un pie así, y los chavos riendo como si nada.

—Están cabrones, quién sabe cómo le vaya a quedar el pie.

Subieron al automóvil y se dirigieron a la colonia Vidrieros para entregar un citatorio por incumplimiento de pensión alimenticia. Habían localizado la empresa donde trabajaba el deudor e iban a presentar el documento.

—Oye, Moreira, pero mi escuela era buena, no era patito como dijo el Chacho —aclaró Zapata.

—Wey, ¿a mí qué? Me vale madres, está chido que hayas terminado la prepa, no te preocupes.

—Pues sí, pero me encabrona que desacrediten los esfuerzos de uno.

—¿Por qué te preocupa tanto lo que diga la gente, Zapata?

—Porque me costó mucho trabajo terminar la preparatoria, no era tan listo como tú.

—¿Y luego te metiste al ejército? —Moreira se interesó por el pasado de su compañero y abandonó la idea de prender el cigarro que ya había sacado de la bolsa interior de su saco.

—Sí, porque mi escuela no tenía el pase automático para la Universidad. La verdad no me iban a admitir.

—¿Y qué querías estudiar?

—Pero sí era buena mi escuela, eh, sólo que el pase automático…

—Cabrón, no me tienes que convencer de tu escuela. Te pregunto que qué querías estudiar.

—Pues es para que no creas que era patito, pero bueno, Psicología, soy bueno en eso. Por eso se me facilitó ser judicial, porque siento que sé leer a la gente, les doy confianza.

—Déjate de pendejadas, Zapata, toda la gente habla cuando traes una pistola en la mano. No se necesita ser Fromm para eso.

—¿Quién es Fromm?

—Uta madre, y eso que querías estudiar Psicología. —Moreira, con el cigarrillo entre dos dedos, comenzó a golpetearlo suavemente en el tablero del automóvil para apretar el tabaco.

—Pues quería, pero al final no estudié.

—¡Cabrón, cómo te gusta hacerte pendejo! No me respondiste si después de eso te metiste al ejército…

—Sí. Tengo una prima que trataba de ingresar para la enfermería militar y me dijo cuándo iban a ser los exámenes y me apunté, pero yo para soldado.

—¿Y está difícil?

—Pues yo digo que depende, sólo tienes que pasar el examen físico, es lo más importante, y no tener tatuajes ni antecedentes penales, pero lo demás sí está fácil.

—¿Y tu prima pasó?

—Qué crees, que no. Le faltó peso, estaba delgadita y tampoco daba la estatura, y para ser enfermera militar tienes que estar así medio tronca, o sea, con cuerpo de ropero.

—Qué mala onda.

—Sí, pero bueno, luego ella sí pasó el examen de la UNAM, ¿qué cosas, no? Ella quería la militar y yo la UNAM, y resultó que ella se quedó en la universidad y yo en el ejército.

—Dicen que es culero.

—¿El ejército?

—No, wey, el taquero de ahí. ¡Pues claro que el ejército!

—Ah, sí, pero te acostumbras.

—¿Qué era lo más culero que pasabas estando en el ejército?, ¿ir a los operativos contra los narcos?, ¿rescatar a la población de las inundaciones o cuando hay huracanes y esas cosas?, ¿eso es lo más feo?

—Qué crees, que no. Lo que me parecía más gacho era la bañada, porque te levantan bien temprano y tienes que alcanzar agua caliente, porque sólo hay como para cinco o diez minutos de agua caliente, y luego le cierran, y pues no mames, en cinco minutos ¿cuántas personas crees que se puedan bañar calientitos? Bien poquitas. Casi nunca alcanzas. Tienes que levantarte mucho más temprano; pero aparte de eso el ejército no está mal.

—¿Y ahí por qué no estudiaste Psicología?

—Porque el ejército prefiere soldados que vayan a rifarse a los operativos, de esos quieren muchos, porque son los primeros en caer.

—Chale, qué mala onda, Zapata.

—Pues aquí es igual, Moreira, y hasta peor; al menos allá tienes sueldo y una carrera más o menos asegurada y te protegen más, porque las leyes que se aplican son distintas a las civiles, pero acá en la Procuraduría ni te respaldan si te pasa algo. Acá te arriesgas más y a lo pendejo.

—¿A ti te gusta estar aquí?

—¿A mí? —preguntó Zapata un poco desconcertado.

—No, pendejo, al de la tienda de la esquina... pues claro que a ti.

—Sí, me gusta. Me gusta ayudar y resolver los casos, pero bien resueltos, nada de andar fabricando al culpable, como el Chacho González. Ese wey nada más quiere pararse el cuello, pero siempre les da una calentadita a los detenidos, aunque no sean culpables.

—¿Tú no?, ¿nunca?

—¿Yo qué?

—Hoy sí estás medio pendejo, Zapata. Que si tú nunca has calentado a los detenidos.

—Sí, claro, cuando es necesario. Pero no me late. Si investigas bien a los detenidos hablan solitos, como Camarena con los degollados de Ecatepec. Los cabrones hablaron solitos cuando los agarraron.

—Ese caso estuvo bien cabrón. La otra vez me lo contó Camarena en su fiesta de cumpleaños. Bien, bien feo.

—Sí, no manches, de esos casos de una vez en la vida.

—Toda la familia degollada y sólo sobrevive el niño de cinco años.

—De tres.

—Ah, sí, de tres.

—Estuvo cabrón.

—Mucho —respondió Moreira, recordando cuando el agente Camarena le contó cómo resolvió el asunto, después guardó silencio.

—¿Te ha tocado un caso así? Porque a mí, no —retomó la plática Zapata después de unos segundos.

—A mí tampoco me han asignado ninguno parecido.

—Qué culero, ¿no?

—¿El caso de los degollados?

—No, me refiero a tener un asunto que te quite el sueño… —recapacitó Zapata en un acto de introspección.

—¡Imagínate que nos toque perseguir a un pinche loco sádico de esos que andan mate y mate!

—Y de ésos hay muchos.

—Ojalá y no, Zapata, ojalá y no tengamos un caso así.

PARTE 2

XIV

Patricio trató de limpiar desesperadamente las manchas de sangre de la alfombra con agua oxigenada. Fue imposible. El manchón ya era muy grande cuando regresó con la botella y la gasa.

Vanessa estaba tirada a su lado, pálida y delgada.

¿Quién lo diría? ¿Cómo llegaron hasta este punto desde la fiesta en la que se conocieron, cinco meses atrás, con el frío calándoles los huesos después de un aguacero en el patio de una casa en Tecamachalco a las once de la noche? El aire transportaba el zumbido de los insectos y dentro de la casa olía a tabaco y, en menor medida, a marihuana.

Vanessa tocaba en una banda llamada Los Volovanes. Ella era la vocalista y guitarrista. En el descanso del improvisado concierto, Patricio y ella se encontraron en la barra de bebidas, platicaron de cosas intrascendentes y al terminar quedaron en verse en otra ocasión. La otra ocasión fue dos semanas después.

En la segunda cita, Patricio la recogió conduciendo un Camaro negro. Vanessa salió de su casa usando una blusa roja de seda oriental con flores amarillas estampadas. Su piel era blanca. En su cuerpo delgado un tatuaje de notas musicales se instalaba en la parte interna de su muñeca izquierda. Sus ojos oscuros eran más bien grandes y tenía pestañas curvas. De estatura mediana, un poco más baja que alta. El cabello rojo y quebrado caía sobre sus hombros.

Patricio sí era alto, cara alargada y pelo castaño muy chino. Se le marcaban los músculos y nervios de los brazos, aunque había adelgazado a últimas fechas. Llamaban la atención sus dedos largos y huesudos. Adepto y obsesivo al gimnasio hasta que lo abandonó un año atrás; justificó la decisión con su madre argumentando que la presión en la universidad lo estaba rebasando. En realidad, era un cobarde.

Vivía relativamente cerca de Vanessa, en la zona de La Herradura, él en la parte superior y ella en las orillas del Hipódromo.

Ella tenía dieciocho años y él, veintiuno.

El Camaro negro era la última de una larga lista en las obsesiones de Patricio, todas abandonadas en relativamente poco tiempo. El automóvil fue regalo de sus padres por terminar —con mucho esfuerzo— la preparatoria; pero antes de eso tuvo la obsesión del ejercicio, de los suplementos alimenticios, de los relojes, de la música electrónica y, curiosamente, de los cinturones, muchos de los cuales seguía conservando. Le gustaban más largos de la medida común: tenía Moschino, Ermenegildo Zegna y Saint Laurent, pero sus favoritos eran los Ferragamo.

Vanessa era más sencilla en gustos; de padre estadounidense —texano, para ser exactos— y madre oaxaqueña. Heredó de ella el carácter, y de su padre el color de piel y el hábito de fumar; por eso si algo la caracterizaba era tener un cigarro en los labios todo el tiempo. Desde el momento en que Patricio la descubrió, en el improvisado escenario de la fiesta de Tecamachalco, se obsesionó con ella. Recordaba lo genial que se veía tocando la guitarra con el cigarro detenido en el clavijero mientras ejecutaba los acordes, no sabía cuál era la canción con la que la conoció, ni le interesaba, pero la figura de una mujer dominando un instrumento le pareció poderosa y quiso relacionarse con ella de inmediato.

Como el hipódromo quedaba cerca de su casa, fueron ahí en su primera cita y repitieron el sitio tantas veces que lo hicieron su lugar predilecto. Ninguno sabía de caballos ni les gustaba apostar; al final ni siquiera se paraban por el Paddock o las gradas. Iban directo al Jockey Club, pedían de comer y beber, y así comenzaron un noviazgo que duraría varios meses más.

Después Patricio abandonó la universidad. Decía a todo el que quería escucharlo que la presión académica era demasiada, pero la realidad es que nunca se comprometía con ningún reto que le llevara demasiado tiempo o esfuerzo alcanzar; así que la carrera de Ingeniería en Gestión Empresarial le pareció eterna y las materias insufribles. Pensó que lo mejor era tomarse un año sabático. La decisión pasó por un escrutinio más bien insignificante por parte de sus padres, quienes después lo alentaron a descansar para aclarar sus ideas. A Vanessa, acostumbrada a la disciplina musical, le pareció que aquella presión universitaria era más bien el pretexto de un haragán, pero no se involucró demasiado, estaban en la etapa de la relación donde todo tenía sentido y justificaban los errores de ambos con facilidad.

Fue en una de las salidas al hipódromo, sentados en la mesa del Jockey Club, entre la carrera cinco y seis que comenzaron a bromear en ir a un hotel. Para sorpresa de Vanessa, Patricio evitó tener relaciones sexuales durante el noviazgo, no la presionó en lo absoluto y el romance se mantuvo en un plano bastante inocente.

El primero en insinuar la visita al hotel fue Patricio, y Vanessa —que ya comenzaba a dudar de la sexualidad de su novio— siguió con la broma; pero no estaba segura de querer dar ese siguiente paso. Aparte de tocar en el grupo, Vanessa estudiaba Psicología, así que ante lo que parecía ser un tema delicado, propuso que la manera de continuar la insinuación sería diciendo que debían tomar «terapia privada en un hotel».

—Debería tomar terapia privada con usted, ¿no, doctora? —decía Patricio.

—Sí, sí, hay que abordar los traumas, se vuelven un problema si no se atienden a tiempo.

—¿Cuándo cree que pueda darme tiempo en su agenda para este tipo de consulta? —preguntaba cada vez más seguido Patricio.

—No sé, tengo que ver mis compromisos...

Finalmente acordaron una fecha y Patricio escogió un motel a la entrada de Perinorte, alejado de la zona donde vivían, pero lo suficientemente cercano para ir en el primer momento que Vanessa accediera a ofrecerle la pactada «terapia privada».

Después de un tiempo, Vanessa —aunque seguía el juego—, comenzó a dar largas para la cita, hasta que finalmente admitió que era primeriza en *terapias privadas*, en otras palabras: era virgen. Patricio sería el primer *paciente* que tendría y estaba nerviosa. ¿Podrían, a lo mejor, esperar un poco más? Patricio, en cambio, tenía suficiente práctica como para tranquilizarla. Le comentó que la experiencia de la *terapia* estaría controlada. Deberían ir al *consultorio* de Perinorte a ver qué pasaba, no habría presión, a lo mejor sólo hablaban de la técnica sin ejercer ningún acto, pero tenían que intentarlo. Vanessa aceptó.

Ahora que la verdad estaba sobre la mesa, Patricio supo que debía tener cuidado, no quería lastimarla en su primera vez, quería ser delicado porque, ciertamente, ambos estaban enamorados en ese momento.

Llegaron al motel un sábado a las seis de la tarde después del hipódromo. Les dieron una habitación en el sexto nivel y Patricio tuvo que maniobrar con mucho cuidado el Camaro por todas las rampas para no rayarlo. Luego llegaron al piso asignado, la habitación los esperaba con la puerta abierta. Para ser la primera vez de Vanessa, lo estaba manejando con bastante tranquilidad. Estacionaron el automóvil. El que accionó el interruptor para cerrar la puerta automática fue Patricio y sólo hasta que el portón estuvo bien cerrado Vanessa se atrevió a salir del vehículo. Nunca había estado en un motel.

Los recibió una habitación grande de colores chillantes, con una colcha amarilla y las paredes con textura beige. Llamaba la atención el jacuzzi y una gran televisión empotrada en la pared al centro del cuarto. Vanessa pensó que para ser una sola estancia, había demasiados apagadores de luz que ofrecían una variedad de combinaciones de iluminación.

Si la pareja normalizó la conversación íntima con el paso del tiempo, esa tarde a ambos les faltaron las palabras, y los temas para hablar escasearon. Hubo silencios incómodos y nerviosos, aunque ambos, con poco éxito, trataban de actuar de forma normal.

Patricio se acercó al jacuzzi y abrió la llave, templó el agua y tapó el desagüe para que se llenara la tina, pero Vanessa le pidió que no la llenara, al menos no en ese momento. No se sentía cómoda desnudándose para meterse a la tina así por así. Él la escuchó y estuvo de acuerdo. Cerró la llave y el jacuzzi quedó apenas con el piso mojado. Luego fue directamente a la cama, donde Vanessa ya estaba sentada y comenzó a besarla. Ella se hizo a un lado buscando el apagador e intentó varias combinaciones de luces. Se decidió por una iluminación tenue alrededor del marco del techo sobre la cama. También dejó encendidos los pequeños focos del piso que parecían marcar el camino de la cama al baño. Regresaron a besarse.

Vanessa se decidió. Se quitó el suéter azul y lo aventó a una silla de madera que estaba al lado del buró de la cama. Entonces escucharon que tocaban una pequeña ventana empotrada en la puerta; era la camarera que llevaba cervezas de cortesía. Patricio recibió las bebidas; despachó a la muchacha dándole un billete de cincuenta pesos como propina y regresó a la cama. Se asombró cuando vio a Vanessa sin pantalones, sólo usando un calzoncito blanco, aunque aún llevaba encima una playera de manga larga y cuello en «V» de color azul y negro.

Patricio se acercó confiado en su suerte. Ya a su lado, ella le quitó la camisa y la aventó al suelo. Él la ayudó deshaciéndose de los tenis y los pantalones vaqueros; para hacer esto se levantó y, con cuidado, se desnudó al lado de la silla. Para ese momento Vanessa lo esperaba al fondo de la cama, pero entonces vio a Patricio detenerse unos pasos antes de llegar a ella. El rostro de él comenzó a enrojecerse, ella no entendía, pero un gesto de frustración invadió el semblante de su novio.

—No tienes por qué preocuparte —Vanessa lo consolaba. Ambos se encontraban sentados en la cama, como dos niños a la orilla del río después de un día de pesca sin suerte.

Patricio tenía una hernia inguinal en uno de los testículos y eso le impedía tener relaciones sexuales. Cuando le diagnosticaron la hernia, un año antes, le comentaron que podría sufrir disfunción eréctil y, aunque en efecto eso ocurrió en algunas ocasiones, el padecimiento había disminuido. Sabía que existía una probabilidad de que ocurriera, pero jamás pensó que fuera a pasarle con Vanessa justo ese día, y se maldijo constantemente por ello.

—No tienes por qué preocuparte —repetía Vanessa—, mira, lo importante es que ya sabes lo que tienes y supongo que se puede curar. —Lo consolaba mientras lo tomaba de la mano, pero Patricio no percibía empatía de su parte o consuelo real.

—¡No, Vanessa!, ¡es que tú no entiendes! ¡Tú no entiendes! —Rechinaba los dientes cada vez con más furia.

Entonces ella puso la mano en su rodilla y le dio pequeñas palmaditas para confortarlo.

—¡Que tú no entiendes! —Quitó la mano de Vanessa y se levantó violentamente.

Vanessa se sobresaltó debido a la insólita reacción de su novio, pero intentó controlarse. Estaba desprevenida cuando sintió el golpe que le propinó Patricio en el rostro con el puño cerrado y, antes de reponerse, sintió cómo él se acercó aún más para darle una bofetada.

—¡Qué te pasa! —gritó Vanessa, aventándolo y levantándose de la cama; se dirigió a la silla donde estaba su ropa.

—No, no, perdón, Vane, es que estaba enojado conmigo mismo. —Patricio tenía la cara roja y descompuesta.

Pero ella no se detuvo ni quiso escucharlo. Había tenido suficiente. No la iban a golpear, ni Patricio ni nadie, estaba determinada a que nadie la tratara así, mucho menos un niño mimado, amamantado con caprichos y berrinches desde la cuna.

Tomó su ropa y caminó al baño para vestirse, pero Patricio se abalanzó de nuevo y la tiró al suelo. En la caída Vanessa se golpeó la cara con el filo del jacuzzi, cayendo aturdida por el impacto. El golpe fue en la nariz y comenzó a sangrar abundantemente. Cuando sintió la sangre resbalar por sus mejillas se asustó y la vista se le nubló. Patricio no supo qué hacer. Fue adonde estaba su ropa y quitó el cinturón de su pantalón; luego se montó sobre la espalda de Vanessa, le tomó las manos y se las amarró por atrás, entonces, así, la ahorcó antes de que ella pudiera reaccionar.

El crimen duró apenas unos segundos. Patricio se puso de pie y la vio tirada e inmóvil. Se colocó a su lado y se inclinó para apretar el cinturón. Al hacer esto usó tal fuerza que levantó el cuerpo de Vanessa, que quedó hincada, pero con el rostro en el piso.

La alfombra se manchó de sangre a una velocidad inquietante. Patricio estaba claramente angustiado y asustado. Se vistió y salió a la farmacia a comprar una botella de agua oxigenada. Había escuchado de su madre que así se quitaban las manchas difíciles de la ropa.

Dejó a Vanessa en la habitación del motel, en esa extraña posición de muerte. Encendió el Camaro y salió del hotel sin cuidar que el automóvil no raspara en la orilla de las rampas. Apagó la radio cuando escuchó el roce de las paredes en la facia delantera y, mientras manejaba sudoroso hacia a la farmacia, pensó que su novia estaba desmayada y que al regresar podría llevarla al hospital.

Veinte minutos después regresó a la habitación. Esperaba encontrar a Vanessa enojada y aturdida, seguramente furiosa; o quizá no la encontraría, después de que él se comportara de esa forma tan agresiva, ella podría haberse ido y no querría verlo nuevamente. Pero cuando abrió la puerta de la habitación la encontró igual, con las piernas flexionadas y de boca al piso. Ni siquiera sus manos tenían señales de haberse movido en un intento de desatarse.

Patricio, hincado, trató desesperadamente de quitar las manchas de la alfombra con el agua oxigenada. Era imposible. El manchón era grande.

Vertió el agua oxigenada directamente en el piso, pero lo único que obtuvo fue que la alfombra se tiñera más. El remedio no funcionaba. Vanessa estaba a su lado, pálida y delgada, vistiendo su calzón blanco y la playera azul y negra de manga larga; tenía las manos atadas a la espalda con un cinturón Ferragamo, la cama estaba destendida y las luces del techo dirigidas hacia su cuerpo.

El ahora homicida, como había hecho con todas las metas en su vida, renunció a la tarea de limpiar la sangre; también renunció a la idea de que su novia siguiera viva, y se sentó en la orilla de la cama. Entonces se dio cuenta de que, en medio de la desgracia, experimentaba una erección tardía.

XV

El agente Zapata escuchó los primeros balazos al momento en que le sirvieron el plato con melón y queso *cottage*. Por instinto llevó la mano al cinturón donde cargaba su pistola y la sacó mientras se agachaba, protegiéndose debajo de la mesa. Los demás comensales hicieron lo mismo, imitando al agente. A los pocos segundos todos en el restaurante estaban debajo de las mesas mientras los balazos seguían impactando aquí y allá.

El mismo instinto, que llevó a Zapata a tomar el arma de su cinturón, fue el que lo llevó a sentarse contra la pared cuando escogió la mesa en el restaurante. Una práctica común de los judiciales para nunca dar la espalda a la entrada y ser sorprendidos. Eso le había salvado la vida en otras ocasiones y ésta se sumaba a la cuenta.

Los disparos se incrementaron y, hasta ese momento, Zapata supo que la balacera no iba dirigida a él, sino que provenía de afuera, específicamente del estacionamiento. Comprobó su teoría cuando una de las balas cruzó bastante arriba sobre su cabeza y se impactó en la ventana a su derecha, haciéndola añicos. El ruido de los vidrios al caer y los gritos —sobre todo de las mujeres— envolvieron el lugar, también un niño lloraba. Los meseros desconcertados se arrastraron hasta esconderse detrás de la barra donde se encontraba la caja registradora; allí se apilaron sentados, con las rodillas recogidas entre los brazos.

Al agente le salpicaron vidrios encima y se fue en cuclillas hasta la ventana destrozada para asomarse y saber qué ocurría. En el estacionamiento vio a dos hombres resguardándose detrás de un automóvil, recibiendo balazos a diestra y siniestra, sin tregua. Los hombres también tenían pistolas, pero no podían usarlas porque la balacera se intensificó y los tronidos de las detonaciones llenaban el aire. Por el otro lado, un bando contrario disparaba hacia el vehículo. Desde donde se encontraba Zapata podía ver el escenario completo. Unos contra otros, mientras los demás buscaban un lugar para esconderse de las balas perdidas que eran numerosas.

Un balazo le dio a uno de los dos hombres en la quijada y, saliendo por atrás de su cabeza, lo dejó tirado en medio del asfalto; al verlo, el otro se animó a soltar algunos balazos asomando la mano sobre el cofre que parecieron asustar a los pistoleros contrarios. La balacera se aminoró unos segundos, pero no se detuvo. Zapata salió del restaurante y gateando se cubrió tras otro coche. No atinaba a ver qué era lo que realmente pasaba, ni sabía si alguno de los bandos era de agentes judiciales o policías, pero al poco rato los disparos se incrementaron nuevamente; para ese momento el enfrentamiento había durado quizá dos minutos y medio, lo cual es demasiado para un intercambio de balas.

El sujeto que sobrevivió al ataque tras el automóvil, comenzó a buscar con la mirada alguna ruta de escape, pero no tenía muchas opciones. A esa hora de la mañana, las 8:40, los coches se encontraban demasiado espaciados en los lugares del estacionamiento y no podía cubrir su retirada de manera segura, al contrario, peligraba porque sus adversarios avanzaban para arrinconar al ahora tirador solitario.

Zapata observó que del otro lado estaban tres hombres vestidos con traje, pero sin mucha clase. No identificó a ninguno de su brigada, por lo que se preocupó aún más. Esto parecía ser un ajuste de cuentas entre dos grupos criminales.

Uno de los hombres de traje recibió un impacto de bala en el hombro, y volvió sobre sus pasos hasta un automóvil New Yorker con el motor encendido que los esperaba; se subió pero el vehículo no avanzó, continuó aguardando a los otros dos sicarios que disparaban y cambiaban cargadores con regularidad.

Si Zapata hubiera podido elegir, los habría dejado matarse entre ellos, pero por más que especulara que aquello era un ajuste de cuentas —y cada vez estaba más convencido de ello—, no podía asegurar que así fuera. Se encontraba más cerca del tirador solitario que de los otros dos hombres, y se aventuró a gritarle desde su posición.

—¡Suelta el arma, cabrón, Policía Judicial!

En respuesta obtuvo un balazo que impactó en la puerta del automóvil que lo cubría, cerca de donde estaba. El sonido metálico reverberando en sus oídos lo avivó aún más. Después de eso el hombre siguió dando tiros, ahora hacia ambos frentes, en su mayoría al aire o sin saber a qué le tiraba.

Los gritos de las mujeres cedieron. Todos en la plaza comercial donde estaba el restaurante y donde ocurría la balacera estaban demasiado asustados como para gastar energía gritando. Zapata se encontraba ante una encrucijada. ¿Qué debía hacer? Por un lado, el sujeto cercano le había respondido con balazos, el muy cabrón, y los demás seguían avanzando a tiros. No hubo de otra, apuntó a una de las piernas del hombre que lo agredió y soltó dos balazos certeros. El delincuente cayó y soltó el arma; puso ambas manos en la herida, intentando no desangrarse. Estaba inmovilizado. «Uno menos», pensó el agente; pero antes de que pudiera decidir su siguiente objetivo, recibió balazos nuevamente, esta vez de los hombres ubicados al otro lado del estacionamiento.

Zapata se agachó aún más hasta tener el rostro pegado al pavimento. Así, por debajo del carro, pudo ver quiénes le disparaban: uno de los sujetos de traje se envalentonó y corrió directo hacia él, seguramente para asegurar la ejecución. Entonces

Zapata le apuntó a una de las piernas y presionó el gatillo, y de igual manera éste se dobló sin poder continuar su trayecto; entonces, el hombre que quedaba en pie fue por él y lo ayudó a levantarse para llevarlo al automóvil que seguía esperándolos. Cuando se dieron la espalda para escapar, Zapata encontró un tiro limpio y le disparó a la altura del hígado al sujeto que quedaba ileso. El hombre pegó en el piso inmediatamente doblado como trapo y el asfalto se cubrió con sangre. Al ver esto, el delincuente herido del hombro corrió hasta el automóvil, se subió y aceleró de inmediato chocando con otros vehículos en la huida.

Entonces Zapata pudo asomarse con mayor confianza. El hombre al que le disparó en el hígado estaba muerto, y el otro el que se encontraba más cerca, seguía apretando la herida de su pierna, sus manos ya estaban empapadas de sangre, pero viviría. A la distancia se escucharon las sirenas de la Policía para atender el llamado de emergencia que hizo algún empleado del restaurante.

Zapata primero se acercó a la pistola tirada y la pateó para evitar que fuera recuperada por el hombre herido en un acto desesperado. Luego fue hasta él y, apuntándolo, le advirtió que no se moviera. El sujeto se quejaba de dolor, el balazo seguramente había roto el hueso de la pierna. En ese momento las patrullas municipales entraron escandalosamente al estacionamiento. Los policías gritaron «No se muevan», pero para entonces Zapata tenía su placa en lo alto para identificarse.

Cuando los policías cercaron el lugar y preguntaron a Zapata qué había pasado, el agente se limitó a decirles lo poco que suponía: se trataba de un ajuste de cuentas.

«Pendejos —pensó Zapata un poco más tranquilo—, interrumpieron mi desayuno». Y regresó al restaurante, donde varias personas sufrían un ataque de nervios. Se acercó a la mesa donde desayunaba y observó que su melón con queso *cottage* estaba lleno de vidrios.

«Carajo, ya ni para pedir que me sirvan otro, aquí todos están alterados», contempló con tristeza su plato. Entonces salió del restaurante y se recargó en un automóvil. Respiró profundamente y llenó sus pulmones del aire que aún conservaba rastros de pólvora. Desde ahí vio cómo llevaban detenido al pistolero. Lo subían entre dos policías a la patrulla porque no podía caminar; reflexionó sobre la escena, pensando que disparar a las piernas siempre funcionaba, impedía que la gente huyera y daba tiempo de actuar, dependiendo de la gravedad de la situación. En la academia les decían una y otra vez que lo primero que había que procurar era que el delincuente no escapara, pero también había que evitar matarlo; así que dispararles a las piernas era la mejor opción. No venía escrito en ningún manual, pero el consejo era la recomendación de cualquier policía experimentado. Entonces, aparentemente de la nada, recordó que los tres cuerpos de las mujeres asesinadas, que recientemente levantaron, tenían un elemento en común: las piernas rotas. Entonces una inquietante idea le llegó de súbito.

«Les rompieron las piernas para que no pudieran correr», pensó y regresó al restaurante. Tomó el teléfono del mostrador y marcó el número de su compañero.

—Moreira —respondió Moreira siguiendo la costumbre de los judiciales de contestar el teléfono diciendo su apellido.

—Moreira —dijo Zapata—, ¿recuerdas que la otra vez me decías que uno de tus temores era tener un asesino de esos seriales en tus casos?

Al otro lado del auricular Moreira guardó silencio. Entonces Zapata continuó.

—Pues ya lo tienes. Ha sido un solo ejecutor el responsable de las tres mujeres asesinadas, y probablemente es un policía.

XVI

Doña Carmen se enteró de la muerte de Vanessa por su hijo Patricio; el joven llegó a casa el sábado a las once de la noche; estacionó el Camaro y entró corriendo a la recámara de su madre. Estaba agobiado, con los ojos aterrados y un color pálido en el rostro. Su madre, espantada, le preguntó qué había ocurrido y Patricio comenzó a llorar. Doña Carmen se le acercó, abrazándolo, y Patricio continuó llorando desconsolado durante varios minutos. Entre lágrimas y sorbiéndose los mocos, trató de confesar lo ocurrido, pero su madre no entendió nada porque Patricio sólo balbuceaba.

Cuando se tranquilizó le contó lo ocurrido unas horas antes en el motel de Perinorte. Al principio doña Carmen no comprendió nada porque —declaró después—, era muy trágico para ser verdad. Luego, pasados algunos minutos, sintió un vértigo que la tumbó en la cama, puso las manos sobre el colchón para escapar del mareo y comenzó a aceptar que su hijo había matado a una mujer.

Doña Carmen, a sus cincuenta y dos años, sabía cómo enfrentar los problemas; su experiencia como pilar en la alta sociedad, su actuar y complexión similar a la de una cantante gorda de ópera le otorgaban un porte que le permitía encarar los contratiempos con carácter y determinación. Con ese temperamento le pidió a su hijo que le relatara todo de nuevo, con calma, detallando cada momento para saber qué hacer. Patricio repitió nuevamente la historia recordando que después del hipódromo fueron a un motel cercano, en los alrededores de Perinorte, una vez en la habitación tuvieron una riña, aunque lo manejó como un «pequeño desacuerdo». No mencionó la disfunción eréctil que desencadenó su ataque de ira; según dijo, estaban en la habitación y Vanessa se levantó para llenar el jacuzzi, en el trayecto se tropezó con un pliegue de la alfombra y, al caer, se golpeó la cabeza con el filo de la tina, quedando tendida en el piso de la habitación; de alguna manera algo de eso era cierto.

Después, continuó Patricio, había tratado de reanimarla, pero no obtuvo respuesta.

—Pero dime, hijo ¿estás seguro de que Vanessa está...? —Doña Carmen se contuvo, temiendo que al pronunciar esa palabra la realidad se le viniera encima como una tormenta impostergable— ... bueno, ¿estás seguro que está...?

Patricio no entendió lo que quería decir su madre, porque era un poco imbécil y no tenía la habilidad de completar oraciones inconclusas; después de pensar y suspirar entre su llanto dijo:

—¡Pues a lo mejor no, mamá, yo no sé tomar el pulso, no soy enfermero ni tengo idea de cómo se hace! —Comenzó a exaltarse, moviendo las manos teatralmente, señalaba con indiferencia el piso, el cielo y su pecho— ¡tú nunca has estado en una situación así, mamá, tú nunca podrás comprender lo que es ver a una persona muerta!, ver a la mujer que amas tirada en el suelo, doblada como oruga desangrándose en la alfombra.

—Lo sé, hijo, lo sé, de verdad que trato de comprenderte, mamá está contigo —Doña Carmen se acercó de nuevo para abrazarlo y evitar que Patricio llorara más; sentía a su hijo deshacerse en berridos entre sus brazos, tomándose la cabeza entre las manos, mientras veía hacia la pared de enfrente, pensando que tenían que salir de este aprieto a como diera lugar, sin importar el costo. Luego Patricio se desprendió del abrazo de su madre, dejándole los mocos embarrados en los hombros del camisón.

—¿Había mucha sangre en la alfombra?, ¿o cómo se veía? —preguntó doña Carmen, porque dentro de ella había un morbo natural y creciente que sólo se comparaba con la urgencia de solucionar el problema.

—¡Ay, mamá, no lo sé!, ¿qué preguntas son ésas? —Luego agregó—: Sí, había bastante sangre, hasta traté de limpiarla con el remedio que me dijiste.

—¿Cuál remedio?, yo no te di ningún remedio —respondió doña Carmen dubitativa.

—El del agua oxigenada. —Patricio puso los ojos en blanco dejando ver su impaciencia.

—Ah, sí —asintió su mamá—, hasta quita la sangre.

—Pues no —le reprochó Patricio.

—¿Entonces había agua oxigenada en el hotel? —Doña Carmen trataba de armar el rompecabezas del accidente.

—No, en los hoteles no hay agua oxigenada. Salí de la habitación, fui a la farmacia y luego regresé.

—¿Saliste de la habitación? ¿Cómo?

—Pues me subí al carro y busqué una farmacia.

A doña Carmen le regresó el vértigo. Luego preguntó, con temor a escuchar la verdad, si había salido del hotel y regresado de nuevo; el susto venía implícito en la pregunta, porque de antemano sabía cuál era la respuesta.

—¡Sí!, te digo que salí del motel y luego regresé —respondió el muchacho con orgullo suponiendo que había actuado con responsabilidad.

Entonces Patricio sintió una bofetada que le cubrió el rostro casi por completo y lo dejó aturdido.

—¡Eres un estúpido! —le gritó doña Carmen, después agregó recriminando— si alguien no te vio al salir seguro te vio regresar, o de nuevo al salir. —Y comenzó a caminar en pequeños círculos estrujándose las manos—. Eres un estúpido —repitió—. ¿Sabes si alguien te vio?

—No, nadie, bueno, no me fijé —respondió el muchacho estupefacto; nunca había visto a su madre enojada con él de esa manera—, es que, es que... —cuando estaba nervioso comenzaba a tartamudear y a dudar de sus respuestas— es que en ese momento no puse atención. —Ahí encontró de nuevo la oportunidad para acomodarse en la conmiseración—. ¡Yo sólo quería salir de ahí mamá, yo no tuve la culpa, tú no sabes lo que se siente!

—Sí, sí, hijo, te comprendo, ya, tranquilízate. —La señora se acercó para mimarlo y luego preguntó—. ¿Cómo te registraste en el hotel?

—No me registré, en esos moteles no te registras, mamá.

Doña Carmen respiró aliviada, no había manera directa de que relacionaran a su hijo con la situación en el hotel donde Vanessa yacía muerta.

—Pero —agregó Patricio—, sí anotan las placas del automóvil.

«Mi hijo es estúpido», pensó doña Carmen, pero no lo dijo. Los dos se quedaron en silencio durante varios minutos, hasta que él preguntó.

—¿Qué vamos a hacer, mamá?

Doña Carmen levantó la mano para que no la interrumpiera en su reflexión. Barajaba mentalmente las posibles soluciones, echando mano de todos los recursos con los que creía contar. No sabía si pedir ayuda al padre de Patricio, que en ese momento se encontraba en el extranjero; quizá no era buena idea, así que en su cabeza pasaba lista a las personas que podían ayudarla, luego de un instante se le iluminó la mirada.

—A ver, a esa niña la van a encontrar pronto. Tú te me vas ahorita al aeropuerto, tomas el primer vuelo a San Francisco y te quedas con tu tía Marcela en lo que las cosas se arreglan.

Patricio no discutió, salió de la habitación dejando el asunto en manos de su madre. Se dirigió a su recámara y preparó el equipaje. Una hora después el sonido de las rueditas plásticas de una maleta recorriendo el pasillo llegó hasta su madre, quien estaba al teléfono en ese momento; terminó la llamada precipitadamente para dar instrucciones detalladas.

No dejó nada al criterio de su hijo. Le indicó con detalle lo que debía hacer, en qué tono hablar, lo que tendría que confesar en su momento —si es que llegaban a eso—, y lo que tenía que callar, que básicamente era todo. Ante la gente dirían que visitó a su tía Marcela porque ese año Patricito no había viajado, y la presión de escoger una nueva universidad lo estaba acabando. Mejor tomarse unos días en Estados Unidos, eso es lo que debía decir. Le recordó que tenía crédito suficiente en las tarjetas y, de cualquier manera, le dio dinero en efectivo. Al poco rato llegó un taxi y el joven tomó camino hacia el aeropuerto.

La llamada telefónica que su madre cortó apresuradamente era con el abogado de la familia, el licenciado Abelardo Anaya, quien en el futuro los representaría en este caso: un hombre delgado, calvo y entrado en años. Los trajes que usaba le quedaban grandes, consecuencia de la disminución de estatura que llega con la vejez. Era oriundo de Nuevo León, por lo que tenía un tono de voz enérgico y mandón. Presumía sus logros, aunque sus mejores épocas habían pasado; de cualquier manera demostró tener algunos contactos importantes que lo mantenían activo.

En la llamada doña Carmen trató el asunto como un «hipotético caso». Qué pasaría si, por ejemplo, alguien inocente estuviera involucrado en un homicidio, por supuesto accidental, pero que probablemente las autoridades no lo vieran así; el accidente *hipotéticamente* podría haber ocurrido en un hotel: una mujer se resbaló y el cuerpo probablemente siga en la habitación. «No sé, me imagino todo eso», dijo doña Carmen.

El licenciado respondió que *hipotéticamente* el inocente —y eso habría que probarlo—, tenía responsabilidad penal, por haber incurrido en un «abandono de persona» y no dar aviso a las autoridades, sobre todo al no llamar a una ambulancia; eso era lo más grave. Preguntó si había testigos.

—No, no, o bueno, no sé, pero *hipotéticamente*, no—. Respondió doña Carmen.

Después del quinto *hipotéticamente* el licenciado Anaya se hartó y le aclaró a doña Carmen que estaban metidos en un problemón, que no la tenían fácil. El asunto estaba complicado, pero podían buscar una solución si actuaban rápido.

—Bueno —respondió doña Carmen—, en el supuesto de que esto que te comento hubiera ocurrido, Abelardito.

—Ya déjate de pendejadas, Carmen, ¿fue Patricio?

—Hipotéticamente...

—Le voy a marcar a un amigo que tengo. ¿Dónde ocurrió?, y si me vuelves a decir *hipotéticamente*, te cuelgo.

—En Tlalnepantla, tengo entendido que en un motel cerca de Perinorte.

—Tengo conocidos en el Estado de México, ¿te sigues llevando bien con tu primo Claudio?

—Sí, ahorita está como agregado cultural en la embajada de México en España.

—Bueno, le hablas y le preguntas si tiene un contacto grande en la Procuraduría, porque vamos a necesitar mucho control de daños en esta situación.

—Sí, Abelardito, ahorita que colguemos le marco a Claudio, allá deben ser —hizo la conversión mirando el reloj de pared— como las ocho de la mañana.

—Le vas a contar la verdad para que te haga caso. Lo otro que tenemos que solucionar es cómo convencemos a la familia de la niña que Patricio no estuvo con ella, pero te voy adelantando que si tu hijo pasó por ella y hay testigos que lo puedan ubicar en el lugar, se nos va a complicar el asunto, y ahí sí mejor que ni regrese.

Pero para alivio de doña Carmen, ese día Patricio no recogió a su novia en su casa, se quedaron de ver en el Jockey Club y de ahí se dirigieron al motel; aún mejor, Vanessa no hablaba mucho con sus padres sobre su relación porque no tenían a Patricio en buena estima, de modo que podría argumentar que viajó a Estados Unidos uno o dos días antes; doña Carmen sería aval para corroborar las palabras de su hijo.

Cuando la llamada con el licenciado Anaya terminó, doña Carmen siguió las instrucciones del abogado al pie de la letra. Usando su mejor temple se comunicó a España y, después de los acostumbrados saludos, le comentó a su primo lo que había ocurrido. Claudio preguntó todos los detalles y confirmó que el asunto era muy delicado. Un homicidio no se podía ocultar y prefería que lo dejaran al margen del problema para que su posición diplomática no peligrara; lo que sí podía hacer era facilitarle el teléfono de un jefe de departamento en el Estado de México para que la asesorara.

La tercera llamada telefónica de doña Carmen esa noche fue para el mencionado jefe de departamento, del que nunca se expuso el nombre. Relató el suceso con mucha delicadeza, sin pronunciar detalles, lugares y mucho menos nombres hasta estar segura de que podría confiar en el conocido de su primo Claudio. Él le confirmó, por tercera ocasión en esa noche, que el asunto era en extremo delicado; cuando se trataba de un homicidio no había mucho margen de maniobra. «¿Aun siendo un accidente?», preguntó doña Carmen. «Aun siendo un accidente», fue la respuesta que escuchó; de todas formas el funcionario podía hacer algunas llamadas y se limitaría a preguntar si ya habían recogido el cuerpo de la muchacha.

Para ayudar en el asunto se necesitaría un apoyo económico fuerte que se repartiría entre varias personas «por la molestia», pero doña Carmen no dudó ni un minuto en usar los recursos que fueran necesarios, lo que pedía con insistencia era discreción absoluta, pues la familia Dos Casas nunca había estado involucrada en escándalo alguno.

—Señora Dos Casas —respondió el hombre al otro lado de la línea—, la solicitud de discreción es mutua, no quiero que se me mencione más adelante.

Luego le aclaró que sólo podría ayudarla si la víctima había fallecido tal como le habían relatado, de una caída accidental y de un golpe en la cabeza, y eso debería estar respaldado por pruebas periciales; pero si los peritos dictaminaban que el deceso era producto de un acto violento con premeditación, alevosía y ventaja, ni de broma podría ayudarla. Doña Carmen confió en que su hijo hubiera sido sincero; tenía sus dudas, pero era demasiado tarde para arrepentirse.

—Entonces, ¿cómo podría ayudarme, licenciado?

—Pues mire, señora Dos Casas, voy a preguntar si ya levantaron el cuerpo.

—Sí, es lo que ya me comentaba; yo también hablé con mi abogado para tomar precauciones.

—Pues sí, qué bueno que ya tengan uno; vamos a esperar a que se hagan los trámites necesarios, mientras voy a pedir que me mantengan al tanto; si los peritajes nos respaldan solicitaré como favor personal que no se indague demasiado ni se asienten en las actas los interrogatorios de la gente del hotel, es lo más que puedo hacer, que no es poca cosa, mi señora. Si la chica realmente murió de un tropiezo, podemos sugerir que estuvo sola en la habitación, o con alguien distinto a su familiar.

—Y créame licenciado, no le pediría este favor si no estuviera segura de que mi hijo es inocente. Yo sólo estoy protegiendo a mi familia porque hay mucho odio en la gente que acusa sin saber; juzgan como si fueran ciudadanos ejemplares, yo no digo que esté bien matar, pero no es el caso, mi hijo sólo estaba en el lugar y momento equivocados.

—Estoy seguro de que así es, señora Dos Casas, yo estoy para servirle.

—Le agradezco licenciado, y quedo en espera de su llamada para los siguientes pasos.

—Claro que sí, estamos al pendiente.

De esta manera terminó la llamada de doña Carmen, reduciendo el asesinato cometido por su hijo a un cotidiano accidente, que se podía resolver con la imaginativa posibilidad del dinero y el cinismo de las familias prepotentes.

XVII

Encontraron el cuerpo de Vanessa en la mañana del domingo, cuando la camarera del motel entró a la habitación para asearla. Abrió la puerta y advirtió un cuerpo tirado en el suelo; al acercarse vio que era una mujer atada de manos por la espalda con un cinturón, tenía las rodillas flexionadas, estaba boca abajo y con la cara pegada al suelo. Una mancha proveniente de la parte de atrás de su cabeza formaba un mazacote de cabellos y sangre coagulada.

La empleada salió corriendo para dar aviso a las autoridades, y éstas llegaron a los pocos minutos; encontraron el cuerpo en la posición descrita, estaba vestida con una playera de manga larga de color negro y azul levantada hasta la altura de los hombros, también llevaba puesto un calzón blanco y brasier del mismo conjunto. A su lado había una silla de madera caída y sobre la cama una bolsa de piel negra, que al parecer pertenecían a la víctima. La colcha amarilla se encontraba destendida, al igual que las sábanas. Según los peritos el homicidio ocurrió la noche o la tarde anterior, pues los brazos de la mujer mostraban hematomas que tardaban al menos doce horas en aparecer, independientemente de la confirmación de los horarios en que se alquiló la habitación.

El mismo domingo por la mañana Patricio despertó en una confortable cama, arropado con sábanas blancas y un edredón acolchado, las paredes de su habitación eran satinadas en tonos durazno. Llegó en la madrugada del domingo y fue recibido en el Aeropuerto Internacional de San Francisco por su tía Marcela, quien se emocionó hasta las lágrimas al ver a su sobrino. La habitación de visitas contaba con una pequeña ventana cuyas persianas horizontales atajaban el paso del sol; una puerta daba a un patio trasero sombreado por un frondoso naranjo que en invierno, como era el caso, entregaba un olor a cítricos que inundaba buena parte de la casa. Tenía al menos tres años de no visitar la casa de su tía y no la recordaba tan grande y acogedora. La residencia contaba con siete recámaras, aunque algunas bastante pequeñas, cuatro de ellas con baño propio, un enorme comedor blanco y una sala guinda que hacía juego con el color de las paredes y quedaba bien con los sobrios candelabros tipo antiguo con cuentas de cristal; la casa estaba ubicada a las orillas de un club deportivo. La casa hacía esquina con la Marina Boulevard y, desde ahí, se podía escuchar el bullicio del puerto de yates.

Los agentes se pararon al lado del cuerpo de Vanessa para encontrarle sentido a su posición de muerte. Parecía un gusano detenido a medio camino, con las caderas levantadas, las rodillas flexionadas, las manos atadas por la espalda con un cinturón y el rostro hundido en la alfombra. Despeinada, con un pedazo de madera roto al lado de su cabeza. El golpe que le segó la vida no fue con la silla, sino con la tina, no muy lejos de ella. La habitación del motel, aunque con jacuzzi, era de acabados baratos y genéricos. Un lugar propio para usarse por un par de horas y abandonarlo después. La cama, al lado del cadáver, tenía una cabecera cuadrada y colchas abultadas, mismas que, al fijarse con detenimiento, estaban un poco percudidas en las orillas. La mancha de sangre en la alfombra se dividía en dos partes, una contusa y otra diluida con algún tipo de líquido. La mujer falleció en relativamente poco tiempo, pero hubo oportunidad, mientras vivía, de amarrarle las manos y colocarla en esa posición.

Patricio durmió todo el domingo. Se levantó pasadas las nueve de la mañana; movió las persianas y miró por la ventana. Todo estaba tranquilo y el aire que llegaba con un dejo de mar, era, si no embriagador, encantador. Salió al patio, estiró las piernas, desayunó en la terraza y regresó a la cama.

No tenía motivo por el cuál preocuparse. Era un día soleado en San Francisco. Se le antojó caminar junto al Golden Gate que hacía tiempo no visitaba. ¿Seguiría igual de imponente, naranja y hermoso? Había que comprobarlo después, porque en ese momento el cansancio pudo más. Ya encontraría tiempo en los siguientes días para recorrer todos los lugares que hacía tiempo que no visitaba. Cerró los ojos y volvió a dormir. Su tía se asomaba a la recámara y lo encontraba descansando plácidamente, con una expresión interminable de cansancio, pero reconfortado en aquella casa en la que era tan bienvenido.

Por la tarde el cuerpo de Vanessa fue trasladado a la morgue; como el cadáver tenía *rigor mortis* moderado fue difícil subirlo en la camilla, prácticamente tuvieron que cargarlo en la misma posición como lo encontraron e irlo acomodando poco a poco entre el camillero y el doctor. Una vez en el forense le quitaron la ropa pasando las tijeras por los pliegues de las prendas; dejaron a la joven desnuda en contacto con la plancha de metal. La rigidez seguía presente, pero el ácido láctico comenzaba a hacer efecto, relajando las extremidades. Ya vista bocarriba, el rostro de Vanessa entregó por última vez su belleza natural, aunque el roce prolongado con la alfombra marcó permanente su cara, principalmente en la frente. La autopsia reveló que la causa del deceso había sido un golpe con objeto contundente —claramente la tina de baño del motel, que estaba despostillada por el impacto—. Aunque también era visible un golpe en el rostro, ya diluido por el transcurso de las horas. Pero lo que demostraba cierta tortura eran los hematomas en los brazos y las marcas del cinturón en las muñecas.

El día siguiente era lunes; Patricio recibió la llamada de su madre, ordenándole que no regresara hasta nuevo aviso. Le preguntó cómo se sentía y él respondió que bien, que le había sentado de maravilla salir de México para desestresarse de las presiones de la universidad. ¡Ah, sí!, y también de aquel otro acontecimiento tan inesperado y desagradable. Ahora tenía una perspectiva clara de las cosas, pensaba que se podría quedar más tiempo en Estados Unidos. Doña Carmen estuvo de acuerdo, ya después verían los detalles, por lo pronto el descanso era lo que más le convenía a Patricito o Patito, como su mamá se refería a él en algunas ocasiones. Ese mismo lunes por la tarde, Patricio finalmente decidió abandonar la cama y salir. La casa de la tía Marcela colindaba con restaurantes, clubes náuticos, bares, cafeterías, cines y tiendas en abundancia. El joven pensó que ese aire salado y el sonido lejano del mar era lo que necesitaba, sólo que antes no lo sabía.

Los padres de Vanessa llegaron el lunes temprano al Centro de Justicia buscando a su hija; habían ido a todos los hospitales, y preguntado el paradero de la joven a sus amigos. Pero sin suerte. Por otra parte, los agentes judiciales no pudieron dar con los familiares de la occisa, pues en su bolsa no encontraron ninguna identificación. Preguntaron en el motel sobre la persona que acompañaba a la chica, pero entre tanta gente que alquilaba habitaciones, especialmente los fines de semana, el personal no prestó atención, o bien no quisieron cooperar, aleccionados por la gerencia, que temía que clausuraran el lugar —sanción que de todos modos ocurrió durante tres días—; de modo que los empleados declararon que la chica llegó sola a bordo de un taxi con placas del Distrito Federal, pero no tomaron las placas. Los agentes, claro, no creyeron esta versión, pero sabían que era difícil obtener datos precisos, en parte porque, en efecto, en esos días los moteles tienen demasiada afluencia y, en parte, por el temor de los administradores a meterse en problemas.

El martes Patricio paseó durante todo el día. Anduvo por la bahía y corrió varios kilómetros por Mason Street; se detuvo a almorzar en la esquina de Lincoln y Halleck; todo eso sería corroborado más adelante. Después siguió con su caminata hasta las cinco de la tarde, hora en que prometió a su tía acompañarla a comprar zapatos y ropa. Antes de eso, a la una de la tarde, el trayecto lo aventó hasta el embarcadero y desde ahí pudo ver la Isla de Alcatraz, que desde hacía tiempo no funcionaba como prisión. Le heló la piel pensar tan sólo en la posibilidad de pisar una cárcel, pero se despojó fácilmente de ese pensamiento y prosiguió con su caminata. Pronto se aburriría si no encontraba algo que hacer en sus vacaciones.

El martes, finalmente los padres de Vanessa tocaron la puerta de la familia Dos Casas, preguntando por Patricio. Doña Carmen les informó que su hijo se había ido de viaje a Estados Unidos hacía una semana.

—¿Acaso no lo sabían?, ¿no se los comentó Vanessa?, por cierto ¿cómo está?

Los padres de la joven compartieron su tragedia y doña Carmen comenzó a llorar, un llanto tan desesperado que al final los papeles se invirtieron, y la que tuvo que recibir consuelo fue ella. Luego todos se sentaron en la sala, y una pequeña mesa de centro con un mantel de fino encaje fungió como testigo de la reunión. Doña Carmen compartió las razones del viaje de Patricio, y los padres de Vanessa platicaron sobre su hija, expresaron las dudas que tenían, sobre todo necesitaban saber con quién había ido al hotel la chica.

—Pueden ir descartando a mi hijo, él desde hace varios días no está en el país —dijo doña Carmen aún sollozando.

Si los padres de Vanessa creyeron su historia o tuvieron dudas, no lo demostraron; pero al parecer se inclinaron por aceptar la versión y le pidieron que avisara a su hijo que el velorio sería el jueves, en la funeraria Gayosso de Santa Mónica.

Patricio recibió la llamada de su madre el miércoles; escuchó una instrucción con la que no estuvo de acuerdo, pero no tendría más remedio que acatar. Le pedía que regresara a México y asistiera al funeral de Vanessa, eso le daría credibilidad a la historia que estaban contando.

Él se negó fervientemente, ya tenía planes para ese fin de semana: iría a la playa y al Nob Hill. Le explicó a su mamá que consideraba que le convenía más aprovechar ese viaje; pero en el fondo, sabía que no tenía oportunidad de ganar esa discusión. Antes de colgar, su madre, enojada por todas las complicaciones que estaba causando el crimen de su hijo, le advirtió que tendría que regresar no sólo a México, sino a retomar sus estudios en la universidad y, de alguna manera, a enderezar su vida.

Eso fue lo que verdaderamente molestó a Patricio, que ya había adoptado la idea de no estudiar más. Incluso sopesaba la posibilidad de quedarse a vivir en Estados Unidos, pero su madre fue implacable. Iba a regresar a estudiar, sin discusión. El heredero de la familia Dos Casas tomó un avión ese mismo día. Sentía una angustia terrible por la idea de regresar a la escuela. En el vuelo se mostró de mal humor, irritante y grosero, pero en el trayecto tuvo tiempo para reflexionar sobre lo ocurrido.

La funeraria se encargó de los trámites para recuperar el cuerpo. El jueves a partir de la una de la tarde el cadáver de Vanessa se mostraba al interior de un ataúd, usando un vestido de cuello largo. El maquillaje funerario cubría con eficacia las marcas de la alfombra que alguna vez estuvieron presentes en su rostro.

Los familiares y amigos de la joven se reunieron sin dar crédito a la repentina muerte. La sala donde se encontraba el féretro se inundó de coronas de flores y sentidas notas de despedida. El aroma de los crisantemos flotaba en el aire. Los Volovanes, el grupo que lideraba Vanessa, estaba particularmente afectado, y el guitarrista escogió unas plumillas especiales para colocarlas dentro del ataúd y sobre el pecho de su amiga, en un intento para que su último viaje estuviera acompañado de lo que más le gustaba: la música.

Patricio llegó al velorio a las seis de la tarde. Los padres de Vanessa lo recibieron en la puerta; lo encontraron demacrado, con el rostro afligido, cansado y los hombros abatidos. Vio a toda la multitud que se había reunido para despedir a la joven y sintió náuseas. Con excepción de los padres de la que había sido su novia, no saludó a nadie más. Se sentó alejado de todos. La madre de Vanessa caminó hacia él y, poniendo una mano sobre su espalda, lo reconfortó. El joven tenía el semblante angustiado. En ese momento, con el ataúd de fondo, comprendió que su vida ya no tenía sentido, y se compadeció de sí mismo.

«Pobre muchacho», pensó la madre de Vanessa, y se sentó en la silla adjunta a llorar a su lado.

Patricio, en medio de los lamentos, recordaba con gran sentimiento y angustia las materias escolares que retomaría dentro de unos meses, cuando regresara a la universidad, y eso lo hizo llorar.

«Qué injusta es la vida», pensó.

XVIII

Las oficinas de la delegación para el trabajo pericial eran de proporciones medianas y sin ventanas. Estaban iluminadas por dos tubos fluorescentes, y el balastro eléctrico imitaba el zumbido de una abeja acorralada. Tres escritorios en su interior hacían juego en su diseño tosco con el abrumador peso de los expedientes que cargaban, y dos grandes archiveros verde militar flanqueaban las esquinas.

Zapata entró comiendo una gelatina de nuez. Moreira se encontraba sentado junto al doctor Márquez Rua; una buena cantidad de documentos se desbordaban por la orilla del escritorio. Las actas de levantamiento de cadáveres de los últimos tres meses estaban acomodadas en orden cronológico, mientras que en otro escritorio se apilaban los reportes médicos y ginecológicos.

Acordaron verse al mediodía en el cuartel judicial, pero Zapata intuyó que su compañero se adelantaría a las mesas de peritaje, tenía muchos años de conocerlo y sabía lo impaciente que era;

se involucraba hasta la obsesión con todo lo que se cruzaba por su cabeza y consideraba importante. Desde el momento en que Zapata le marcó por teléfono la mañana de la balacera en el centro comercial, para compartir la sospecha de que tenían a un asesino serial entre sus expedientes, no pudo descansar. Esa obsesión era la razón por la que Moreira sufría de úlcera y cada tanto le sangraba la tripa; y por la que su esposa Aura lo abandonó por un año, hasta que él prometió enmendar su comportamiento aprensivo sin cumplirlo.

—¿Ya se te pasó el susto, Zapata? —preguntó Moreira sin voltear a verlo, tenía los ojos clavados en los expedientes y arrastraba el dedo sobre el papel, siguiendo los renglones escritos del parte médico; ponía especial énfasis en los pormenores que el licenciado Vargas transcribió en las actas.

—¿Te hiciste poquito de popó en la balacera, Zapata? —preguntó Márquez Rua.

—Pendejo —respondió Zapata con un pedazo de gelatina dentro de la boca—, si yo fui el que les provoqué diarrea a esos cabrones.

—Pero se murieron casi todos, ¿no?

—¡Imagínate el tamaño de la diarrea que les provoqué!

—Ya deja de andar pendejeando, Zapata —los interrumpió Moreira—, y dime las razones por las que crees que tenemos a un asesino serial. Quiero saber todos los detalles.

—Ah, bueno —comenzó diciendo Zapata—, estaba en el restaurante, me estaba chingando un melón bien, pero bien jugoso, con su queso *cottage*...

—No, cabrón, no quiero saber eso.

—¡Oh, que la...!, pues me dijiste que te contara los detalles.

Zapata percibió que Moreira perdía la paciencia, no era buen momento para bromas; seguramente su compañero estaba desvelado y de mal humor; debió comprarle una gelatina de pistache para ablandar el terreno, pero se le pasó el detalle, ahora tendría que aguantar la poca tolerancia en el ambiente.

—Mira —retomó cambiando el tono del relato—, estaba en la balacera, cubriéndome con un automóvil de los impactos ¡pum, pum, pum!, ya sabes cómo es eso, que te sientes morir.

—¿No que no te habías hecho popó? —lo interrumpió Márquez Rua. La mirada conjunta de los agentes le recriminaron el comentario y el doctor optó por callarse y dejar que Zapata continuara.

—En algún momento uno de esos cabrones se iba a escapar, ya me había librado de varios disparos; estaba por terminar la balacera, pero tampoco quería que se me pelaran, entonces lo básico, ¿no?, veo que tengo tiro limpio y le apunto a las patas para que no pueda aplicar la huida; pero no me lo quería enfriar, porque tampoco se trata de eso, ¿no? Luego ya ves que nos levantan actas por homicidio y te ponen en la sombra un rato; y entonces le clavé una bala en las pantorrillas, el wey se dobla y cae al suelo; veo que hay otros que vienen caminando en mi dirección, pero en realidad iban a levantar a su compañero; y ahí se me vino a la cabeza. —Señaló con el dedo índice hacia su propia sien, dándose pequeños golpecitos—. Cuando queremos tener a alguien inmovilizado le disparamos a las patas, porque con eso evitamos que se escapen, pero no los matamos y ¡pum! —Zapata abrió las manos y estiró los brazos proporcionando un toque dramático a su narración, entonces tomó un clip del escritorio y comenzó a manipularlo—, no me lo vas a creer, pero en ese momento, en medio de la pinche balacera, me acordé que varios cadáveres de las mujeres que recogimos tenían las piernas rotas.

—Fracturadas —interrumpió Márquez Rua mientras se acomodaba el armazón de los lentes sobre su nariz.

—Por eso cabrón, es lo mismo —reprochó Zapata, metiéndose el clip desdoblado a la boca para quitarse el pedazo de nuez que tenía atorado en la muela, luego continuó—, el caso es que nosotros siempre hacemos eso por instinto, o por costumbre, y si nosotros disparamos a las piernas para inmovilizar a los cabrones, pues ¿por qué no podría tener el mismo hábito un asesino?, y la verdad es que resulta raro tener muertitos con las patas rotas. —Y en ese momento apuntó con el dedo índice a Márquez Rua para impedirle la corrección—. Compadre —continuó dirigiéndose a Moreira—, tuvimos la clave todo el tiempo y no la vimos; tampoco es que hayamos estado fatales, lo pensé ayer, porque nunca hemos tenido asesinos seriales, a lo mejor asesinos culeros sí, pero seriales, no; ese detalle me hizo pensar en que puede ser un mismo homicida, porque todas son fracturas similares, ¿verdad, Márquez?

—De hecho iguales —contestó el doctor.

—El narcisismo del delincuente es algo favorable para nosotros; nos entrega pistas. Recuerda que cuanto más común es el crimen, más difícil es resolverlo, en este tenemos buenas posibilidades.

—Aparte —completó Moreira—, sí, hay similitudes, todas han sido mujeres; y sí, tienes razón, se nos fue el avión porque las mujeres, para empezar, han estado en lugares diferentes, y no todas son, por decirlo así, de un mismo tipo.

—¡Exacto! —exclamó Zapata emocionado, chasqueando los dedos.

Moreira se quedó en silencio unos segundos, luego compartió su pensamiento sin mirar a sus compañeros a los ojos, ni buscar su aprobación; era más una reflexión que escapaba de su cabeza.

—Por ejemplo, el cadáver de la señora, la que era indigente ya estaba grande, muy distinto al de la chavita que encontraron en la construcción del barranco.

—O de la calcinada.

—Bueno, pero... —Moreira le hizo una seña a Zapata para que se acercara al escritorio y leyera algo en específico de los expedientes—, mira, desde hace casi dos meses empezaron los homicidios con la particularidad de las piernas fracturadas. El primero en efecto fue el de la chava calcinada, ese lo levantamos el 12 de noviembre, aunque el peritaje indicó que la mataron un día antes, el 11.

—Ah, no me digas que el mismo día del homicidio de la familia del Pastor.

—Sí, compadre, carajo... bueno, la calcinada tenía las piernas rotas; antes de eso no hay registros, al menos no en el Estado de México; es decir, de ejecuciones con esa particularidad. Luego está el de la estudiante que encontramos en la construcción, a la orilla del barranco, también con las piernas rotas, eso fue el 24 de noviembre.

—Ése estuvo muy feo —dijo Zapata.

—Pues ya viéndolo con detalle, todos.

Zapata se sentó a la orilla del escritorio y tomó un expediente, pero optó por abandonar la búsqueda bibliotecaria y mejor preguntó:

—¿Cuál sigue?

—El de la señora que estaba en estado de putrefacción en el lote baldío.

—Ah, sí, donde vomitó el asistente de la doctora Delgado.

—Ése mero, también con las piernas rotas.

—¿Ése de qué día fue?

—La fuimos a levantar el 4 de diciembre, pero por el estado de descomposición la ejecutaron el 30 de noviembre.

—¿Entonces todos han sido en un mes? —preguntó Márquez Rua.

—Este cabrón tiene prisa por matar —respondió Moreira, tocándose el lóbulo de la oreja y haciendo una mueca que delataba su preocupación.

Zapata tomó una hoja de papel en blanco, la rompió por la mitad, extrajo una pluma de la bolsa interior de su saco y anotó las fechas.

—11 de noviembre... 24 de noviembre... 30 de noviembre... tres homicidios en tan sólo veinte días. Este asesino ha estado muy activo. ¿Hay más?

—Ahorita esos son todos los que conocemos, y todos tienen las mismas características.

—Las piernas rotas, ¿no?

—Sí, fracturadas de la misma manera.

—Claro que faltaría ver en los otros municipios.

—Uy, eso sí está difícil, los asesinatos en el Estado de México son muchos.

—Pues es el estado con más homicidios en todo el país, casi dos mil asesinatos en este 2003, tú dirás.

Moreira se levantó, dirigiéndose al escritorio contiguo y buscó entre varios documentos; seleccionó los de una pila y otros que se encontraban dentro de un fólder, su mirada fue directamente a un apartado en particular y susurró para sí mismo.

—Herida punzocortante... —arrastraba el dedo sobre las líneas de tinta en el informe— en hombro derecho... punzocortante en el tórax... región hipotenar... múltiples heridas en la cara interior de la mano izquier... no, no... traumatismo toráxico... ¡Aquí está! —dijo alzando la voz—, fractura producida por contacto violento contra una superficie dura y rugosa... pero que nos ilumine

Márquez Rua, que para eso está aquí... doctor, ¿estas fracturas son causadas por una caída?

—No, no, para nada —explicó el forense—, el objeto duro y rugoso a lo que se refiere el peritaje puede ser a lo mejor una piedra, pero una piedra no es factible en este caso, porque las piedras tienen filo y causan laceraciones en la piel y, como tal, nuestras víctimas no presentaban ese tipo específico de herida; podrían haber usado una tabla, pero es más probable un martillo, incluso puede ser uno de esos martillos de tapicero, que son de un material más blando, por decirlo así, creo que son de plástico, pero te pueden romper un hueso si te golpean con la suficiente fuerza... aunque tal vez puede ser al revés, es decir, que las hayan golpeado con un martillo de perforación que requiere menos fuerza pero es más letal, ¿me entienden?

—El comportamiento refleja la personalidad —agregó Moreira.

—No te entiendo, explícate —dijo Zapata.

—Lo que Moreira quiere decir —intervino el doctor Márquez Rua—, es que en la naturaleza del crimen, se refleja la personalidad del asesino.

Los agentes se miraron, asintiendo. Era un conjunto de preguntas y conclusiones acechado por la sombra de la frustración.

—¿Oiga, doctor? —preguntó Zapata, quien había escuchado la teoría con especial atención—, ¿a qué se debe que usted, como experto, no sepa con exactitud cuál fue el arma utilizada en el homicidio?

El doctor Márquez Rua no lo pensó mucho y respondió.

—Bueno a que…

—Ah, y perdone que lo interrumpa, pero es que si no luego se me olvida… ¿por cuál arma se decanta usted personalmente?, ¿el martillo de tapicero o el martillo de perforación?

—Bueno, respondiendo a la primera pregunta no podemos saber con exactitud qué arma se usó, porque así, así con exactitud precisa milimétrica en ningún caso se sabe. Los indicios en las heridas nos pueden acercar al tipo de arma; pero tener total exactitud es imposible. Por eso sólo se informa la clasificación del elemento, que si es una cuerda para ahorcar o un golpe con objeto contundente, pero no podemos comprometernos a decir, por ejemplo, con qué tipo de cuerda ahorcaron a una persona, eso sólo en las películas o en los libros muy chafas.

—Entiendo —aceptó Zapata. Luego el doctor continuó con su explicación.

—Bueno, te decía, con relación a tu pregunta de por qué en este caso no podemos entregar un informe más preciso del arma, es porque dos de los cadáveres fueron encontrados en condiciones inusuales; fíjate, la primera mujer estaba totalmente quemada y eso afecta incluso hasta la porosidad de los huesos. Se rompen más fácilmente. La última mujer tenía ya cuatro días en estado de putrefacción y desarrolló fauna cadavérica… mira esta parte del informe: «Por el avanzado estado de putrefacción y la falta de elementos óseos y blandos, en particular cabeza y cuello por antropofagia cadavérica, no es posible determinar la causa de muerte…». Incluso acuérdate que el cuerpo estaba tan descompuesto que los perros pudieron desmembrarlo para comérselo y dejar las extremidades a unos metros de distancia.

—¿La cabeza es una extremidad, doctor? —Zapata estaba inmerso en la explicación del doctor, poniendo especial interés en los detalles.

—No, bueno, en algunos países he leído que sí la consideran una extremidad, pero aquí no. Ahora, pon atención al análisis pericial: «Debido a la falta de elementos científicos que determinen la causa de muerte, no es posible establecer un mecanismo probable de lesiones». Si no podemos establecer las lesiones comunes, mucho menos el tipo de arma que se utilizó para provocar las fracturas. De hecho, el cadáver que ofreció información más confiable fue el de la estudiante, y ahí parece que le dieron con un martillo de perforación. Entonces, esa es la teoría que yo seguiría, que es la peor, porque es un golpe más fuerte. Esos martillos son muy pesados, son los que usan los albañiles para tirar las paredes, como dicen «a mazazo puro».

A Moreira se le erizaron los vellos de los brazos, imaginando los repetidos golpes en las piernas de aquellas mujeres con un martillo pesado, pero de tamaño ideal, para propinar impactos rápidos hasta quebrarles la tibia y el peroné «El dolor —pensó—, debió haber sido terrible».

—El dolor debió ser terrible —concluyó el doctor Márquez Rua, como si leyera la mente de Moreira; después Zapata retomó las preguntas:

—Tenemos a un hombre, o mujer, pero yo pienso que es hombre por la fuerza y la saña...

—No te creas, Zapata —lo interrumpió Moreira—, luego las mujeres también son bien canijas, hasta más que los hombres... pero por la fuerza ejercida, sí, tienes razón, también creo que es un hombre.

—Ajá, entonces, suponemos que les rompe las piernas para evitar que escapen, pero así este cuate pueda hacerles lo que quiera. Todas sus víctimas son mujeres, esa es otra de las particularidades. Pero ojo, no todas son de la misma edad, ahí hay variedad, y también las mata en lugares similares.

—Ahí sí te equivocas, Zapata —interrumpió Márquez Rua—, una cosa es dónde las mataron y otra dónde las encontramos, porque mira —le acercó tres hojas previamente seleccionadas, varias líneas estaban subrayadas con marcatextos verde. Mientras Zapata leía, el doctor continuó—: salvo la estudiante, en los otros dos homicidios se determinó que las víctimas «fueron privadas de la vida en otro lugar que a la postre será señalado como el de los hechos y que al momento se desconoce; que de ahí fueron trasladadas o cargadas hacia un vehículo para poder llevarlas a otro lugar conocido como del hallazgo». Yo diría —opinó el perito a modo personal— que al menos una de ellas fue trasladada de otro lugar. En una de esas, las asesina en un mismo sitio y luego se deshace de los cuerpos en diferentes locaciones.

Cuando el doctor Márquez Rua concluyó su explicación se hizo un silencio incómodo en la oficina; la iluminación del lugar, de por sí pobre, pareció oscurecerse aún más, y el gimoteo y bullicio de la delegación se ahogó en un mar de interrogantes, encerrando el ambiente en la pesadez de la realidad.

Moreira meditaba poniendo su mano por la barbilla, llevándosela al cuello y de regreso rascando su nuca. Zapata leía los expedientes, pero sin poder enfocarse en alguna conclusión. Márquez Rua se sumó al silencio; los tres sabían que estaban ante el trabajo de un asesino en evolución que apenas comenzaba a desarrollar gusto por la muerte, y del que no podían obtener más información en ese momento. Lo más jodido de todo era que, la única manera de establecer el patrón de comportamiento del homicida, era esperar a que cometiera otro asesinato. No tenían más opción que aguardar impotentemente a que una mujer más fuera raptada y golpeada con la desproporcional violencia de una bestia perturbada, y recibiera los impactos de un martillo hasta que, finalmente, le rompieran las piernas, para evitar su escape.

XIX
Yareli

El cuerpo de Yareli fue hallado entre las vías del tren por vecinos del lugar; boca abajo y desnuda, con el brazo derecho estirado y ligeramente flexionado; en su mano sostenía una gruesa rama que le habría servido para defenderse, pero la muerte le ganó el paso.

Bajo su cadáver permanecían inmóviles los durmientes del tren y las rocas. Su cabello negro y hasta los hombros estaba despeinado. Tenía quince años.

Fue localizada el 20 de diciembre en el tramo ferroviario del kilómetro 58 de la comunidad de Atlatongo. Había desaparecido un día antes.

La tarde de su desaparición se reunió con varias amigas en un restaurante ubicado dentro de la plaza Metrópoli Patriotismo. Estaba lejos de casa. Festejaban el cumpleaños de una de ellas. Eran las cinco de la tarde cuando, en algún momento, según sus compañeras, Yareli recibió una llamada; contestó su celular y platicó con un hombre alrededor de cuatro o cinco minutos. En medio del bullicio, la persona con la que hablaba le pidió que se vieran, «Finalmente la quería conocer», pero ella se negó usando como pretexto la celebración en el restaurante. De hecho, le pidió a sus amigas que incrementaran el ruido para que la persona al otro lado de la línea desistiera de su petición, pero no fue así; al contrario, la presionó más argumentando que era de los pocos días en los que podrían estar juntos. Yareli no estaba convencida, pero algo escuchó de aquel hombre que la hizo sonreír para después responder: «ahorita nos vemos». Sus compañeras le pedían que no se fuera, ella quería quedarse, pero a la edad de quince años no se distinguen con claridad las señales de alerta, o bien, deseas ignorarlas y lo haces.

Cuando Marisol, una de sus amigas, le preguntó quién le había marcado y por qué se iba, ella confesó: «Es alguien que conocí en internet, me escribe muy bonito».

A los pocos minutos se despidió y salió del restaurante. No dijo el lugar donde se reuniría con aquella persona. Eso ocasionó que su búsqueda —horas más tarde—, resultara inútil. Anahí, Marisol y Giovanna no supieron de ella hasta el día siguiente, cuando encontraron su cuerpo.

Esa tarde llovía, no con demasiada fuerza, pero de forma constante.

Yareli dejó el restaurante y se encaminó hacia la estación del metro Mixcoac; transbordó a Tacubaya y de ahí se dirigió a Pantitlán; seis minutos después se bajó en la estación Canal de San Juan y salió a la calle. Se resguardó de la lluvia bajo un puente peatonal y poco después llegó una camioneta que se orilló junto a ella. Adentro, el conductor estiró la mano; bajó la ventanilla del copiloto y entablaron una conversación apresurada.

—¿Yareli?

—¡Sí, hola! —gritó la joven, aún en la banqueta. La lluvia y el ruido de los camiones levantando pasajeros le hizo alzar la voz para hacerse escuchar.

Yareli se acercó más a la ventanilla, antes de poder decir algo, el hombre le abrió la portezuela y ella subió. Una vez arriba vio que la camioneta no tenía asientos traseros. Todo estaba vacío y sólo había una pequeña maleta de lona.

Platicaron algunos temas en común que parecían haber conversado con anterioridad; Yareli poco a poco dejó de lado el temor, incluso reía. El hombre sabía qué era lo que le agradaba y se enfocó en eso. Después de algunos minutos la plática adquirió el tono de las amistades que se conocen desde tiempo atrás.

—Me gusta mucho cómo escribes —confesó ella—, ¿tomaste clases?, ¿o estudias literatura?

—No. Desde siempre he escrito, es algo que se me da de manera natural. —Tenía razón.

En realidad, Yareli no sabía a dónde irían y en algún momento preguntó; él respondió que tampoco sabía, sólo arrancó la camioneta para no estorbar; pero cuando ella le propuso ir a un restaurante o a tomar un café, él se negó. Argumentó que no se le antojaba y tampoco quería caminar interminablemente en un centro comercial.

—¿Entonces adónde? —insistió ella.

—No sé, sigamos dando vueltas a ver adónde nos lleva el camino.

Ella no hizo mucho caso, aceptó la idea evitando contradecirlo; nunca se dio cuenta de que la camioneta, contrario a lo que dijo su conductor, sí tomaba un rumbo específico. Debió percatarse por la familiaridad con la recorría una calle, luego otra, y se cambiaba de carril; pero estaba emocionada de conocer finalmente a aquel joven.

Él usaba lentes. Aun así los ojos oscuros se le veían pequeños. Era más grande de lo que imaginaba, tanto de edad como de estatura y complexión. Yareli calculó que tendría unos veintitrés años. Era un joven de pecho y brazos gruesos; parecía tímido, eso sí. Tampoco lo imaginó de cabello negro, pero no importaba, se sentía segura porque estaba cerca de casa. Ella vivía en Guelatao, pero nunca advirtió que, después de veinte minutos, se habían alejado de ahí.

En algún momento, conforme la plática se iba agotando y el camino se tornaba desconocido, Yareli insistió en ir a cualquier restaurante o incluso al cine. No quería estar más en la camioneta, ya no se sentía a gusto; él decía que sí, pero no parecía tener intenciones de detenerse.

Cuando un semáforo se puso en rojo marcando el alto, él colocó la mano en la pierna de Yareli.

Ella la quitó, pero sonrió para no viciar el ambiente; él, contrario a entender la evasiva, insistió subiendo la mano hasta la altura de sus senos y sobre la ropa. Yareli reaccionó molesta, diciéndole que no y se arrinconó en la orilla del asiento. El semáforo se puso en verde y el hombre arrancó la camioneta; más adelante volvió a buscarle los senos, pero ella, visiblemente molesta, le dio un manotazo y le pidió que detuviera el vehículo para bajarse.

—Ah, pues ya chingaste a tu madre —susurró el hombre mientras aceleraba.

Se enfilaron camino a un cerro. Yareli vio las calles estrechas y empinadas; quiso bajarse, pero recibió un golpe en la cabeza con la mano abierta y un jalón de cabellos. No había forma de escapar. Los limpiaparabrisas sacudían la lluvia que en ese momento arreciaba.

Cuando finalmente la camioneta se detuvo, Yareli comprendió que tenía que bajarse cuanto antes y correr, correr lo más lejos y rápido posible, escapar a como diera lugar; pero no pudo hacerlo porque, contrario a lo que pensaba, el conductor fue quien se bajó del vehículo y corrió. Yareli lo vio por el espejo retrovisor bajo la lluvia tupida. Pensó que escapaba arrepentido, después de haberla manoseado, y ahora la dejaba sola en la camioneta. Era la oportunidad para huir, pero en la confusión Yareli no quiso aventurarse. Reflexionó sobre lo que debía hacer. Decidió esperar hasta verlo alejarse aún más, al menos lo suficiente para irse sin ser perseguida. Cuando se sintió segura del momento, puso la mano en la manija de la puerta, pero ésta se abrió antes de que ella siquiera jalara la palanca.

—Tú te bajas conmigo. —Escuchó la voz del sujeto, bajándola a jalones de cabello.

Debido a la lluvia y a la lejanía del lugar no había personas alrededor. Yareli se percató de que se encontraban en una zona alta, en un cerro tal vez.

El miedo le impidió gritar cuando él sacó un cuchillo y la amenazó. Empujándola la hizo caminar por un sendero cuesta arriba. Ella sentía cómo la punta del cuchillo le picaba la espalda, no tanto para herirla, sino para amedrentarla. No estaba jugando. Yareli no tenía oportunidad. Mientras caminaba a tropiezos le dijo entre sollozos:

—¿Cómo alguien que escribe tan bonito, puede ser tan cruel?

—Por eso mismo —contestó él.

¿Cuánto tiempo han caminado? Yareli no lo sabe, pero la lluvia disminuye, quedan algunas gotas en las nubes que no tardarán en languidecer, cuando entren a los terrenos que marcan la delimitación de la zona urbana. No hay casas o construcciones que se vean cerca.

Siguen sobre un sendero de tierra, en el cual se hunden hasta sus tobillos, y continúan en dirección al cerro. El camino cuesta arriba se prolonga a la distancia. El andar se les dificulta, pero parece que el hombre no tiene intenciones de parar. Mientras tanto le escucha decir:

—Camina, perra, camina, camina, camina.

Se detienen en lo que ella considera que es la mitad del sendero, o la mitad de la cima, donde está un árbol más grande que el resto del follaje.

—Sácate el pantalón —le dice él con el cuchillo en la mano, y ella obedece mientras su agresor también se despoja de la ropa. Luego agrega—: Ora, perra, chúpamela.

Yareli piensa que eso debe ser una pesadilla, un mal sueño del que no ha podido despertar. Es tan irreal que no sabe si ella es la que está viviendo eso, o es un pensamiento enfermo dentro de su cabeza; le suplica.

—No me mates, voy a hacer lo que quieras, pero no me mates.

La niña está asustada, no sabe cómo actuar, advierte un peligro nunca antes experimentado. Quiere convencer a su captor de dejarla ir, su mente se ofusca y, en la desesperación, como último recurso, comienza a besar la mano de su agresor, y repite la súplica.

—No me mates.

Él le responde:

—Haz lo que te estoy diciendo y ya mámamela.

Yareli se acerca y hace lo que le ordena. Él la toma de los cabellos y la mueve violentamente hacia su cuerpo.

—Pásame el culo —le dice después de unos minutos.

Se coloca atrás de ella e intenta penetrarla, pero no puede. Se enoja porque la erección le falla; la lluvia, que no ha dejado de caer del todo, le frustra el acto. La toma del brazo con fuerza hasta dejarle la forma de la punta de sus dedos marcada en la piel y la avienta sobre el lodo. Ella cae de espaldas al suelo; él se monta sobre ella e intenta penetrarla nuevamente pero tampoco lo logra, el mismo problema; entonces, enfurecido, le ordena que se alce la blusa. Yareli obedece porque para ese momento está bloqueada y sus movimientos son automáticos, quiere gritar o empujarlo, y no sabe por qué, pero su cuerpo no responde a la defensa. Está sufriendo una violación y se protege en una fuga mental. Sólo quiere mantenerse viva y salir de ahí, así que se alza la blusa y siente cómo su agresor le baja el brasier, rompiéndolo. Ella, que se encuentra tirada en el suelo, no puede pensar en nada, no quiere estar presente en su peor momento y mueve la cabeza; desvía la mirada a un lado, siente el pasto crecido en su mejilla, puede ver en detalle el lodo que la rodea, los vidrios y la mierda de un perro cerca de su cara.

El sujeto se acerca, le muerde el seno hasta lastimarla y le deja marcada la mordida. Ella sigue subyugada, cree poder salvar la vida si se mantiene al hilo de la humillación, sin provocar a la muerte que ronda tan cerca. Luego lo impensable; le escucha decir.

—Párate, perra y lárgate antes de que te mate, si no quieres quedarte aquí, no voltees; lárgate antes de que me arrepienta.

La avienta; ella se incorpora cubriéndose el

pecho y la entrepierna con las manos y así baja por el cerro; pero apenas avanza unos metros siente el cuerpo de su agresor sobre la espalda. Se le doblan las rodillas, pierde el equilibrio y se da de bruces. Se raspa la cara con los vidrios del terreno, y así, tirada, recibe el golpe que le hará perder la conciencia.

Un frío terrible despierta a Yareli. Siente que el aire le rasga la piel. Alza la cabeza y se da cuenta de que yace boca abajo. Es un lugar diferente al sitio donde la atacaron. Su comprensión es limitada, pero distingue que ahora se encuentra tendida sobre las vías del tren. Está completamente desnuda. Intenta levantarse y correr, pero le es imposible; las piernas no le responden, un dolor agudo le punza la columna; dirige la mirada a sus extremidades y las encuentra endebles; no le responden, están fracturadas. ¿En qué momento ocurrió eso? ¿En qué momento pasó de la agresión en el cerro a recobrar el conocimiento allí? ¿En qué momento la han desvestido? ¿En qué momento le rompieron las piernas? ¿Por qué ella no lo recuerda? Tal vez sea mejor así.

Parece ser de madrugada. A lo lejos y entre las nubes se cuela una discreta luz previa a la oscuridad de su destino. Su cuerpo, antes golpeado y sucio de lodo, ahora está desnudo y limpio. La lluvia se ha mantenido en un constante repiqueteo y le ha mojado la piel y con ello se lleva toda la vida que conocía.

¿Tiene miedo?, por momentos, claro; pero más allá del temor, el escalofrío que siente es consecuencia de enfrentar lo desconocido y estar desamparada ante la adversidad de la desgracia.

Tumbada en las vías escucha pasos. Las rocas crujen anunciando la proximidad de una persona. Alcanza a ver una sombra, sabe que no es otro que aquel que le quitará la vida. El sujeto se agacha; ella siente una hoja fría y afilada entrar en su costado, justo bajo el brazo. ¿Qué más puede pasar?, ya no importa, a sus quince años ha perdido el interés de vivir.

Se da cuenta de que, pase lo que pase, está sola.

Lo que vive la aterra, su rostro se cubre de lágrimas, pero intenta no sollozar, que no escape de su boca sonido alguno que le brinde esa victoria al violador. Que su llanto no la humille en este último momento. De cualquier manera, el instinto se abre paso, recostada en los maderos que atraviesan las vías, busca algo para golpear a su agresor e intentar huir; escapar como sea; llegar a casa y olvidar lo que ha sufrido; pero su idea se ahoga en la sangre que invade sus pulmones. Su pulso disminuye poco a poco.

En el último momento, antes del final, estira la mano y toma una rama. La aprieta con la poca fuerza que le queda; alza la cabeza y siente cómo la oscuridad la abraza. Más allá, la lluvia se cierra sobre el cielo.

He traspasado la frontera de la carne
y la resistencia de la vida;
he creado los gritos que se confunden con el placer
y he provocado temblores de dolor.

He desnudado sin que se quieran desnudar,
he frecuentado engaños y bebido fantasías
de los muslos de la muerte.

Son mías las mujeres que se hincan;
son mías las mujeres que se entregan
sin voluntad.

Yo soy el gran dueño de la vida,
el amo de la misericordia.
Yo ordeno cuando sigan y cuando terminan.

He traspasado la frontera
y provoco la tristeza,
otorgo los grandes descansos,
y aro las partidas de la oración.

He visto el rostro de la ausencia
y lo confronto con el placer.
Y escucho llorar,
y escucho rogar.

Soy el que puede detener todo.
Y el que se queda al final.*

* [Transcripción de los escritos encontrados, presentados como prueba documental por el Ministerio Público y rechazados por el juez por no encontrar relación directa con los hechos denunciados].

XX

—¿Y éste por qué está disfrazado de gorila? —preguntó Moreira al entrar a la delegación, señalando al agente Chacho González que se encontraba sentado en una banca del pasillo.

Ese día la agencia del Ministerio Público estaba repleta de gente. El ruido de las conversaciones entre clientes y abogados, gritos y lamentos de víctimas y quejosos, e incluso algunos llantos esporádicos inundaban el ambiente. Varios agentes permanecían en el cuartel, muchos sólo para ver al Chacho González vestido de gorila, usando un disfraz bastante convincente.

—Es el Chacho González —respondió Escalante, el policía de barandilla en turno.

—Ya sé que es el Chacho, todos hablan de eso. —Moreira hizo un gesto de impaciencia poniendo los ojos en blanco—, pero ¿qué hace disfrazado de primate?

En ese momento entró el comandante Barboza. Antes de pasarse de largo camino a su oficina se detuvo junto al Chacho y lo felicitó. Intercambiaron algunas palabras, riéndose.

—Los agarraste en la movida, felicidades Chacho. —Barboza dio una palmada al hombro peludo del gorila, después pasó a su privado murmurando—: Si todos trabajaran como ese cabrón...

Moreira no entendía nada, así que se acercó a Zapata que en ese momento llenaba un reporte a máquina. Arrastró una silla y se sentó junto a su compañero.

—Bueno, ¿qué fue lo que pasó?

—¿No te enteraste?

—Sí, me enteré, te estoy preguntando porque ya ves que soy bien pendejo... ¡pues claro que no sé!, por eso pregunto.

—Ah —Zapata respondió sin alzar la mirada mientras escribía los espacios faltantes del reporte de un automóvil incautado por estar involucrado en un robo—, bueno, pues el Chacho llevaba la investigación del zoológico de Toluca, ahí tenían unos gorilas, pero ya sabes que ese zoológico está bien jodido, entonces que se les muere un gorila o dos. —En ese momento alzó la cabeza para buscar al agente Villalpando y le gritó: —¡Villalnaco!, ¿en el espacio de jurisdicción va donde encontraron el automóvil o donde ocurrió el delito?

—Pues donde se incautó el auto —le respondió Villalpando desde el otro extremo de la oficina—, y no me digas Villalnaco, que me encabrona.

—Gracias, *Villalnaco*... —Zapata siguió escribiendo y continuó con el relato—, entonces que se les muere un gorila.

El comandante Barboza, que se encontraba ya en su oficina y cerca del escritorio donde platicaban, escuchó la conversación y los interrumpió.

—Se les murió un gorila adulto y uno bebé —aclaró.

—¡Eso! —confirmó Zapata dejando el bolígrafo en el escritorio y acomodándose bien en la silla—, se les muere un gorila grande y uno bebé, y eso es un pedote porque los animales están asegurados, pero tienen que justificar la muerte y no podían explicarlo; todo indicaba negligencia y les podían levantar cargos a los responsables. Total que al director se le ocurre comprar un gorila de contrabando en Miami, y hace todo un desmadre y contacta a un traficante de animales exóticos, hacen todo el alboroto y llegan a un acuerdo, pero al contrabandista le da culo en el último momento y da aviso a la policía gabacha, y ellos a nosotros; entonces el Chacho pide autorización y se lanza a Miami, y al cabrón se le ocurre disfrazarse de gorila y que lo vendieran al zoológico. Todo esto para tener flagrancia en el delito y encerrarlos de volada. Obvio todos piensan que es una tontería, pero en Estados Unidos hay buenos disfraces, y que se mete en ese traje de pelos que se ve muy real. Se ponen de acuerdo con el traficante que acepta participar en la venta falsa, y aquí es donde se pone bueno: suben al pinche Chacho al avión y llega al aeropuerto de acá. Guardan el avión en un hangar alejado y ahí llega el director del zoológico a recoger al animal para trasladarlo en un camión oficial, y el pendejo del Chacho sale caracterizando al gorila, con un muñeco nenuco llorón bajo el brazo. Los del zoológico se la creen porque ya ves que los changos son como humanos y tienen juguetes, y ya lo suben al camión.

—¡Ay!, ¿y a poco no se dieron cuenta? —Cuestionó la historia Moreira chasqueando la boca.

—¡No! Pues si el disfraz está bien realista... bueno, lo suben al camión y ahí el Chacho se envalentona. Se siente gorila lomo plateado de verdad y comienza a golpear los barrotes del camión; los otros, que ya están acostumbrados a tratar con animales salvajes, sacan una pistola de dardos tranquilizantes y le apuntan en las nalgas, el Chacho se da cuenta que lo van a poner a dormir y antes de que disparen se intenta sacar la máscara, pero no puede porque está bien cosida al disfraz; entonces les grita que están todos arrestados, que es policía; pero imagina que de pronto un gorila habla español y te dice que es policía y te arresta. Obvio se sacan un pedo de aquellos. Y cuando todos están cagados de miedo, el Chacho les exige que abran las rejas. El director del zoológico no obedece, porque claro, el Chacho es un chango y ni modo de soltar al chango, y el Chacho de nuevo: «¡Están arrestados, que su puta madre, que yo soy la ley!». Unos suben las manos, pero otros quieren dispararle en el lomo y otros se hincan porque están viendo al pinche dios primitivo de los últimos días. Ya para no hacértela larga, el Chacho los convence de que es policía y hace el arresto y llegan los refuerzos, que eran Padilla y Martínez. Los del zoológico ni las manos metieron. Ahorita el director del zoológico y sus ayudantes están en la galera esperando a que lleguen sus abogados. Yo fui a verlos hace rato, y aún no superan el momento en que un gorila les leyó sus derechos.

Moreira volteó la mirada hacia el Chacho y reconoció que era muy aventurado —para bien o para mal—; después Zapata continuó:

—Pero creo que al disfraz tuvieron que hacerle costuras invisibles para que se viera realista, y como el Chacho tiene que justificar el gasto, pues tuvo que venir acá con el comandante para que le creyeran lo del disfraz y que no se gastó el dinero en pura putería en Miami; pero bueno, al menos hoy se llevó las palmas.

Finalmente el Chacho González se levantó de la banca y entró a la oficina caminando de ladito, porque los hombros de gorila no entraban por la puerta. Afuera, la gente en la sala estaba pasmada; adentro los agentes aplaudieron. Todos reían. El Chacho, al escuchar la ovación, comenzó a bailar como gorila, golpeándose el pecho y caminando con los nudillos de las manos en el piso; mientras, Zapata se levantó y le picó la cola.

XXI

El acontecimiento de un gorila en la delegación atravesó rápidamente las calles aledañas y la gente comenzó a aglomerarse en el Centro de Justicia; aunque el Chacho González rendía un informe detallado en la oficina de Barboza, ya sin máscara —se la quitaron rompiendo las costuras—, una multitud cada vez más grande se sumaba poco a poco en la entrada de la delegación. La curiosidad comenzó con los mismos integrantes de las oficinas, pero luego los familiares y conocidos de los detenidos, y después personas del exterior asomaban la cabeza y cuchicheaban, creyendo que los agentes habían detenido a un gorila prófugo del zoológico; la variación del chisme era que la procuraduría había contratado a un gorila real como policía judicial, pasando a formar parte de las filas del orden. Se aseguraba que el gobierno usaría la fuerza sobrehumana del animal contra la delincuencia.

El tumulto no pasó desapercibido para Dante Rodríguez, un reportero del semanario *El Nuevo*

Alarma, visitante asiduo de la delegación que buscaba historias para la nota roja de su publicación.

Dante recorría todas las agencias del Ministerio Público en busca de casos escandalosos, y era bien conocido por policías de tránsito, judiciales, médicos forenses, secretarios y ministerios públicos; incluso tenía la aprobación de algunos jefes de departamento. A todos les llevaba regalitos de vez en cuando para que le prestaran expedientes, o le dejaran fotografiar cadáveres, a veces en el mismo lugar del homicidio si tenía la suerte de estar en el momento en que partía la comitiva de justicia a la inspección ocular. Si la nota tenía potencial de ventas, les repartía algunos pesos que no le caían mal a nadie. La relación de la justicia con la prensa de nota roja, así como con las agencias fúnebres, era un triángulo amoroso que se sostenía con el aprecio a los billetes.

El reportero entró a la oficina sorteando a los curiosos. En la barandilla le aclararon que no existía tal gorila, sino que era el mismísimo Chacho González quien había realizado un arresto de película, de esos que hacen más atractiva cualquier publicación. Dante supo de inmediato que ese sería un buen artículo para publicarlo, y esperó afuera de la oficina para tomar algunas fotografías con el Chacho portando el disfraz. Pensó que tener al agente vestido de gorila posando con pistola en mano, apuntando al lente de la cámara, sería una buena portada; el tipo de posturas a las que obligaban a los presuntos culpables, empuñando un cuchillo o cargando una piedra, para simular que van a estrellarla en la cabeza de un cuerpo imaginario.

El Chacho tardó más de lo esperado en salir porque el comandante Barboza seguía asombrado y complacido por la iniciativa del agente; le pedía repetidamente que le contara la parte en que le apuntaron a las nalgas y el momento en que tuvo que improvisar para detener a los traficantes, y se reía con sonoras carcajas escuchando el relato.

En algún punto, Dante supo que la espera era en vano, porque lo más probable era que el Chacho ya se hubiera quitado el disfraz dentro de la oficina. Se tendría que contentar con publicar el artículo escribiendo algún encabezado escandaloso, pero definitivamente no tendría la primera plana en la siguiente edición. Sin foto, no hay escándalo; y sin escándalo, no hay ventas, lo sabía bien.

Antes de salir, Dante decidió dar una vuelta por las mesas de trámite, pasar a las oficinas de los peritos y finalmente visitar al Ministerio Público. Así lo hizo. Recorrió el lugar para mantener vivas las relaciones cultivadas a lo largo de los años. Quiso dar una última oportunidad a la fotografía del Chacho, pero las oficinas de los judiciales seguían atiborradas. El área contigua a la policía judicial era de los servicios médicos forenses y decidió saludar a Márquez Rua, pero antes de tocar la puerta ésta se abrió, se encontró cara a cara con el doctor. Se saludaron deprisa porque Márquez Rua iba camino al levantamiento de un cadáver que apenas le habían reportado y no quería usar su automóvil, prefería que lo llevaran los oficiales de tránsito.

—Faltaba más —dijo Dante siguiéndolo—, yo lo llevo, mi carro está aquí luego luego.

El doctor aceptó y salieron de la delegación.

—¿A dónde vamos? —preguntó Dante mientras introducía la llave en el *switch* de su Dart 88 y daba marcha un par de veces, acelerando al mismo tiempo, hasta que el automóvil arrancó.

—Vamos hasta Atlatongo —respondió Márquez Rua mientras se ponía el cinturón de seguridad—, encontraron a una niña muerta en las vías.

XXII

La primera fotografía de la que se tiene registro en el caso de Yareli es la de su cadáver tendido sobre los rieles del tren. Se encuentra completamente desnuda y boca abajo. Uno de los pies está retorcido y el otro, el izquierdo, tiene el talón levantado y el empeine enterrado en las piedras.

En la foto también se pueden ver —a un par de metros de la víctima— a dos hombres de pie. Seguramente elementos de la policía. No hay nada más alrededor, ni árboles, ni casas, sólo las vías metálicas y el cuerpo abandonado. La foto es de Dante Rodríguez.

El día del levantamiento del cadáver, llegó con el médico forense Márquez Rua, de modo que fue el primer reportero en arribar a la escena del crimen. Eran las dos de la tarde del 20 de diciembre. Hacía frío y en los alrededores el único sonido que se escuchaba era el de los insectos revoloteando en el lugar; Dante lo recordaría después porque un escarabajo en pleno vuelo se estrelló contra su cámara.

Estacionó su vehículo cerca de las vías y caminaron treinta metros hasta encontrarse con los policías municipales. El único que podía acercarse al cuerpo era el forense y el Ministerio Público, que para ese momento no había llegado, de modo que los policías impidieron el paso al fotógrafo.

—Déjenlo pasar. —El doctor hizo un movimiento con la mano señalando al reportero y los municipales le permitieron llegar hasta el cadáver—. Te regalo la nota por el aventón que me diste.

El reportero sacó su cámara, una Nikon FM2 que le asignaron en el semanario, y tomó la foto. No es una imagen particularmente impresionante, en su historial tenía mejores entregas, como la vez que captó el momento en que tres policías sacaban de un canal de aguas negras el cuerpo hinchado de un hombre, esa fotografía transmitía el movimiento de los agentes en acción, el fondo mostraba un paisaje con árboles frondosos y algo de poesía se coló en ese retrato. En cambio, el valor de la fotografía de Yareli proviene de lo que ocasionaría días después.

A Dante no se le escapó la postura de las piernas de la joven, y se colocó al lado de Márquez Rua, se colgó la cámara y captó una segunda imagen, esta vez sólo de las piernas, después tomó un lápiz, humedeció el grafito con saliva y se dispuso a anotar en una pequeña libreta.

—Doctor, ¿por qué tiene las piernas torcidas?

—Bueno, sí, es verdad, pero no están torcidas,

sino rotas. De otra manera no podrían tener esa postura.

—¿Las dos piernas?

—Sí, las dos parecen estar fracturadas.

—Pero uno no se rompe las dos piernas accidentalmente así porque sí, ¿o sí?

—No, se las rompieron con toda intención. Ya van varias.

A Dante, que tenía un buen olfato para lo sensacionalista, no se le escapó ese detalle; volvió a chupar la punta del lápiz y continuó preguntando.

—¿Cómo que ya van varias, doctor?

—Otras chavas. Moreira cree que es un asesino serial.

—¿El caso lo trae Moreira?

—Y Zapata, de hecho Zapata fue el que unió el caso con otros similares. Creen que las piernas es el elemento común de todos.

—¿A todas les rompieron las piernas?

—Sí, ¿tú no escribiste la nota de la chica que encontramos quemada dentro de unos locales en construcción?

El reportero hizo memoria. Cada día estaban a la caza de homicidios escandalosos. Finalmente respondió:

—No, ésa se la quedó Quique Velazco.

—Ah, pues ahí empiezan, ésa fue la primera.

—Oiga, doctor, ¿y para esto hay grupos especiales? Porque es la primera vez que escucho algo así.

—No, de hecho no lo vayas a sacar así, eh, porque apenas es la hipótesis que están planteando Moreira y Zapata.

—¿Cuántas van?

Márquez Rua achicó los ojos y recordó la conversación que tuvo días antes con los agentes.

—Ésta sería la cuarta víctima.

—¿Todas mujeres?

—Así es. Pero no lo vayas a publicar, eh. Te di chance de la foto porque me trajiste, puedes publicar que la chica fue tirada acá en la vías, pero nada más.

—Cómo crees que te voy a fallar doctor. —Dante cerró un ojo a modo de complicidad—. Ésta para mí sólo es una nota más. Publico la foto encuerada y ya, pero ni la de los pies voy a revelar.

—Eso —concluyó el doctor.

No pasó mucho tiempo para que llegaran Moreira y Zapata a bordo del Cougar verde. Descendieron y al ver a Márquez Rua se acercaron al cadáver.

—Doctor —dijo Moreira—, ¿qué tenemos ahora? Es una chavita, ¿cierto?

—Como de catorce años.

Moreira se acuclilló y con un bolígrafo levantó el cabello de la niña.

—Sí, como de catorce o quince… y le dieron una puñalada aquí bajo el brazo.

—También se lo golpearon, lo tiene todo morado —completó el doctor.

Luego Zapata se acercó.

—Ya no alcanzó a dar el golpe, ¿no?

Todos dirigieron la mirada a la mano de la joven que sostenía una gruesa rama, y asintieron en la conclusión de Zapata.

—¿Y tú qué haces aquí, pinche Dante? —preguntó Moreira.

—Persiguiendo la chuleta, mi comandante.

—Andas zopiloteando, cabrón —dijo Zapata.

—Pues ahí está el pan.

Después el doctor tomó del brazo a Moreira, lo llevó a los pies de la joven y señaló los tobillos, torcidos y volteados.

—Igual que las otras, More.

El agente no dijo nada. Buscó con la mirada a Zapata y luego le señaló con los ojos y levantando las cejas las piernas del cadáver.

—¿También? —preguntó Zapata, asombrado.

—Tenías razón, pareja, tuviste buen instinto.

—Zaz —expresó Zapata—. Valió madres —dijo rascándose la parte de atrás de la cabeza, luego repitió separando perfectamente cada sílaba—. Ya-va-lió-ma-dres.

—Doc, ¿me espero para regresarlo a la delegación? —preguntó Dante.

—No, Dantito, aquí ya me voy con los agentes, nomás llega el Ministerio Público y levantamos a esta mujer.

El reportero se fue antes de que los agentes se incomodaran por su intromisión, y a los pocos minutos cada parte judicial hacía lo que le correspondía. Con la llegada del licenciado Vargas levantaron el acta, los judiciales buscaron algún indicio o pista, pero no encontraron nada, y Márquez Rua anotó las lesiones previas a la necropsia. Después llevaron el cuerpo al forense.

Durante el camino de regreso, Dante no dejó de pensar en que, por primera vez, el Estado de México tenía un asesino en serie. No sabía cómo actuar al respecto. La nota sería un bombazo para la prensa, pero había prometido a Márquez Rua no publicar nada de información, y no podía fallarle; tarde o temprano le volvería a pedir un favor al doctor o a cualquiera en la delegación, no podía jugársela dando un periodicazo así, de modo que condujo hasta una fonda cercana para almorzar.

Por la tarde regresó al Centro de Justicia, buscando de nuevo a Márquez Rua. Cuando entró a la morgue observó el cuerpo de Yareli tendido boca arriba, con el pecho abierto y las costillas expuestas, y pudo verle los pulmones y otros órganos. El reportero aún no se acostumbraba a las necropsias. Podía sacar fotos de cadáveres, pero le causaba escalofríos ver los cuerpos en la plancha abiertos para su inspección.

Dentro del lugar olía a lejía y hacía frío.

—¿Qué se te olvidó, Dante?

—Oye, doc, no te saco la nota, de verdad, pero cuéntame más del asesino ese que me dijiste en la mañana, el que creen que es serial. Es que nunca he conocido un caso así.

—Ni yo, nadie sabe cómo tratar eso.

—Pero ¿por qué creen que es un asesino en serie?

—Pues porque van cuatro mujeres en menos de dos meses que cumplen con un patrón de ejecución similar, mira. —Señaló la herida bajo el brazo en el cuerpo de Yareli, Dante tuvo que ladear la cabeza, acercándola a las costillas cortadas a tajo.

—Ah, sí —asintió; aunque no sabía qué era lo que había admitido.

—*Ah, sí*... —lo imitó Márquez Rua—. Ah, sí, ¿qué?, pinche Dante; si ni te he dicho nada... te estoy mostrando esto porque los otros cuerpos que levantamos tenían heridas producidas por un objeto cortante similar. Mira estas incisiones. —Señaló un corte en la piel del cadáver bajo la axila—. Éstas son ocasionadas por una punta u objeto con filo que pueden causar la muerte.

—Puñaladas.

—Exacto. Las múltiples laceraciones indican el grado de ira del agresor. Comparamos las heridas en la necropsia de todas las mujeres y son similares.

—¿Y los pies?

—Me caes bien. Zapata siempre dice: «¿y las patas?».

Dante sonrió.

—Mira. —Señaló el doctor—. A todas les rompieron las piernas aquí, a la altura de la pantorrilla. Les machacaron los huesos.

—¡Auch! —El reportero sintió un escalofrío al imaginarlo.

—A todas lo mismo, y por lo que creemos fue con un mazo.

—¿Y las violan?

—Ahí, pues... mmm —pensó el doctor—, a algunas sí, pero a otras no. No hay constancia de contacto sexual generalizado. En algunas hemos encontrado semen, pero pues no sirve de mucho ahorita, a lo mejor es útil si encuentran al asesino, para ubicarlo en todos los crímenes.

—¿Y las edades, doctor?

—Míralo... ya deberías trabajar mejor de Judicial... pues son dos adolescentes, también una joven y una señora más grande.

—Y ya una última pregunta doctor, ¿a todas las ejecuta en las vías?

—No. Según los informes periciales a todas las mata en otro lugar y luego las avienta.

—A las vías —aventuró Dante la respuesta.

—No, en distintos lugares.

—¿Entonces es el mismo homicida por las patas?, como dice Zapata.

—Por lo pies, cabrón, ten respeto.

—Ya lo sé, estoy jugando, doctor.

—Sí, coinciden las fracturas de las piernas, específicamente en la tibia y el peroné. También coinciden las heridas producidas por arma blanca y todas han sido asesinadas en un lapso muy cercano.

—¿Y dónde encontraron a todas, así un aproximado?

El doctor desvió la mirada hacia las lámparas del techo, intentando recordar.

—No me acuerdo bien. Esta niña en las vías, como ya sabes. La otra en una obra negra cerca de la carretera; la otra chavita también dentro de una construcción, al otro lado de un bordo y, una más, ya en estado de descomposición, en un terreno baldío.

Dante imaginó los lugares y repitió para sí mismo a fin de recordarlo después: «Un bordo... construcciones en obra negra... piernas rotas», luego dejó su introspección a un lado y le preguntó a Márquez Rua.

—¿Cuánto te debo, doctor?

—Nada, porque no vas a publicar ni madres, me lo prometiste.

—Claro, claro, pero por la clase.

—¿Cuál clase?

—De todo lo que te pregunto, por ejemplo, ¿para qué sirven estas pinzas? —Señaló un instrumento quirúrgico.

—Se llaman Cizallas de Gluck para costillas, sirven para eso, para cortar costillas. Son las que usé para levantar la caja toráxica de la niña. —Puso las manos enguatadas sobre las costillas seccionadas del cadáver.

—Ah, ya —respondió Dante sin asomarse al interior del cuerpo. Luego preguntó de nuevo—. ¿Y esto para qué sirve?

El doctor se complacía en responder preguntas sobre el instrumental quirúrgico, casi nadie se tomaba la molestia de ver esos detalles, en la delegación sólo se hablaba de las detenciones y los chismes, así que se esmeró en la respuesta.

—Eso es un separador costal de Burford, sirve para mantener las costillas separadas, si no lo colocas, los huesos del tórax regresan a su lugar, porque son duros. De hecho no se puede abrir el pecho si no usas este instrumento: colocas el brazo del separador aquí —y lo puso en una costilla—, luego el otro acá —repitió la acción—, y finalmente las costillas se abren cuando le das vuelta al engranaje con esta manivela… —Los huesos de la mujer se abrieron aún más.

Dante no pudo más que reconocer la inventiva de los creadores del instrumento. Había sido suficiente aprendizaje por ese día y las herramientas de Márquez Rua eran numerosas. La explicación podría continuar por días, y por eso terminó la plática.

—Ahora sí, dígame, ¿cuánto te debo, doctor?

—No, nada, luego me invitas unas cubas.

—Claro que sí. —Sonrió Dante, y estrechó la mano de Márquez Rua mientras se quitaba los guantes quirúrgicos.

Antes de salir de la morgue, Dante se volteó y preguntó.

—¿Quemaditas, doctor?

—¿Las cubas?

—Claro.

—¡Claro! —afirmó el doctor.

Por la noche, en su departamento, Dante se sentó frente a la máquina de escribir, prendió un cigarro, dio un par de caladas, luego lo puso sobre un platito de porcelana y redactó una escueta nota:

> Tirado boca abajo, desnudo y con diversos golpes fue hallado el cadáver de una mujer de identidad desconocida, sobre las vías del tren. Se presume que fue arrojada en el lugar.
>
> Vecinos avisaron a la policía sobre el hallazgo para proceder con las diligencias.
>
> Los agentes verificaron la presencia de la víctima.
>
> Las estadísticas ubican al Estado de México como el más peligroso para las personas del sexo femenino.

Arrancó la hoja de la máquina y le colocó encima la fotografía que acababa de revelar del cadáver de la niña, uniéndolas con un clip, y se fue a dormir. Después de dar varias vueltas en la cama, aceptó que esa noche no podría conciliar el sueño. La idea de una misma tortura ejecutada a todas esas mujeres, usando una metodología casi perfecta, le provocaba dolor de cabeza.

«¿Cómo podría existir alguien así? Qué tan jodido estaba todo para que una persona le dedicara tanto tiempo y esmero a la acción de matar por matar, o eso creía, que aquello no podía tener un motivo en particular. ¿A quién se debía culpar? Claro, al homicida; pero debía haber algo más tras toda esta cagada; por ejemplo: ¿a qué se dedicaba el asesino? ¿Estaba desempleado? ¿Demasiado tiempo libre? ¿Sería alguien común? ¿Un vecino? ¿O sería un hombre desaliñado, encerrado en un departamento oscuro, masturbándose cada noche viendo revistas porno, mientras recordaba a sus víctimas agonizar? ¿Sería parte de un problema de educación? ¿Un abandono del gobierno? ¿Era un desgaste del tejido social?».

Tenía todas esas preguntas dándole vueltas en la cabeza y concluyó que él no era una persona demasiado inteligente para responderlas. No era sociólogo, ni siquiera estudió alguna carrera universitaria. Él sólo era un reportero de nota roja buscando imágenes morbosas para llenar las páginas de su diario, y con esa idea se fue a la cama.

Dos días después, en los puestos de periódicos, se leía en la primera plana del semanario *El Nuevo Alarma*:

¡ASESINO SERIAL EN EL BORDO!

Lo llaman el loco de Chimalhuacán.

Ha acabado con la vida de cuatro jovencitas a quienes secuestró, violó y fracturó las piernas para evitar su escape.

Abandona los cuerpos en terrenos baldíos y casas en construcción.

XXIII

—¡Le voy a romper las patas, pero a ese cabrón! —Zapata estaba furioso.

Se encontraba en la oficina del comandante Barboza, quien le aventó el periódico en la cara y le reclamó que se hubiera publicado la nota, con esos detalles y con el titular de un asesino serial.

—¡Qué mamadas son esas de un asesino serial y por qué puta chingada madre yo no lo sabía!—, le gritó el comandante.

Zapata tuvo que tragarse el coraje y negarlo; excusó que todo aquello era una invención del pinche reporterillo pendejo de Dante, que siempre andaba zopiloteando en la delegación y necesitaba una nota escandalosa para vender más periódicos, porque últimamente sólo publicaba fotografías de viejitos atropellados en la carretera bajo el puente peatonal.

—¡A mí me importa una chingada! —Barboza aventaba papeles, plumas, engrapadoras y lo que encontraba a su paso—. Si me llama el subprocurador Treviño para pedirme cuentas de este periodicazo te me vas arrestado Zapata... y otra cosa, dile al pendejo de Moreira que venga a mi oficina.

Zapata salió del cubículo mentando madres del semanario *El Nuevo Alarma* y del reportero que lo acababa de meter en tremendo problema. En la oficina de los policías judiciales lo vieron caminar hecho un energúmeno. Cuando se cruzó con Moreira le dijo que el jefe lo mandaba llamar.

—¿A mí?

—Sí, por el pendejo del reportero. —Rechinó los dientes Zapata.

Moreira entró a la oficina de Barboza, esperando una tormenta de «cabrón», «pendejo», «chinga tu madre» y «me cago en Dios». Vio el periódico tirado en el piso, se agachó haciendo un gemido por el esfuerzo y lo levantó. Trató de quitarle las arrugas con la mano y lo colocó sobre el escritorio del comandante.

—Oye, gordo —dijo el comandante usando un tono sereno—, ¿por qué crees que inventaron en el periódico que tenemos un asesino serial?

—Pues porque tenemos uno —Moreira seguía planchando las arrugas del periódico.

—¡Ah, chingá!, ¿y por qué vengo a enterarme por la prensa y no por ustedes?

Barboza respetaba sobremanera a Moreira, lo tenía en un buen concepto de policía honrado; un poco malhumorado, cierto, porque le afectaba todo el empeño que ponía para resolver los asuntos que le asignaban. Desde que logró la recuperación de robo a transporte más grande de fayuca del país, siguiendo por varios días la pista de unos tráileres, Barboza le tomó un respeto diferente al de los demás miembros de la brigada.

En el cuartel había de todo; muchos se caracterizaban por ser «echados pa' delante» y no tener miedo al balazo, como el agente Édgar Jiménez, o ser inventivos en sus métodos como era el caso del Chacho González; no es que Moreira rehuyera de las persecuciones o de los balazos, pero era diferente. Era uno de los judiciales con más años en la Procuraduría. Lo que más le agradaba al comandante era que casi nunca le daba la acostumbrada calentadita a los *malandros* para que confesaran; su procedimiento era más metódico, de paciencia, aparte su figura corpulenta se imponía ante compañeros, superiores y criminales.

—Es teoría de Zapata, jefe —dijo Moreira.

—Pinche wey, me dijo que era invención del reportero. —Barboza se levantó de la silla y miró por la ventana que daba al estacionamiento.

—Seguro dijo eso porque se hizo un poquito de popó cuando le gritaste.

Barboza sonrió, era cierto.

—También le aventé el periódico —agregó y se quedó un rato con la mirada puesta en todos los automóviles estacionados en la explanada del Centro de Justicia; todos eran vehículos decomisados, involucrados en crímenes o robados; algunos habían sido usados en persecuciones y otros habían sido escenas de ejecuciones. «Cuánta mierda hay en la ciudad —pensó—, y cuánto ha crecido este lugar».

Observó desde ahí los alrededores del estacionamiento, recordando los árboles y palmeras (aunque estas últimas ya secas) que tuvieron que talar para aumentar la capacidad de vehículos, dejándolos amontonados hasta que se oxidaran, algunos estaban cínicamente desmantelados. Luego se dio la vuelta y preguntó.

—¿Y tú qué crees, gordo?

—Pues la verdad, yo creo que sí.

—Nunca hemos tenido uno de esos. —El comandante seguía con la mirada fija en el estacionamiento.

—Pues ya lo tenemos.

—¿Y no crees que sea más bien uno de esos que están bien locos? ¿Como el Precioso?

El Precioso era el apodo de un delincuente conocido por robar y golpear violentamente a la gente. Entraba y salía con regularidad de la cárcel. En algún momento escaló su categoría de ladrón a homicida, ejecutó a varias personas; actuaba principalmente en la colonia La Preciosa, en Azcapotzalco, de ahí el sobrenombre.

—No, porque el Precioso mataba cuando hacía otras cosas, como robar; o por demostrar que era más chingón que los demás. Sí, es verdad que el Precioso asesinó como a tres, pero dos fueron durante un asalto y otro en un pleito, en cambio este asesino sólo mata por matar.

—Perdona que te pregunte, gordo, pero es que

nunca hemos tenido un caso así, ¿cuál es la diferencia entre un asesino loco y un asesino en serie?

—Los dos están locos.

—Sí, pero ya sabes a lo que me refiero.

—Pues después de que Zapata me platicó su teoría de un asesino único, me puse a investigar y hay varias diferencias, para empezar los «asesinos en masa» matan a cuatro o más personas; por otro lado, están los «asesinos relámpago», que ejecutan a dos o más personas, pero en una sola acción, haz de cuenta en una balacera. Y los «asesinos en serie» matan a más de tres, en espacios de tiempo prolongados y, sobre todo, tienen una firma, algo que los identifica, un sello estético en su forma de matar.

—¿Las piernas fracturadas?

—Ajá, pero yo creo que este asesino no tiene una firma. O sea, no es que haga algo particular para que la gente diga: «Ah, mira, ahí va el "asesino de las fracturas"». Estamos seguros de que este cuate les rompe las piernas para que no escapen, es su manera de controlar a la víctima, porque realmente no tiene una marca particular.

—¿Qué dice Márquez Rua?

—También cree que es la misma persona.

—¿Él fue el rajón con la prensa?

—Pues si no fue él, puede ser cualquiera; de todas formas se iban a enterar. Ahora fue el *Alarma*, pero pudo ser el *Excélsior* o *La Prensa* que siempre están aquí afuera viendo qué agarran. Yo no me preocuparía por eso, comandante; el pedo ya lo tenemos encima.

Barboza apartó por primera vez la mirada de la explanada, pero no buscó los ojos de Moreira; al contrario, aún de pie le dio la espalda y examinó entre los expedientes del estante al fondo de su oficina; no buscaba un documento en particular, lo que ocurría era que lo ponía nervioso enfrentarse a un caso que los colocaba en una encrucijada.

—¿Los chacales de Ecatepec eran asesinos seriales? —preguntó el comandante refiriéndose al caso de la familia degollada dentro de su propia casa, que causó tanto alboroto mediático. Trataba de clasificar mentalmente los asesinatos sobresalientes que tuvieron los últimos años.

—No —respondió Moreira—, esos eran más como «asesinos relámpago». Aparte eso fue consecuencia de un robo y una venganza. No, no, los asesinos en serie no tienen una motivación particular, sólo quieren matar, les gusta matar, vaya...

—Ahí sí te equivocas More, uno cree que las cosas son diferentes con esos asesinos, más dramáticas, pero la realidad es que la gente normal es la que mata a más personas. Son unos pinches locos —dijo Barboza.

—Ya te dije que todos están locos, comandante; pero a los asesinos seriales lo que les gusta es ver morir a las personas. Lo disfrutan.

—Entonces este cabrón está más loco, porque no gana nada.

—Pues sí gana, porque obtiene lo que le gusta: ver morir a las personas.

—Oye, si este sujeto mata por el puro placer de matar, entonces, ¿crees que sea de una clase social más acomodada?

—Puede ser, no lo había pensado. Aunque no creo que sea exclusivo de los ricos, puede que tenga un resentimiento. Aparte las asesina muy feo.

—Las familias pobres son muy violentas.

—También los ricos que están aburridos.

—Sí, pinches riquillos ociosos. —Después de pensarlo un rato el comandante ordenó—: Manden un memorando a todas las delegaciones, que nos avisen cuando tengan un homicidio que concuerde con las características que buscamos; ya sabes, las piernas rotas y que las víctimas sean mujeres.

Moreira asintió. Metió la mano en el bolsillo de su pantalón y sacó algo del interior. Eran sus llaves. El llavero que las unía era una bala calibre .38 especial, perforada en un extremo y atravesada por una argolla. Se puso a jugar con ellas, aventándolas al aire y recibiéndolas de regreso entre sus manos. El sonido metálico de las llaves tintineando sirvió para alejar la tensión que se había desprendido de la plática. Después de juguetear algunos segundos agregó.

—¿Sabes qué es lo peor de todo, comandante?

—¿Hay algo peor?

—Sí. Una vez que empiezan no paran. Pueden seguir asesinando y asesinando personas, continúan hasta que los agarran, porque nunca se aburren.

—¿Y tú cómo sabes? ¿Ya has tenido algún caso así?

—No, pero lo dicen en las películas.

—Chinga tu madre —respondió el comandante.

XXIV

La señora Estela Santos se vistió con pantalones caqui y un saquito de tela azul, un poco viejos pero cómodos, que le serviría para cumplir su propósito el 26 de diciembre. Se subió a la camioneta y se apresuró para cobrar la renta de varias propiedades de las que era dueña.

Como casi todas las casas de su propiedad se encontraban en el municipio de Romero Rubio, su ruta se volvía tediosa, pero el viaje bien valía la pena. Al terminar el recorrido tendría dinero suficiente para pasar el fin de año con una buena cena sobre la mesa y regalos para celebrar el Día de Reyes. Los lugares que alquilaba variaban en tamaño, aunque por lo general eran casas y departamentos de proporciones modestas.

Comenzó su recorrido a las dos de la tarde, en la colonia San Mateo Ixtacalco. Hizo una pausa a las cuatro para comer y después continuó con la recolección. El tráfico de fin de año retrasó sus planes. No había ningún día en que se pudiera confiar en que las calles de la ciudad estuvieran vacías. Por fortuna el atardecer cayó cuando entraba a la colonia más tranquila de su itinerario, donde se encontraba la penúltima propiedad; una casita de dos pisos en colindancia con Tultitlán.

Esta casa fue la primera en la que ella misma había vivido, por lo que era un poco más grande que el resto; sin embargo, le daba poco mantenimiento. La reja era en realidad una malla de alambre y, aunque contaba con dos patios, el interior era pequeño. La alquilaba a una joven llamada Paola, procedente de Fortín, Veracruz, que vivía sola y recibía el apoyo económico de su familia cada mes. Tenía dieciocho años; era estudiante de la carrera de Optometría.

La señora Estela llegó al inmueble a las siete y media de la tarde. Aunque el sol de diciembre se ocultaba, aún concedía algo de luz. Desde mediados de noviembre el frío no hacía sino incrementar, y esa tarde no fue la excepción. El alumbrado público en la calle era escaso; también escasa era la gente en los alrededores. Era una colonia carente de movimiento.

Tocó el timbre una, dos y tres veces, pero no le abrieron; desde la calle pudo ver que una de las recámaras tenía la luz prendida; desde ahí gritó el nombre de su inquilina. «¡Paola!», le llamó desgañitándose la voz, pero siguió sin obtener respuesta.

Pasados diez minutos Estela regresó a su automóvil, un Ford Escort, y sacó del interior un voluminoso manojo de llaves. Buscó la que correspondía al candado de la reja y lo abrió. Pensó en disculparse después por entrar sin permiso, pero quería regresar a casa antes de que cayera la noche por completo.

Cruzó el patio, aún gritando el nombre de la joven, y así llegó hasta la puerta interior. Tocó enérgicamente. El golpe con los dedos anillados sobre la madera incrementó el ruido, pero siguió sin obtener respuesta. Estela se molestó. Había avisado con anticipación que iría ese día a recoger la renta y la debería estar esperando. Se decidió a entrar.

Todo el tiempo llamaba a la joven por su nombre para no interrumpir alguna actividad que le hubiera impedido escuchar el timbre o los golpes de la puerta. Gritaba que estaba entrando para advertir su presencia, en caso de que la chica estuviera ocupada con alguna visita íntima. También pensó en la posibilidad de que Paola la ignorara deliberadamente para no pagar el alquiler, pero esa idea desapareció cuando ingresó a la cocina y vio en el piso varias gotas de sangre formando un camino que llegaba hasta la puerta del patio trasero.

A Estela se le subió la presión a la cabeza; sintió las orejas calientes y la mirada se le nubló. Siguió el rastro hasta salir al patio. Todo estaba oscuro. Todo estaba callado.

Al fondo del lugar, sobre el piso de cemento, la sombra de una persona colgada se balanceaba. Eso fue lo que vio Estela. Alzó despacio la mirada y descubrió el cuerpo, pero no pudo reconocer quién era. Una mujer seguramente, porque tenía el cabello largo y negro cubriéndole el rostro. Una soga rodeaba su cuello.

Los policías Martín Campos y Ernesto Luna circulaban en la patrulla SPM 0512 sobre la Avenida Central cuando recibieron la solicitud de la Unidad de Control, indicándoles acudir al llamado por una persona colgada. Arribaron al lugar diez minutos después. En la calle los recibió la señora Estela. Se encontraba sola, cruzada de brazos, con la boca seca y asustada. Ya era de noche. Al mismo tiempo llegó la unidad de Protección Civil.

La señora Estela les aclaró que era la dueña del lugar; sin embargo, lo rentaba a una muchacha joven y, al parecer, su inquilina se había suicidado.

—¿Está segura de que la mujer está muerta? —preguntó uno de los policías.

Estela no pudo responder y los paramédicos corrieron al patio trasero, donde la dueña les había indicado que encontrarían a la mujer colgada.

En el patio no se distinguía nada a simple vista. El cielo estaba nublado y la luna escondida. Los rescatistas no encontraron el interruptor de electricidad y la señora Estela no quiso entrar con ellos. Sólo la penumbra se extendía.

Utilizaron lámparas de mano para hallarse. Los haces de las linternas recorrían el suelo y las paredes. El cuerpo colgado de la mujer se descubrió con el oscilante movimiento provocado por el viento.

Apuntaron las luces a un lado y a otro, pero no pudieron encontrar escaleras o bancos para bajar el cuerpo ni comprobar su deceso.

Francisco Díaz, técnico en urgencias médicas, se apresuró a sostener las piernas de la mujer colgada para evitar el ahorcamiento, si es que la joven aún estaba viva. Mientras tanto y usando las cajas de refresco apiladas en una esquina, la paramédico Mónica Ramos subió e intentó desanudar la cuerda. En ese momento se percató de dos cosas: la primera, que la cuerda sobre el cuello de la mujer estaba prácticamente sobrepuesta y, la segunda, que los latidos de la chica habían desaparecido. Era inútil que el rescatista Díaz siguiera cargándola. Era demasiado tarde.

—No —dijo la paramédico confirmando el estado de la joven—, ya no tiene signos vitales.

A sus espaldas se encontraban los policías municipales y dos personas más de Protección Civil que acudieron también al llamado. Entonces hallaron el interruptor de las luces, pero no sirvió de nada, los focos del patio estaban reventados, imposibilitando la iluminación. Sin embargo, usando todas las linternas pudieron ver la escena con mayor claridad.

La primera duda que tuvieron fue sobre la cuerda, prácticamente sobrepuesta en el cuello de Paola. La joven no podía estar colgada con eso. Poniendo atención, vieron que la soga ni siquiera presentaba tensión, estaba flácida en su caída desde techo. Balancearon el cuerpo y descubrieron, con asombro y repulsión, que la mujer tenía un gancho de tamaño considerable clavado en la espalda y eso era lo que la sostenía, el gancho se encontraba sujeto a una cadena y ésta, a su vez, soldada a una viga industrial de metal que cruzaba de lado a lado el patio.

También pudieron ver una herida de arma blanca en la mano derecha de Paola, donde varios hilos de sangre escurrían por sus dedos. Y lo más importante, al apuntar las luces al piso, encontraron tirado un cuchillo de empuñadura de plástico blanca.

Dieron aviso al Ministerio Público. Protección Civil ya no tenía nada que hacer en el lugar. Pero antes de irse la paramédico alumbró una última vez el cuerpo de Paola. Tras ese cabello largo y negro, con sangre coagulándose bajo la nariz, se alcanzaba a ver su rostro. Era una joven bonita, de cara redonda y ojos grandes, no muy alta, de cuerpo menudo y bien formado. Tenía expresión de ternura y un destello de tristeza a la vez. Luego la paramédico puso atención en otro detalle: Paola, colgada, vestía una pijama afelpada blanca, con pequeños círculos de colores claros.

XXV
Paola

Paola cree ver una sombra entre los árboles. Son las seis de la tarde. La oscuridad aún no llega, pero siente su amenaza; voltea y no encuentra a nadie.

Paola camina hacia su casa, lleva en la mano un recipiente que contiene su cena caliente, la ha comprado en la cocina económica. Por lo regular prepara su comida para toda la semana y calienta en casa los platillos, pero ese día se le antojan los chiles capeados rellenos de queso bañados en salsa de jitomate que vio en el restaurante.

Paola recorre las calles, están vacías, siempre lo están. Sobre las banquetas hay árboles de follaje decente. Es una colonia con pocas familias, habitada en su mayoría por estudiantes que llegan sólo a dormir, o no llegan. Frente a la casa hay un templo de la Iglesia de Jesucristo de los Santos de los Últimos Días, muy concurrida los sábados y domingos, pero entre semana los patios del santuario, limpios y grandes, se encuentran desiertos.

Paola llega a la casa que alquila. La reja es una malla de alambre y la puerta está asegurada con una cadena. Utiliza la mano libre e inserta la llave en el candado, lo abre e ingresa.

Paola morirá dentro de una hora. Los servicios de rescate no llegarán a tiempo, y será descubierta por su casera cuando tenga varios minutos sin vida.

Paola, antes de su asesinato, se dirige a la cocina; coloca el recipiente con la cena sobre una pequeña mesa, cuelga su bolsa en el respaldo de la silla, sale al patio y mete la ropa que ha dejado tendida desde la mañana; ya está seca; la acomoda sobre sus brazos, entra de nuevo y una palomilla se cuela al interior de la casa. Paola sube al primer piso, donde sólo hay dos habitaciones y un pequeño baño completo. Se cambia de ropa. Deja los pantalones y la blusa sobre la cama, se libera del brasier y se pone una pijama cómoda. Comienza a doblar la ropa limpia, pero en ese momento escucha que alguien toca la reja. Es un sonido metálico; espera la visita de su casera, pero no es ella la que toca. Al asomarse alcanza a ver la silueta de un hombre. Paola grita desde su ventana «Qué es lo que quiere», y el sujeto pregunta si no va a vender postres esa noche.

Paola responde la pregunta. Nunca debió hacerlo.

En la reja de la casa hay una cartulina que anuncia varios postres y pequeños antojitos a la venta: plátanos fritos, arroz con leche, papas a la francesa, gelatinas y paletas. En efecto, todas las tardes saca la pequeña mesa de su cocina y vende esos platillos dulces. Necesita el dinero para ayudarse con los gastos, ella es de Veracruz y ha llegado a la ciudad para estudiar la licenciatura.

Ese viernes decidió no salir a vender. Era 26 de diciembre, casi fin de año y los estudiantes han regresado a casa de sus padres a pasar las fiestas navideñas, así que no habría clientela. Ella no pudo viajar porque se le presentaron gastos imprevistos que le impidieron visitar a su familia.

Entonces, desde la ventana, al escuchar al hombre preguntar sobre los postres, responde que esa noche no va a preparar nada, pero el sujeto insiste, insiste en saber si no tiene algo que le pueda vender; argumenta que no hay nada abierto alrededor, y es verdad. Paola sabe que tiene postres listos en el refrigerador y una venta rápida no le caerá mal.

—Sólo que sea arroz con leche que ya tengo preparado —dice—, no puedo freír nada, no tengo el aceite listo.

—Arroz con leche está bien —acepta el sujeto al otro lado de la reja—, no la molestaría, pero vi el letrero y por eso toqué.

Paola baja las escaleras, entra a la cocina y se asoma al refrigerador. Los vasos de plástico con el postre están listos, toma uno, sale de la casa y cruza el patio.

Abre la reja mientras el hombre busca algo en la bolsa de su pantalón, son unas monedas; las cuenta y las pone en la mano de Paola mientras ella le entrega el arroz. Él le agradece. Intercambian algunas palabras de cortesía, no muchas, algún comentario sobre la calle desértica y la iglesia, pero nada más. Después el hombre se aleja caminando. Ella hace lo mismo hacia su casa.

Antes de entrar escucha de nuevo.

—Oiga, ¿me puede vender otro, por favor?, para mi novia que está en el carro.

Paola se asoma y ve una camioneta tipo van estacionada a unos metros de distancia. Entra a la casa por segunda vez, toma otro vaso y regresa hasta la reja, la abre y apenas retira la cadena siente un empujón; tira el postre, trastabillea y cae. El sujeto entra al patio dando una larga zancada, sin perder tiempo la toma del cabello y la arrastra. Ella patalea en el camino, trata de zafarse en el arrastre, pero es inútil; el trayecto es rápido y cuando menos se da cuenta ya están adentro de la casa. Escucha que la puerta se cierra tras ella.

El hombre la avienta a la sala; ella cae en un sillón rojo y viejo, el sujeto se sienta a horcajadas en sus piernas y le busca la cara para besarla. Paola es de ojos grandes y negros, que ahora tienen una expresión de terror. Ella se voltea y empuja con suficiente fuerza a su atacante quien, sorprendido por la reacción, cae al suelo. Paola corre hacia la recámara de arriba, entra, pero no puede cerrar, un manotazo interrumpe el recorrido de la puerta. Él la agarra de los hombros, le da la vuelta, toma una de sus pequeñas manos y le tuerce el brazo por la espalda. Ella implora que la deje y comienza a gritar pidiendo auxilio. Él dice:

—Grita lo que quieras, nadie va a oírte, nadie va a escucharte y nadie va a ayudarte.

La jalonea. Ella se resiste, forcejean. Él la carga y la azota en la cama donde está la ropa que unos minutos antes Paola doblaba. Él toma una pantaleta de la pila y con eso le amarra las manos por la espalda.

Paola se mueve y cae de rodillas, de inmediato el sujeto le da un golpe en la nariz que le provoca un mareo. Recibe otro puñetazo en la boca y siente sangrar su labio. Escucha que le dicen algo, pero ha dejado de entender en el embotamiento de los impactos. Ha comprendido que está colocada al centro de una furia descontrolada y sabe que no tiene oportunidad. No podrá resistir el embate. Debe cuidarse.

En ese momento enconcha su cuerpo, cubre su vientre usando las rodillas, es lo único que se le ocurre para protegerse. Es lo más importante; «Lo demás —piensa— no importa». Decide obedecer para sobrevivir.

Él advierte un cambio de actitud en su víctima, la sumisión, la mirada desvanecida, el velo de opacidad que ahora cubre esos grandes ojos, la ausencia. La observa recogida como un ovillo y tiene la certeza de que no se moverá de la esquina a donde ha llegado arrastrándose con dificultad.

Así es como la deja amarrada en la habitación y ahora, tranquilo, camina por el pasillo. Deambula por la casa. Anteriormente ha tenido como escenario construcciones en obra negra, son sus lugares preferidos porque están vacíos, pero siempre tiene que huir antes de que llegue la Policía o algunos entrometidos, como pasó en el bordo. Sin embargo, en esta ocasión cuenta con más tiempo y lo sabe. Observó y memorizó el entorno con éxito. Puede pasear por el lugar y saborear el momento; nunca ha hecho eso, saborear el momento; ser consciente de que su fantasía está alcanzando su expresión más alta, más pura.

Al principio era un agresor retraído con algunas excentricidades. Comenzó con pornografía de colegialas, después la ropa interior de las adolescentes despertó su interés, no la de encaje, sino la juvenil, incluso infantil, calzones de algodón bombachos, blancos e inocentes.

Está en la cúspide. Siente cierta evolución que le causa orgullo. Ya no es un acosador de ocasión, ahora, al fin, después de tanto, tiene a la joven que quiere a su disposición y el tiempo para disfrutarla. Se contempla pleno.

Paola es la joven más bonita a la que ha sometido. La ha escogido bien, demasiado bonita incluso. Tiene rostro infantil y, hasta cierto punto, el cuerpo inocente que tanto le excita. A él no le atraen las mujeres desarrolladas, mucho menos las operadas. Le gusta el cuerpo atrapado en la pubertad, el que no ha alcanzado la madurez y se queda en el cautiverio de la adolescencia, con los pezones hinchados, los senos apenas elevados. Repudia a las mujeres exuberantes, voluptuosas y de nalgas prominentes. Busca la tersura de una aparente virginidad; no es que le interesen las niñas, o las vírgenes en particular, sólo quiere que lo parezcan. Le fascinan las adolescentes y su aire de ingenuidad en la mirada; las caderas detenidas en algún momento del desarrollo, y Paola es el mejor ejemplo. La ha seguido durante varios días y está satisfecho del resultado.

Sale al patio trasero. Prende la luz y husmea entre los tendederos y tras las cajas amontonadas en los rincones. Sube la mirada y encuentra una viga de metal que atraviesa el patio de lado a lado, quizá colocada en otro tiempo para construir un segundo piso, pero que después fue usada con otros fines; porque en medio de la viga hay dos perforaciones industriales y, dentro de uno de los orificios, cuelga un gancho en el extremo. Se asombra de lo que ve, de la oportunidad que se le presenta. Primero piensa que son ganchos de carnicero, pero en realidad son garfios mecánicos, usados para cargar motores; lo que hace sentido con el piso tiznado de aceite viejo a sus pies.

Qué felicidad siente. Qué tranquilidad poder limpiar todas las huellas después de matar a la mujer que se encuentra aterrada en el piso de arriba; dejar la casa como quiere, tener todo el tiempo para atar los cabos sueltos del asesinato. Entregar sólo pequeños detalles a los policías, pero nada que lo pueda comprometer.

Regresa a la casa, pero antes de entrar revienta el foco del patio usando una tabla de madera; el lugar es devorado rápidamente por la oscuridad.

Busca en los cajones de la cocina y encuentra un cuchillo bistecero con la hoja delgada y afilada.

Sube las escaleras, escalón por escalón, tiene una sensación de totalidad a la que sabe que se hará adicto. Observa y siente con las yemas de los dedos las paredes amarillas y descarapeladas que carecen de cuadros y fotografías. La casa no tiene toque familiar ni calidez de hogar; mejor así, puede construir su fantasía sin distracciones.

Se detiene ante la habitación donde ha dejado atada a su víctima. Pone la mano en el picaporte, lo gira y empuja suavemente la puerta.

Paola, desde el interior, escucha el crujir de las bisagras y cierra los ojos.

XXVI

Dos periódicos más se unieron a la noticia del «Asesino Serial»; se trató del *Excélsior* y *La Prensa*, y entre las tres publicaciones, bautizaron al criminal como El loco de Chimalhuacán.

La premisa la tuvo *El Nuevo Alarma*, que colocó la noticia en su portada. En un inicio los otros periódicos se mantuvieron al margen y conforme se ventilaron los casos les dieron cada vez más y más visibilidad. Poco a poco la nota fue ganando popularidad, se vendieron más impresos y el miedo comenzó a propagarse lenta pero constantemente entre la población. Muchas familias encontraron afinidad en los detalles de los crímenes, comparándolos con los de sus hijas desaparecidas o asesinadas, teniendo o no relación con ellos.

Moreira leía los titulares de «El loco de Chimalhuacán» con los periódicos sobre las rodillas, mientras Zapata conducía el Cougar. Llevaban veinticinco minutos en un tráfico intermitente en su trayecto al Centro de Justicia de Romero Rubio, donde les informaron sobre un homicidio con las características que refirieron en el memorando enviado al resto de las delegaciones en el Estado de México.

Al salir del municipio pasaron por el bordo de Xochiaca, un inmenso lugar donde se arrojan los desperdicios de toda la ciudad. Un vertedero con horizonte propio que no se acaba, no se le ve final y sólo una delgada línea lo separa del cielo. Parvadas de aves vuelan en círculos sobre puntos específicos, buscando carroña y la enorme superficie del basurero produce un vitral de múltiples colores, resultado de la innumerable cantidad y variedad de basura.

Moreira vio el vertedero como si fuera la primera vez, aunque era parte de su camino habitual. No se había percatado antes de que el cielo sobre el bordo era de un azul claro y contrastaba con el desprecio que se le tiene al maloliente sumidero. «Es curioso —pensó—, que sobre la basura exista un cielo color mar».

—Oye, Zapata —Moreira llamó a su compañero aún con la mirada fija en el bordo.

—¿Qué pasó?

—Hay mucha mierda en la ciudad.

—Sí, ¿te imaginas cuánta? Toda la gente tira mucha basura. Luego tiras cosas que aún están buenas, pero ya no caben en tu casa, o cosas que nunca usaste, mucha ropa o comida. En mi casa tiramos mucha comida en buen estado que compramos por golosos y no nos la comemos, y cuando abrimos el refrigerador ya tiene hongos y está apestosa. A mí me da mucho coraje con Silvia, porque siempre le digo que sea moderada cuando vamos a comprar la despensa, pero no me hace caso…

Sin embargo, Zapata se dio cuenta de que su pareja seguía con la vista perdida en el horizonte del basurero, entonces le preguntó:

—¿Te refieres al bordo?

—No. —Moreira se quedó en silencio, dudando en continuar con la plática o cambiar el tema. Finalmente se aventuró en una conversación que lo tenía incómodo desde hacía tiempo. Necesitaba desahogarse con alguien que comprendiera sus palabras, temores y, más allá de todo eso, sus frustraciones—. Me refiero a la gente. Hay mucha mierda en la ciudad.

—Así es More, mucha mierda.

—Lo que quiero decir es que… ¿te das cuenta que nosotros trabajamos con la cagada de la sociedad? Nos dedicamos a resolver los problemas de la gente, pero los problemas nunca pueden ser algo bueno; o es un robo, o un homicidio, un fraude, una pinche violación; total que somos el escusado de la comunidad, pero en lugar de caca nos avientan problemas.

—Que de alguna manera también son caca.

—Exacto.

—No lo había pensado, pero sí, tienes razón.

—Es como si fuéramos una extensión de este bordo. —Moreira apuntó con el dedo la vasta prolongación del terreno—. Aquí vienen todos a aventar su basura. En la delegación es lo mismo, la gente va a tirarnos todos sus problemas, toda su basura, ¿y sabes qué es lo peor?

—No, ¿qué?

—Que la mayoría de las veces son problemas que ellos mismos se buscan. No digo que no haya algunos que te lleguen de chingadazo y no tengas nada que ver, como por ejemplo cuando te choca un borracho, o que te toque un balazo en una fiesta y tú ni estabas en el pleito ¡y chin!, balazo mientras comes pastel, o las chavas cuando abusan de ellas.

Zapata veía a su compañero de reojo, alternando su atención entre el volante y el espejo retrovisor, y por respeto bajó el volumen de la radio. Luego Moreira continuó.

—Pero no me refiero a esos casos donde tienes mala suerte. Me refiero a que la mayoría de los problemas son porque la misma gente los provoca y luego va a chillar a la delegación cuando se les salen de las manos. ¿Cuánto cabrón llega porque el vecino le puso unos chingadazos?, pero bien que se lo buscó por tener la fiesta hasta bien tarde y bien fuerte, y luego se hacen los sorprendidos. Y eso es lo de menos, luego los problemas llegan a las armas y salen navajeados en el pleito y aparecen indignados a exigir justicia; y ahí van los pendejos de los judiciales a solucionar su desmadre, pero bien que chingan y chingan al prójimo, como cuchillito de palo, andan rascándole los huevos al tigre y luego se quejan. O cuando se roban cosas de la empresa y se justifican diciendo: «Es que la empresa tiene mucho papel, si se pierden unas hojas extras no les va a hacer daño» o pendejadas así, porque para hacer chingaderas siempre vas a tener un pretexto, y cuando los cachan, ¿quién va a solucionar los problemas?, los pendejos de los judiciales.

—Sí, está cabrón.

—O cuando vamos a levantar el cuerpo de un atropellado.

—De esos siempre hay, en cada guardia.

—Pues sí, pero me da mucho coraje cuando los cuerpos están bajo el puente peatonal, o sea que les dio mucha hueva subir las pinches escaleras, y luego los atropellan y ni llegan a su casa y le arruinan la vida al que los atropelló.

—Pero casi nadie se detiene cuando atropella a alguien.

—¡Pues no!, pero de todas formas les chingan la vida. Siempre van a recordar el sonido del cuerpo estrellándose con el parabrisas o sobre el cofre, ¿y todo por qué?, porque a un cabrón le dio hueva subir el puente.

—También las doñitas que luego traen al escuincle chiquito y se cruzan justo bajo el puente, poniéndolo en peligro.

—Sí, también.

—¿Sabes qué me da mucho coraje? Cuando les pegan a los niños chiquitos. ¡Carajo!, eso sí me encabrona porque los chamacos no tienen la culpa. —Zapata parecía alterarse conforme algunos recuerdos abordaban su mente—. ¿Te acuerdas la vez que fuimos a levantar el cadáver de una niñita de diez años que según se suicidó, y cuando Márquez Rua le hizo la autopsia descubrió que el cuerpo de la niña estaba lleno de quemaduras de cigarro?

—¿No era la de los piecitos quemados?

—Sí, esa, la misma; pobrecita, estaba bien lastimada, ya tenía el síndrome del niño maltratado.

—Me acuerdo que tenía llagas en la piel.

—Así es, y cuando le vieron las plantas de los pies los tenía quemados, como de estufa o de plancha.

—Hijos de su perra madre.

—Y todavía los papás llegan a la delegación diciendo que la niña se había suicidado, pero ellos la torturaron y mataron.

—Sí, me emperré mucho esa vez. Me hubiera gustado darle una chinga al papá por ojete.

—También la señora estaba involucrada.

—Pues también a ella unas cachetadotas.

—Ya deja tú que permitió que lastimaran a la niña, ella también la quemaba.

—Te digo que esta ciudad está llena de mierda. —Moreira sintió una punzada en el estómago y se puso la mano justo a la altura donde tenía la úlcera que le molestaba cuando experimentaba una emoción fuerte; decidió bajar el tono de la conversación para evitar que le sangrara el intestino. Sólo minutos después Zapata retomó la plática.

—Oye, Moreira, ¿alguna vez has pensado en retirarte?

—¿Y hacer qué? Nadie le da trabajo a un judicial cuando se sale de la Procuraduría. Por eso hay tanto policía que se vuelve secuestrador y ladrón.

—No te creas, a mí me da mucho temor salirme de la Procu —Zapata hablaba con un auténtico tono de preocupación—, porque como dices, cuando vas a un lugar a pedir trabajo y ven que estuviste de judicial, ya no te bajan de ladrón, aunque no lo seas. ¿Y qué te da la Procu? Una pinga de negro, eso es lo único que te da.

—Sólo queda poner tienditas o emplearse en un taller o trabajitos así. Como el compañero Juan Montoya, que se retiró después de una balacera, alquiló un local y puso una agencia de viajes, pero dice que nadie le quiere comprar nada.

—También cómo le van a comprar, si pinche nombre culero que le puso a su negocio.

—¿Cómo le puso?

—Agencia de viajes San JuaniTours.

—Sí, se mamó.

No pasaron ni dos segundos para que Moreira se carcajeara y a Zapata se le contagió el humor. Eso ayudó a cambiar un poco el aire indignado de aquella conversación llena de confesiones. Así transcurrieron varios segundos entre las risas de ambos.

—Pero, pues es eso —continuó más tranquilo Moreira—, qué va a saber uno de otras profesiones y negocios si te has dedicado toda la vida a perseguir delincuentes. Es decir, a arreglar los problemas de la gente, y luego esas mismas personas, que llegaron a pedir que les resolvieras sus chingaderas, te pintan dedo y no te dan trabajo.

—O no te compran ni un viaje a Xochimilco.

—Eso mero.

—Mucha mierda… mucha mierda —dijo Zapata mientras aceleraba y se incorporaba al Circuito Interior.

Moreira y Zapata entraron a las oficinas de la delegación de Romero Rubio y pidieron ver a la médico legista Mayra Noriega; se identificaron como agentes judiciales y esperaron al lado de la barandilla. Luego de cinco minutos una mujer atractiva y distinguida, de no más de treinta y cinco años, alta, de cabello negro con un mechón blanco al frente —seguramente producto del estrés— los recibió.

—¿Agentes? —preguntó la doctora.

—¿Doctora Noriega? —Moreira extendió la mano y saludó a la mujer.

—Para servirle. —Estrechó la mano del agente y luego repitió el saludo con su compañero—. Pásenle a la morgue, qué bueno que vinieron.

—Al contrario, qué bueno que nos llamó. —Moreira tomó las riendas de la conversación mientras Zapata caminaba tras ellos.

—No sé si el homicidio sea de la misma persona que buscan, porque me imagino que están buscando similitudes con otros asesinatos, ¿no?

—Es correcto, doctora.

Los pasos que hacían eco por el edificio mientras se desarrollaba la conversación llegaron hasta la entrada de la morgue. La doctora tocó la puerta y escuchó desde el interior una voz que les indicaba pasar. Adentro se encontraba otra mujer de cabello corto, recogido en un gorro quirúrgico. Al contrario de la doctora Noriega, ésta tenía un evidente problema de sobrepeso, pero parecía estar cómoda frente a la plancha de metal que cargaba un cuerpo tendido cubierto con una sábana.

—Es mi asistente —aclaró la doctora.

—Nadia —completó la asistente—, Nadia Robledo. Mucho gusto, agentes…

—Moreira y Zapata, para servirle. —Esta vez Zapata se adelantó a las presentaciones.

La doctora Noriega se puso en la otra orilla de la plancha, esperó a que los agentes hicieran lo mismo y señaló el cadáver.

—Aquí está.

—¿Puedo? —preguntó Moreira colocando las manos en la orilla de la sábana para descubrir el cuerpo.

Los agentes sintieron sobre su cuello el aire acondicionado que circulaba libremente. El color metálico de los refrigeradores reflejaba la luz blanca de las lámparas circulares del techo. Había otras lámparas con un brazo metálico móvil que facilitaba alumbrar lugares puntuales en los cadáveres.

Al levantar la sábana quedó descubierto el cuerpo desnudo de una joven de tez blanca. El rostro, aunque mostraba una herida en el labio, era hermoso; cara redonda y ojos grandes —los tenía cerrados—, los pómulos, también redondos y exaltados, le daban un aire de inocencia. Era una joven que guardaba cierta apariencia infantil. El cuerpo, aun cuando tenía visibles las marcas del paso del bisturí en el torso, consecuencia de la necropsia, revelaba a una mujer bien formada, no muy alta, el cabello negro caído a los lados y el fleco acomodado en la frente. Su rostro era un suspiro en pausa, una palabra perdida en el camino. Lo peor de un cadáver es su silencio.

Moreira se atrevió a poner la punta del dedo en las incisiones engrapadas del costado de la joven fallecida. La doctora Noriega no había destapado la cavidad craneal esperando a que llegaran los agentes para compartir el caso.

—Pueden ver que tiene un edema en el pómulo izquierdo, y excoriaciones recientes en la punta de la nariz y mejilla derecha, así como una herida de vacilación reciente de características antemortem de siete centímetros localizada al nivel de la muñeca izquierda que compromete piel tejido celular subcutáneo —dijo la asistente de la doctora señalando diversos lugares del rostro del cadáver.

—Es decir, que tiene golpes en la cara, uno muy claro en la nariz y también una herida en la mano izquierda —interpretó la doctora Noriega.

—¿Y la causa de la muerte es…? —preguntó Zapata.

—Herida punzocortante amplia en la espalda, que le perforó los pulmones.

—¿Y qué es esta marca, doctora? —Moreira señaló una línea roja que bordeaba el cuello del cadáver.

—De un lazo natural.

—No entiendo, ¿la ahorcaron? —Zapata dirigió el dedo índice a las marcas del cuello.

—Eso querían que se pensara, que se suicidó, pero no tenía sentido porque en realidad la colgaron de un gancho por la espalda. —La doctora Noriega indicó a su asistente que le ayudara a mover el cadáver, juntas ladearon el cuerpo y quedó expuesta una herida, situada un poco más arriba de la mitad de la espalda y centrada en la columna vertebral. La lesión estaba bordeada por un círculo morado, producto de la sangre acumulada. Los agentes se sorprendieron al ver el tamaño del boquete.

—¡Ah, chingá! —dijo Zapata—. ¿Con qué se lo hicieron?

La doctora Noriega le pidió a su asistente que trajera un expediente mientras colocaban el cadáver nuevamente boca arriba.

—La colgaron de un gancho —dijo cuando encontró las fotografías, compartiendo el reporte con los agentes.

—¿Es un gancho de carnicero? —Moreira estaba asombrado.

—No, pareja, me parece que es de mecánico, con los que levantan las piezas pesadas, así sacan los motores —aclaró Zapata.

—Entonces la chica murió por la herida en la espalda, pero también la golpearon en la cara, específicamente en la boca y la nariz, ¿cierto?

—Posiblemente fue el mismo chingadazo, perdón, el mismo golpe que le abarcó todo el rostro, pareja —dedujo Zapata.

—No olviden la herida en la mano izquierda —añadió la doctora Noriega, y luego hizo hincapié en la naturaleza de la lesión—, pero esa la causó un objeto punzocortante

—Un cuchillo —especificó Moreira.

—Lo más seguro, y miren —la doctora señaló las manos del cadáver—, tiene signos de amarre, no estuvo atada mucho tiempo porque las impresiones no son pronunciadas, pero sí lo suficiente para que se marcara la obstrucción de la sangre en sus muñecas.

Moreira mantuvo la mirada en el rostro cadavérico de la joven. La boca, apenas abierta, mostraba una dentadura blanca y alineada.

—¿Oiga, doctora?, pero si la colgaron de un gancho, lo cual es una muerte horrible, yo pensaría que el cuerpo debería estar más golpeado, ¿no cree? Sólo tiene un golpe en la cara y, como dice Zapata, a lo mejor fue producto de un sólo impacto; aparte de la herida de la mano que nos menciona. A mí se me figura que la chica no se defendió, que al homicida prácticamente no le costó trabajo someterla.

—Es correcto agente, la chica no se defendió.

—¿Porque sabía que el asesino era más fuerte? —los interrumpió Zapata.

—No, porque estaba embarazada.

—¿Perdón?

—Dieciséis semanas de gestación. En la necropsia realizada encontramos el feto unido a la placenta por el cordón umbilical.

El motor de los refrigeradores se apagó y un

silencio total se apoderó de la morgue ante la revelación de la doctora Noriega. El aire se cargó con la incomodidad de la realidad, y la respiración de los agentes y las doctoras se acortó en pequeñas inhalaciones y exhalaciones. Moreira rompió la tensión al tratar de llegar a una conclusión.

—Pero para subirla ahí debieron ser varios los atacantes ¿no cree, doctora?

—Ahí sí, ya no sé. Deberían preguntarle a los peritos si ya tienen su dictamen. Apenas levantaron el cuerpo ayer en la noche.

Zapata hizo un conteo rápido de horas y dijo.

—Pero si fue ayer en la noche, ¿qué no acabó ya su guardia, doctora?

—Es correcto, pero me acordé del memorando que enviaron y me quedé para ayudarlos.

—¿Quiere decir que el cadáver también tiene las piernas...? —Moreira no terminó la pregunta.

—Sólo una, y a mi parecer no había necesidad de que se la fracturaran, porque la chica no se defendió encarecidamente, detalle aparte es la particularidad de que la colgaron del gancho, ni modo que pudiera escapar... En mi criterio sólo le rompieron la pierna porque es la costumbre de su homicida; de no hacerlo quedaría como un crimen más, y no como su crimen.

—Le agradecemos, doctora. No sabe cuánto. También le agradecemos que se haya quedado a trabajar más allá de su turno —dijo Moreira, y luego preguntó si no sería mejor que les permitieran ir al lugar de los hechos.

—Pónganse de acuerdo con los judiciales para ir a la casa donde encontraron a la joven, el lugar debe estar en resguardo —respondió la doctora y luego continuó—: ya declaró la dueña de la propiedad, pero a lo mejor aún pueden interrogarla, y lo del agradecimiento, pues no puedo decir que es un placer, pero sí es mi obligación. Lo que le hicieron a la muchacha fue una bestialidad.

—A usted también se la vinieron a aventar, doctora —dijo Moreira recordando la conversación con su compañero durante el trayecto.

—¿Perdón?

—La mierda. Se la vinieron a aventar.

La doctora se quedó pensando la respuesta del judicial, pero éste ya salía de la morgue. La temperatura cálida del exterior llenó de nuevo los pulmones de los agentes, que se abrían paso entre las quejas habituales que desbordaban la delegación.

—Una mierda. Todas las agencias son una mierda, y nosotros somos la bacinica de la muerte.

XXVII

La casa donde encontraron el cuerpo de Paola colgado se encontraba acordonada, y una patrulla vigilaba que nadie entrara.

Moreira y Zapata ingresaron al domicilio acompañados de Alejandro Ángeles, judicial adscrito al municipio de Romero Rubio, quien llevaba consigo un adelantado del informe criminológico. Apenas al entrar el ambiente se sintió cargado de fatalidad y tristeza. El recorrido comenzaba con las gruesas gotas de sangre ya secas en el piso de la cocina.

—El reporte pericial nos dice que la víctima empezó a ser golpeada en la cocina del inmueble y posteriormente trasladada al lugar donde fue hallado el cuerpo —dijo el agente Ángeles.

—Bueno —interrumpió Zapata—, es el lugar donde la hirieron, pero pudieron comenzarla a golpear en cualquier habitación.

—Sí, tiene razón, agente; yo sólo leo lo que dice el informe.

—Perdónenos, compañero —dijo Moreira—, uno se exalta con homicidios así.

Caminaron por todas las habitaciones tratando de encontrar cualquier mínimo detalle que les indicara lo que había pasado la noche anterior y les esclareciera la secuencia de los hechos, lo que fuera, algo que pudiera haber escapado de los reportes periciales y delatara un error del homicida.

Moreira entró al baño y notó que el retrete tenía orines concentrados y amarillos.

—¿Algún agente entró a mear ayer cuando recogieron el cuerpo? —Moreira gritó para que pudieran escucharlo en las habitaciones contiguas, donde se encontraban los otros judiciales.

—No que yo recuerde —respondió Ángeles—, pero puede ser que alguien haya entrado, no se me haría descabellado.

—Pues quien entró dejó manchada la taza del baño. Hubiera sido una buena pista, pero no sabemos cuántos usaron el retrete… pero podría creer que el wey que la mató dejó sus meados regados como señal de poder, como los animales salvajes, marcando su territorio.

—Puede ser. —Ángeles entró en el baño y se asomó a la taza orinada—. Voy a pedir que hagan exámenes a ver qué encuentran, pero va a ser difícil comprobar algo, los meados pueden ser de cualquiera y, a menos que se tenga registro previo del homicida, no van a coincidir con nadie.

—Tiene razón compañero, pero no perdemos nada.

—Está bien, pediré que levanten muestras, nomás no vayan a orinar ustedes acá.

—¡Oigan! —gritó Zapata—, yo creo que acá la golpearon, miren.

Los agentes entraron a la recámara y vieron ropa encima de la cama.

—¿Por qué lo dices? —Moreira analizó el cuarto con una rápida ojeada, pero no encontró nada relevante.

—Porque toda la ropa está encima de la cama, ¿cierto? Hay algunas prendas dobladas, no todas, pero sí hay unos montoncitos doblados, y miren... —Entonces Zapata señaló hacia las patas de la cama—. ¿Ven esa pantaleta tirada?

—Se le pudo haber caído. —La conversación era entre Moreira y Zapata, que estaban acostumbrados a intercambiar opiniones en la escena del crimen.

—Sí, claro, pero si te fijas bien en la ropa de la cama, está la fila de los calzones bien acomodada, o sea que estaban doblados y quitaron uno de la pila.

—Ay, eso sí está muy jalado, Zapata.

—Sí, a lo mejor, pero no he terminado. Tienes que fijarte en los detalles, la pantaleta del suelo está estirada, y las que están en la cama no. Se ve que la chava tenía calzoncitos buenos y los cuidaba, ¿para qué iba a tener unas tangas todas reventadas?

—A lo mejor eran sus calzones viejos. Luego son los más cómodos.

—Va, te la compro, eran sus calzones viejos. —Zapata levantó la ropa interior usando su dedo pulgar y el índice, luego los acercó al rostro de su compañero—. ¿Tú crees que estos calzones están viejos?

—No, la verdad no.

—O sea, nuevos no están, pero no son los calzones viejos que luego uno guarda, fíjate en la tela, está casi nueva, igual a los otros que están doblados; acuérdate que la amarraron de las manos y ésta prenda está estirada, tiene el resorte reventado.

—Y aparte la chica no estaba gorda, estos calzones le hubieran quedado grandes.

—Exacto, es lo que yo digo. Acá fue el lugar donde la amarraron, y no concluyo que fue donde comenzaron a golpearla porque, una vez más, eso puede ser en cualquier lugar.

—Ahora —dijo Moreira—, ¿por qué lo dejó entrar? ¿Fue el novio? ¿Alguien vio algo?

El agente Ángeles contestó la pregunta.

—La chava no tenía novio, preguntamos en la mañana a los vecinos, tampoco nadie escuchó nada; acuérdense que es 27 de diciembre, ya nadie está por acá, todos se fueron a celebrar las fiestas a otro lugar. Lo que hemos averiguado es que nadie vio ni escuchó nada, y sobre el novio les repito que no tenía.

—Pero ¿entonces el hijo que estaba esperando? —preguntó Moreira.

—Quién sabe, tendríamos que investigar eso a fondo, es una buena pregunta —respondió Ángeles.

—Okey, entonces no sabemos si la chica conocía a su homicida o no, pero sí lo dejó pasar —comentó Zapata.

—O él entró por la fuerza —opinó Moreira.

—O entró por la fuerza —aceptó Zapata, repitiendo la conclusión.

—No, por la fuerza no, compañeros —Ángeles interrumpió el diálogo— al examinar el inmueble no aparecieron huellas de violencia en las puertas, el candado de la reja tampoco fue forzado, por lo que se determinó que no se realizó ningún ingreso de manera violenta al interior del lugar.

—Está muy raro, pero bueno —continuó Zapata—, el homicida entró con ella o tras ella, sube a la recámara con la chica y le amarra las manos con la pantaleta. ¿Sabes qué no le preguntamos a la doctora Noriega?, si hubo violación.

—Ah, pero ese dato acá lo tengo, en el reporte forense —interrumpió el agente Ángeles y comenzó a buscar entre las hojas—. ¡Acá está!, se los leo: «La pasivo presentó una agresión sexual previa a su muerte…», entonces sí la violó.

Zapata continuó recreando la escena del homicidio según la imaginaba.

—La chica ya es vulnerable por el hecho de ser mujer y estar embarazada, eso explica por qué no opuso resistencia. Está amarrada en esta habitación, aquí la violan y la dejan encerrada; no la van a matar aquí.

—¿Y cómo sabes eso? —preguntó Moreira.

—Bueno, no lo sé con certeza, pero imagino que así ocurrió porque aquí arriba no hay sangre, sólo en la cocina. Si la hubieran acuchillado en la planta baja, pues habría rastros de sangre en los pasillos y en la escalera, y no los hay; entonces primero la amarraron y luego la bajaron; vengan. —El agente se dirigió al piso inferior seguido por sus compañeros, luego entró a la cocina—. Aquí el homicida agarró un cuchillo, es lo que creo porque los cuchillos por lo general están en la cocina, pero pudo ser que lo haya tomado en otro lado o que el asesino ya hubiera traído uno.

El agente Ángeles buscó rápido en las fotografías del expediente y dijo:

—Tiene razón, es de aquí; miren la empuñadura, es blanca y tiene el mismo estilo de estos cubiertos. —Señaló a los trastes en el escurridor.

—¡Eso! —Zapata se emocionaba cada vez más—. Le encaja el cuchillo y ella no se defiende.

—No, no —interrumpió Moreira—, no recibe ninguna herida mortal con el cuchillo, porque acuérdate que murió de una herida en la espalda, proveniente del gancho con el que la colgaron.

—Cierto —rectificó Zapata— y fíjate, tiene más sentido; aquí la baja y la amenaza, a lo mejor la quiere obligar a algo, o no sé, pero aquí ocurrió una pelea; porque él le da con el cuchillo en la mano que ella alza para cubrirse, la herida en las manos es común en los pleitos con arma blanca. Entonces es cuando la corta y ella comienza a chorrear estas gotas que vemos en el suelo, luego se la lleva al patio, eso está claro porque el camino de sangre se dirige hacia allá.

Los agentes salen al patio, al ser de día no necesitan luz extra y no tienen el problema de iluminación al que se enfrentaron los servicios de emergencias la noche del asesinato.

—La trae aquí, que es hasta donde llegan las gotas.

—Y le pone un chingadazo fuerte en la cara, tan fuerte que le rompe el labio y la hace sangrar de la nariz —complementa la narrativa Moreira.

—También lo creo —dice Zapata—, fue un golpe tan fuerte que la aturde, la deja tirada, y entonces el wey la sube al gancho y la cuelga.

—Híjole, Zapata, eso sí me cuesta trabajo creer, porque no puedes colgar a una persona viva de un gancho como en las películas.

—Estoy de acuerdo —tercia el agente Ángeles.

—Sí, yo también —coincide Zapata—, estando aquí yo le veo dos alternativas. La primera es que efectivamente la encajó en el gancho como en las películas de terror pero, la verdad, es poco probable, porque físicamente es complicado; la segunda es que haya bajado el gancho, se lo haya encajado en la espalda cuando ella estaba inconsciente y luego la subió jalando la cadena usando eso. —Zapata señaló un par de poleas armadas con cadenas más pequeñas, pero igual de fuertes.

—Ándale, eso sí puede ser, porque aparte la chava estaba chaparrita, no se necesitó demasiado esfuerzo para colgarla.

—Luego, ya que la sube, le pone un pinche lazo culero para que crean que se suicidó.

—Algo muy pendejo, porque ya estaba colgada de la cadena, ¿para qué le pone el lazo?

—Es verdad, es algo muy pendejo, pero matar a alguien tampoco es algo muy inteligente.

—A lo mejor en la adrenalina del acto pensó que era una buena idea —comentó Ángeles.

—Sí, eso no lo vamos a saber hasta que agarremos al cabrón y confiese.

—Lo que sí es que se le cayó el montaje del suicidio… —comenzó a decir el judicial Ángeles.

—Un montaje muy pendejo —lo interrumpió Moreira—, tampoco es que estuviera bien hecho.

—Sí, muy pendejo —explicó Ángeles—, lo supimos porque cuando llegamos a levantar el cuerpo vimos que era totalmente imposible que la víctima hiciera las maniobras propias de un suicidio; no existe ningún punto de escalamiento para que ella pudiera subirse y posteriormente arrojarse, provocándose la muerte. Sí, es verdad, hay cajas de refresco y demás, pero todo está en perfecto orden. Nada de bancos, sillas o escalerillas que pudiera usar para ahorcarse usando un lazo, aparte la cuerda apenas estaba sobrepuesta en su cuello.

—Pues más o menos, eh, porque sí le dejó una marca en la piel —aclaró Moreira.

—Sí, es verdad —aceptó Ángeles—, pero ésa no fue la causa mortal; fue que le perforaron los pulmones con el gancho con el que después fue colgada.

—¿Sabes qué pienso? —interrumpió Zapata mientras caminaba alrededor del patio—, que el homicida tuvo mucho tiempo a solas con la chica, antes y después de asesinarla.

—Tanto como para montar el teatrito del suicidio sin ser interrumpido —Moreira respaldaba la teoría de su compañero.

—Es más —continuó Zapata—, hasta se ha de haber aburrido el cabrón después de matarla, por eso pudo colgarla de esa forma tan compleja. En realidad, se fue porque no encontró otra cosa que hacer, si no, se hubiera quedado.

—Oigan, cabrones —Moreira se refirió en particular al agente Ángeles—, ¿y ayer revisaron bien que no hubiera nadie? Qué tal que el asesino estaba escondido cuando levantaron el cuerpo.

—Negativo, comandante —respondió Ángeles—, buscamos bien en todos lados. La casa no es grande, y desde ayer no se ha quedado sin vigilancia.

—Ah, bueno, no vaya a ser, compañero.

—Oigan —Zapata seguía dando vueltas en el patio, agachándose en todos lados para buscar pistas—, ¿y el cuchillo?, ¿lo encontraron aquí tirado, no?, ¿qué creen que haya pasado?

—No pues quién sabe, se le pudo haber olvidado el arma, o, como reacción de supervivencia, la víctima pudo haber pateado al homicida al momento en que la estaba colgando, y le tiró el cuchillo, por eso quedó en el suelo —respondió Ángeles.

—Y con los pulmones perforados, la chava ya no pudo gritar. En realidad, nunca tuvo oportunidad de escapar —concluyó Zapata con un asomo de tristeza en sus palabras, recordando el cuerpo de Paola en la plancha de la morgue.

—Lo único que no me queda claro es por qué no hay ningún manchón de sangre en el piso —recapacitó Moreira—, porque si te encajan un gancho como esos en la espalda seguro sangras litros completos. Es más, si no te mueres de la perforación en los pulmones, seguro te mueres desangrado.

—Tienes razón —dijo Zapata—, pero ¿sabes algo?, apuesto a que sí hubo un charco de sangre a los pies de la víctima, pero lo lavaron. —Volteó a ver todos los utensilios de limpieza en el patio—. Aquí hay de todo, desde detergentes hasta cubetas, escobas y jalador… te apuesto a que si ponen luminol en la escena encuentran un desmadre.

—En la tarde vienen los peritos para hacer la prueba —confirmó Ángeles.

Después los tres agentes se quedaron de pie, viendo las cadenas que un día antes sostuvieron el cuerpo de Paola como un péndulo humano. La única conclusión a la que se podía llegar en ese momento era que, para el asesino, aquello no era un delito, sino una pasión.

—¿Saben? —confesó el agente Ángeles—, ayer que llegamos a levantar el cadáver, el cabello de la chica cubría su rostro, y había poca luz… —Luego se quedó pensando un rato, rememorando la escena—, se veía bonita aún con la cara cubierta. Se veía bonita en su muerte.

Los gemidos de la luna hipnotizan las noches,
los sonidos de la intimidad
desgarran la espalda de mi amor.

Nunca he sido a quien escogen,
sino a quien desprecian.

Me limito a observar las pequeñas muertes
y las pequeñas torturas.

Desde la distancia veo mujeres desnudas
y me acerco y no me escuchan,
no pueden y se asustan;
me temen y me odian,
me repudian
me olvidarían si pudieran,
pero lo impido.

No soy su principio
ni su deseo,
pero soy su final.

Estaré para verlas en el dolor
con la voz agotada,
las dejaré en un momento constante
antes de que sus ojos se cierren
en el horizonte de la tierra,
en la vulnerabilidad del azar.*

* [Transcripción de los escritos encontrados, presentados como prueba documental por el Ministerio Público y rechazados por el juez por no encontrar relación directa con los hechos denunciados].

XXVIII

Usualmente Patricio podía dormir plácidamente, pocas cosas perturbaban su sueño y eso no cambió después de la muerte de Vanessa. Incluso la imagen de la chica tirada a los pies de la cama del motel, recostada como gusano sobre la alfombra, no lo inquietaba.

Muy a su pesar retomó su rutina en la universidad cumpliendo los deseos de doña Carmen, quien fue implacable con su decisión: Patricio tendría que regresar a la universidad y no habría pretexto que alcanzara, ni rabietas que lo salvaran.

Por su parte, el caso de Vanessa se sumó al 98% de los crímenes sin resolver de México. El delito se tipificó como homicidio, pero las pistas y declaraciones no llegaron a ningún lado y la continuidad que se le dio a la investigación se diluyó con los delitos que ocurren diariamente en las grandes ciudades.

De eso se valió Patricio para descansar tranquilamente, pero los dos últimos días de diciembre, muy a su pesar, algo lo tenía inquieto, un desasosiego le turbó el sueño, algo que vio en los periódicos que llegaban cada mañana a la puerta de su residencia familiar. En la sección de automóviles apareció una nota de la agencia Chevrolet cercana a su casa anunciando que cerraría permanentemente; ese era el lugar donde Patricio llevaba su Camaro al servicio, donde ya lo conocían y sabían lo exigente que era con cada detalle, donde lo complacían y entregaban el vehículo en el punto exacto de afinación, ajustes finos, reemplazo de piezas y limpieza; más aún, en el servicio pasado le comentaron que incluirían el cambio de discos y frenos de las cuatro llantas, aunque eso estaba fuera de la garantía; si cerraban la agencia de Huixquilucan, tendría que buscar una nueva sucursal y comenzar la relación desde cero con los concesionarios. Era un lío que le daba pesadillas. Es una lástima que cuando te familiarizas con algo, la vida te lo quita de la manera más inmerecida. Entre esa atroz noticia y el regreso a la universidad, no había sido la mejor semana de Patricio.

Sin embargo, después de analizarlo un poco, supo que aquello no era tan malo. Podría encontrar provecho en su desgracia, quizá pedirle a su mamá cambiar su Camaro por uno más reciente, aunque desechó el pensamiento inmediatamente; él estaba contento con ese modelo, con ese mismo vehículo y no querría uno nuevo, por más tentadora que fuera la idea.

El 30 de diciembre Patricio se levantó de la cama, el frío afuera de su casa era gélido y el joven lo sentía como cuchillas hostiles sobre su delicada piel, por eso no salía tanto. Evitaba las reuniones al aire libre, aunque frecuentaba los espacios cerrados.

Esa noche abandonó su habitación y se dirigió hasta la sala. Un enorme y frondoso árbol natural de Navidad se encontraba esquinado y daba al ventanal, la serie de luces coloridas alumbraba intermitentemente el comedor y los pasillos adornados con escarcha plateada y motas verde pino le daban a la residencia el toque navideño tan característico de la familia Dos Casas. Sobre las puertas los muérdagos colgaban entre listones rojos, y varios adornos de muñecos de nieve y trineos de fieltro salpicaban las paredes. Patricio llegó a la cocina, se sirvió un poco de leche y tomó un puñado de galletas, dejó la jarra fuera del refrigerador y el bote de galletas destapado, luego caminó de regreso a su recámara somnoliento y arrastrando las pantuflas. Apenas al entrar vio la página del periódico que anunciaba el cierre de la agencia Chevrolet. No quiso pensar más en eso y aventó el diario, que cayó al suelo mostrando la portada. Ahí vio el titular:

LOCO VIOLA Y ACUCHILLA
A MUJERES EN CHIMALHUACÁN

El interior de la nota decía:

> Terror entre población de Chimalhuacán por crímenes contra mujeres; al menos van cuatro, pero pueden ser más.
>
> El miedo se esparce entre los vecinos de este municipio ante la crecida de homicidios perpetrados contra mujeres. De acuerdo con la policía municipal existe una sustentada hipótesis de que se trata de un asesino serial, el primero en la historia del Estado de México, pues se han registrado cinco crímenes contra féminas con las mismas características: son violadas, acuchilladas y, como firma macabra, les rompe las piernas para evitar la huida de sus víctimas.
>
> El presidente municipal, tras asegurar que la policía preventiva colaborará dentro de su competencia en las indagatorias usando todos sus recursos, hizo un llamado a la población femenina para que tome precauciones extremas y reporten cualquier situación de riesgo.
>
> La vigilancia se reforzará en la zona de Los Olivos, Portezuelos, Arturo Montiel y Tlatel Xochitenco, donde creen que hay más peligro para las jovencitas.

Patricio se interesó inmediatamente por el reportaje y leyó con atención cada detalle. El perfil de las víctimas ya filtrado a la prensa era completo; también leyó las teorías de los periódicos sobre el asesino, y un interés morboso se apoderó de él. Tal como ocurría con su madre, el fisgoneo mórbido estaba en su naturaleza. Leyó todos los periódicos donde daban seguimiento a la nota y, cuando menos se dio cuenta, ya había pasado dos horas inmerso en su nuevo interés. Si tan sólo hubiera ido a un hotel de Chimalhuacán, Vanessa podría haberse confundido como una de las víctimas del Loco, su madre no se hubiera tomado tantas molestias para encubrir el asunto y no tendría que regresar a la universidad. Luego lo pensó mejor y encontró una inconsistencia en su teoría: él no le rompió las piernas a Vanessa, y esa era la firma del asesino, aunque eso lo pudo haber hecho fácilmente, romperle las piernas a su exnovia.

¿Qué se sentiría matar?, él ya lo había hecho, claro, pero fue un accidente, se lo repetía una y otra vez; pero el Loco parecía tener vocación para el homicidio, más aún, disfrutarlo; si no ¿por qué cometía tantos asesinatos? Debía ser una sensación adictiva encontrar a una joven en la calle, amarrarla, amordazarla o hacerle perder la conciencia y llevarla a otro lugar; construcciones en obra negra y terrenos baldíos por lo que decían los periódicos, sabiendo que vas a quitarle la vida, no por accidente, sino por convicción. Un pasatiempo que exige una planificación a detalle y premia con la satisfacción de llevar a cabo el cometido sin ser descubierto… y pensándolo bien, al Loco de Chimalhuacán no le debía costar tanto trabajo, el éxito de sus asesinatos se atribuía más a la incompetencia policial que al genio criminal.

En la madrugada, después de leer los reportajes, Patricio recordó la muerte de Vanessa. El sonido de su cuerpo al caer, su postura sobre el suelo, el color de la piel apagándose de a poco, la sensación de observar un cadáver de primera mano, la adrenalina extrema que sintió esa tarde; y entonces comprendió al Loco, incluso lo admiró.

Finalmente se acostó en la cama, puso las manos atrás de su cabeza, acurrucó las nalgas entre las sábanas y en su mente germinó la idea de ir a Chimalhuacán para buscar mujeres jóvenes, de preferencia estudiantes, e imitar los pasos de aquel asesino tan famoso; sentir de nuevo la euforia, el temor de ser agarrado y la satisfacción de escapar. Si copiaba cuidadosamente las tácticas detalladas en los diarios le adjudicarían al Loco las muertes que él cometiera. Era una idea embriagadora, un arrebato fascinante, un proyecto digno. Al fin un verdadero propósito en su vida.

A Patricio se le olvidaron las preocupaciones del Camaro esa noche; ya no tenía importancia el servicio del automóvil, ni los discos, los frenos o la garantía vencida; la degeneración y la morbosidad les ganaron la partida.

Esa noche nuevamente Patricio pudo dormir tranquilo, como acostumbraba a hacer, acurrucado en su cama; lo único diferente fue el palpitar de su corazón, desbocado e inquieto. Más acelerado que de costumbre.

XXIX

La soledad que brinda la oscuridad era lo que mantenía despierto a Moreira por la noche. Eso le atraía y eso le asustaba. Más allá de querer estar despierto, lo que ocurría era que no podía dormir. Por la madrugada el frío le caía en los hombros y bajaba por sus brazos, se ponía cobija sobre cobija sin que el calor acudiera al llamado, hasta que la intranquilidad lograba sacarlo de la cama y lo obligaba a deambular por la casa. Él sabía lo que tenía, pero pocas veces lo aceptaba: sentía miedo.

Usualmente por las mañanas se olvidaba del sentimiento de angustia, pero al caer la tarde no podía escapar de la inquietud. ¿Qué ganaba con negarlo? ¿A quién engañaba cuando no había nadie que pudiera escucharlo? El último recoveco de su tranquilidad se derrumbaba inevitablemente al aceptar que, cada noche, era fusilado por la certeza de que estaba solo.

No recordaba el momento en que comenzó aquella ansiedad que lo despertaba, ni tampoco la última vez que había tenido un sueño plácido.

¿A qué se debía esa angustia? ¿Era a los muertos? ¿Era a sus muertos? No, no lo creía. ¿A la sensación de que el día de mañana podría no tener nada?, ¿que todo se esfumara y su realidad se derrumbara, que se quedara con las manos vacías, que volteara a su alrededor y tuviera que empezar todo de nuevo? Quizá.

Cierto, era un pensamiento fatalista, pero no por eso menos cierto. Moreira dejaba de estar presente en su alrededor. Su mente, sus sueños y pensamientos eran un territorio de fuego en la oscuridad.

Desde hacía varios años tenía trabajo fijo, pocas veces faltó comida en su mesa. La última vez había sido años atrás, cuando aún no estaba casado ni tenía hijos. Ahora era diferente, Aura, su mujer, estaba con él desde la reconciliación del 86; pero no le bastaba la realidad. La angustia no lo abandonaba y temía que no lo soltara jamás.

Tristemente sus miedos estaban fundamentados.

Por las noches, a la hora del quebranto de su sosiego, caminaba por la sala con las luces apagadas. Se sentaba en el sillón, leía algunos poemas y aceptaba que tras la placa policiaca que portaba y el arma que mostraba en el trabajo, era un hombre vencido. Por eso se entregaba con tanta desesperación y obsesivo detalle a resolver los casos; para poder llevar la barca de su conciencia a un puerto lejos de la locura.

¿Eso era él? ¿Un demente al que se le venían los años encima y la muerte le apresuraba el paso? Sí.

En ocasiones, cuando bajaba las escaleras en la madrugada y entraba a la sala, caminaba sobre la alfombra, y escuchaba tronar la madera de las vigas de su casa, pensaba en las investigaciones policiacas buscando soluciones, pero nunca encontraba algo nuevo que lo guiara a resolverlas.

No es la noche para pensar en la muerte ajena, sino para recapacitar en la propia y sobre lo inmediato que puede estar el final. Tenía intranquilidad en el alma, y no podía hacer nada al respecto, más que aceptarla.

Por eso no descansaba, por eso tenía ojeras y bolsas bajos los ojos permanentemente; porque en el fondo no podía aceptar la realidad como era: una constante deriva en un turbulento mar infinito.

XXX

Zapata dormía tranquilamente. Siempre lo hacía. No le preocupaba nada. En su vida ya habían pasado los días de tormenta y las noches de frío. Todo había quedado atrás; cuando se arrastraba pecho tierra bajo cielos oscuros, con el rostro hundido en el lodo cumpliendo tareas para el ejército, en lugares donde nunca dejaba de llover y tenía que localizar un objetivo del que no sabría su identidad o para qué lo seguían, ni lo que había hecho. Sólo obedecía órdenes y mantenía la cabeza agachada, con el pecho lleno de estiércol; la respiración contenida, escuchando el ruido de los animales nocturnos a su alrededor o sintiendo a los insectos arrastrarse sobre su espalda.

No. Ya habían pasado esos tiempos y los estaba olvidando. Ahora se encontraba tranquilo. Con un empleo en el que tenía cierto control y una casa donde podía dormir con los pies secos. Hacía tiempo que Silvia, su esposa, se había resignado, e incluso acostumbrado, a escuchar sus ronquidos, sonoros como troncos que caen por la pendiente del bosque.

Zapata finalmente encontró la tranquilidad después de obedecer tantas órdenes y matar a tanta gente en nombre del Estado y en honor del ejército. Ahora disfrutaba vivir en la estabilidad que le daba ser policía judicial. Para él, quien recibió incontables madrugadas con la espalda mojada en el mar salado, cuando los operativos militares lo llevaron a Veracruz, o que sintió el día avanzar lentamente sobre su sombra alargada, caminando por el desierto de Sonora, no tenía sentido preocuparse por los asuntos mundanos del trabajo.

Se podría decir que recibió amparo en la ciudad, porque nada de lo que pasaba en la delegación lo cargaba sobre los hombros, no valía la pena, lo sabía. Ejecutar paisanos sin saber siquiera su nombre le arrebató muchas noches. Nada ameritaba esa inquietud. Ya no. Era una lástima haber perdido el alma en el camino, pero qué se le va a hacer, fue el precio en su momento y no pensaba pagarlo de nuevo.

«A nadie lo juzgan dos veces por el mismo pecado», pensaba.

Cierto, Zapata dormía por las noches, pero ya no podía soñar. Era una actividad que parecía habérsele negado. Simplemente sucedió, de la nada y sin explicación. No es que no recordara el sueño, es que todo estaba en una penumbra afónica muy dentro de él. Mejor, así ya no tendría pesadillas sobre los ríos de Tabasco desbordándose, arrasando casas y ahogando personas y animales; ya no escucharía los gritos de la madre que perdió a sus hijos, ni el mugir de las vacas arrastradas por avalanchas de lodo. La falta de sueños y pesadillas le permitía descansar.

En ocasiones Silvia lo veía dormir con tanta entrega que envidiaba su poder de abstracción, su reposo total, su respiración profunda.

Hacía tiempo que Zapata sabía que estaba en este mundo para caminar tranquilo, sin marchar y sin correr; porque nunca sabes cuándo va a llegar un grupo militar a tu habitación a vaciarte una pistola en el pecho, sin siquiera saber tu nombre. Los sonidos del trayecto de aquellas balas por el aire era lo que Zapata quería olvidar.

La vida era un momento en constante amenaza, y había que aprovechar la calma antes de la catástrofe. Descansar antes de ponerse las botas para andar nuevamente.

La única costumbre que adquirió desde que empezó a trabajar en la Procuraduría fue tener la pistola cerca de la cama, sobre la silla o el buró, con el cartucho cargado, el seguro puesto y el percutor engrasado.

Zapata hacía tiempo que dormía tranquilo. Se ganó el derecho de ignorar a los fantasmas que caminaban alrededor de su cama. Ya no escucha los susurros que le rogaban misericordia en el último segundo. Ni presta atención a los espíritus que cada noche inclinaban el rostro destruido por su metralla, buscando a su ejecutor.

XXXI

Es madrugada, la 1:30, prácticamente ha acabado el año.

Camina, cruza una calle, luego otra y otra más hasta llegar a una gran avenida donde los automóviles pasan a gran velocidad, dejando tras ellos destellos de luces. Las paredes de la estación del metro están construidas con azulejos pequeños y escarapelados. Para esa hora, el servicio ha terminado y los puentes peatonales que cruzan la arteria vial se han cerrado también, de modo que no hay muchas alternativas para cruzar de un lado al otro; pero no importa, caminar lo tranquiliza, lo hace sentir bien. Caminar es el continuo escapar de un lugar a otro, aunque sea una huida personal e insignificante.

Ha leído los titulares de los periódicos alertando sobre un asesino serial. Es él, pero no le importa, está tranquilo, no le va a pasar nada. Puede continuar matando.

«En este país no pasa nada», piensa.

¿Cómo llegó a este momento? ¿Cuándo comenzó y cuándo terminará? No tiene idea y no tiene prisa, así como ha llegado, terminará, o quizá no. Ha cruzado la línea de la realidad y no hay forma de desdibujar las fronteras de su nueva naturaleza para regresar a las anteriores. No hay cura ni milagros. No los necesita.

El autocontrol es algo extraño, una herramienta a la que ya no tiene acceso, un concepto etéreo, algo parecido a la concepción que tiene de sí mismo… porque él es, en realidad, una penumbra incontrolable.

Hacía tiempo que no podía dormir de corrido. A veces se despertaba con un dolor de cabeza que lo hacía vomitar. Migraña. No es por los asesinatos ni por el remordimiento, es que así ha sido su vida desde muchos años atrás, y ya se acostumbró.

El aire frío le da en la cara. Se pone los lentes para que las luces de los automóviles no lo aturdan. «Astigmatismo severo», dijo el oculista hace años, desde entonces su visión sólo ha empeorado. Observa sus pasos y observa la basura regada en la calle. Observa a la gente caminar a su lado, ya muy poca a esta hora; se topa con algunos vagabundos y pordioseros que duermen sobre cartones y se cubren con colchas viejas. Ha dejado su camioneta unas cuadras atrás. Más tarde regresará por ella.

Mientras deambula puede ver la iluminación de los arreglos de Navidad que se prenden y se apagan dentro de las casas. Algunas viviendas están adornadas con algo más que el árbol, pero son pocas; casi todas se limitan a una decoración básica, sin lujo y sin gusto. La zona, en su mayoría, es de gente humilde.

Va a caminar una hora o dos, y luego regresará a su casa a descansar —calcula— como a las tres de la mañana.

La ciudad huele mal. Él huele mal. Hay algo podrido en ambos, ya se acostumbró a eso, y lo acepta de buena gana.

Luego de ir hasta la avenida, regresar y dar varias vueltas, entra nuevamente a la construcción en obra negra. A todas luces el lugar se encuentra abandonado, se adivina por la herrería sin vidrios, las paredes sin enyesar y el zaguán metálico con toscos puntos de soldadura. Ignora por qué los vagabundos no han invadido esa casa, podrían protegerse del frío e ingresar no cuesta trabajo, sólo hay que mover la cadena de la entrada, no tiene candado. Él lo descubrió en una de sus caminatas y le gustó, en pleno corazón de la colonia Ejército de Oriente.

Desde la primera vez que entró, sintió atracción por el lugar. Era una lástima que sólo lo ocuparía en esta ocasión. Es de una sola planta y tiene algunos muebles abandonados dentro. En la estancia se observan dañados y apilados, los sillones de una sala y la cocina vacía, pero al baño le alcanzaron a instalar algunos enseres propios del lugar, aunque están en desorden y desuso. Ningún mueble está en buenas condiciones, ninguno sirve. Ignora qué ha pasado ahí. Tal vez es una construcción rebasada por los costos, ahora usada como bodega.

Entra quitando la cadena y abriendo la reja que se arrastra debido a las bisagras vencidas. La puerta está tendida y el metal raya el piso de cemento. Cruza el patio y llega hasta el acceso principal, protegido por una cortina de tela. Escucha algunos ruidos a su alrededor que atribuye a las ratas. Camina hasta el interior y desde ahí ve las prendas tiradas, resultado del forcejeo con su reciente víctima; también están los zapatos y la mochila de color negro con vivos morados y azules; varios objetos escolares como lápices, un cúter y un marcatextos regados. También hay un calzón color rosa.

Llega hasta la recámara del fondo, donde está una base de cama matrimonial y un colchón, ambos recargados en la pared. Del otro lado de la habitación hay una cajonera, también está Mariel tirada en el piso. Se acerca y se sienta al lado de su cuerpo. Recarga la espalda en la pared y flexiona las rodillas. Con la poca luz que se cuela por la ventana, confirma que la chica ya no respira, aunque la muerte la dejó con los ojos abiertos, así como la boca. La escena le es desagradable y aparta la mirada. Ella está desnuda, le ve las nalgas blancas y las piernas flacas y fracturadas.

Esta vez le ha gustado actuar de noche. Ya había matado a la mujer del terreno baldío al anochecer, pero este último asesinato ocurrió entrada la madrugada, y le sienta bien. Menos gente puede escuchar los gritos o dan por hecho que son parte de la urbanidad. Pasan sin detenerse y sin socorrer. De todas maneras, cosa curiosa, casi ninguna mujer grita cuando las golpea, mucho menos cuando las viola, quedan ensimismadas en el acto y no salen de ahí.

Él también está ensimismado junto al cadáver. Entra el frío. Estira la mano y toma la blusa del suelo, la coloca sobre sus hombros, escucha su propia respiración. Siente el cemento a sus espaldas, áspero y calloso. Toma el cuaderno del suelo, también la pluma, y comienza a escribir como siempre lo hace, por lo regular poemas. Le gusta. Lo tranquiliza.

Lejos tiene un lugar donde dormir, una casa; pero su hogar es la violencia.

Comienza a dormitar, la cabeza se le va de lado en un par de ocasiones. Le duelen los riñones y siente los párpados pesados, las manos como piedra y las piernas vencidas por la fatiga. Así se queda hasta que el movimiento automático de su cabeza dando un chicotazo lo despierta; es hasta ese momento que se levanta.

En su salida toma la maleta de lona en la que guarda el martillo y sale al patio; hasta ese momento observa una cisterna, se asoma y ve que está prácticamente llena. Al lado de la tapa hay unas botas tipo industrial, cuarteadas y de color negro, salpicadas de cemento. Sopesa la idea de aventar el cadáver dentro del tinaco, pero desiste al momento en que escucha voces en la calle, dos personas caminan por la banqueta. Lo mejor será irse ya.

Se asoma cauteloso y verifica que no haya nadie, luego sale del lugar. Se dirige a su camioneta, estacionada a unos metros, mete la mano a la bolsa de su pantalón y saca unas llaves, introduce una en la cerradura, siente el frío del metal recorrer sus dedos, abre la puerta y sube. Escucha la portezuela cerrarse. Sopla aire caliente haciendo un cuenco con sus manos. Se mira en el espejo retrovisor, no le gusta su mirada ni su sonrisa, se incomoda con su reflejo. Enciende el motor y se aleja. Es el príncipe errante de la destrucción.

Llevaba tiempo sin poder dormir de corrido, pero desde que asesina le invade una pesadez que le permite descansar, al fin, después de tanto intentar.

Asesinar requiere mucho esfuerzo: la lucha, el sometimiento y el vencimiento. Torrentes de adrenalina atraviesan las venas de su cuerpo hasta agotarlo. Eso le ha permitido recuperar el sueño e ignorar el frenético y desconsiderado ruido de la calle que durante tantos años le impidió descansar.

¿Lo hace por eso? ¿Para agotarse y dormir? Sí, en cierta manera es el remedio que encontró para descansar, pero también es el premio que recompensa el titánico esfuerzo que representa asesinar a una persona. ¿Tiene algún problema emocional o psicológico? No, no lo cree. ¿Tiene alguna enfermedad mental? Tampoco.

En realidad sigue asesinando por una razón más sencilla: lo hace porque puede.

No conseguía dormir desde hacía tiempo, ahora está tranquilo. Cruza la ciudad en su camioneta, se mezcla con otros automóviles y se funde en la multitud. Está bien, nada va a pasarle, llegará a su casa sano, salvo y cansado.

Dentro de unas horas amanecerá por completo y hará algunas compras para la cena. En dos días celebrará el Año Nuevo.

XXXII

Era el último día de 2003.

El aire se vislumbraba blancuzco y frío debido a que algunas horas antes, una helada caía sobre las calles de la ciudad. Los drenajes, con temperatura reducida, pero superior a la exterior, emanaban un vapor que escapaba por las coladeras, dejando una columna de niebla pestilente sobre las avenidas.

Los delitos parecían haber aminorado en la delegación. Los crímenes eran postergados por los preparativos de las cenas con las que se despediría el año. La violencia había sido rezagada, al menos por un día, u olvidada por una causa común.

En la agencia del Ministerio Público el tercer turno fue el encargado de hacer guardia. Desde temprano llegaron a laborar abogados, secretarios, policías y médicos. El ambiente navideño aún tenía una fuerte presencia y la mayor parte de los funcionarios se encontraba de buen humor. Algo único y especial envolvía al entorno laboral de esos días festivos y todos estaban contagiados de ese optimismo.

Desde temprano se notó el cambio de rutina. Unas vacaciones sin estar en ellas, propiamente dicho.

Se reportó el robo a una tienda de abarrotes ocurrido por la noche. Los ladrones abrieron la cortina de metal llevándose todo lo que pudieron, que no fue mucho. El dueño de la tienda no estaba presente cuando ocurrió el crimen, de manera que no hubo violencia, así que el Ministerio Público mandó a su secretario Jesús Tovar a realizar la inspección ocular y levantar el acta. Una hora después, Jesús regresó con una caja de galletas Emperador de limón y bebidas Pau Pau sabor mango.

—Aquí les manda esto el de la tienda, licenciado —dijo Jesús mientras colocaba las cajas sobre el escritorio.

—¿Y eso? —preguntó curioso el licenciado Vargas.

—El tendero las va a meter como parte del robo, así que se las regala como agradecimiento por atenderlo pronto.

—Ah, bueno. —En ese momento el licenciado hizo mayor conciencia de que estaban en fin de año—. ¡Ay, wey!, hay que ponernos de acuerdo y comprar la cena para la noche.

Minutos después, la comitiva se organizaba. Iría nuevamente el secretario Jesús junto con Carmelita, la secretaria honoraria, David, el de la funeraria, se ofreció a llevarlos en su camioneta. La oficina de la Policía Judicial aportó al agente Roberto Monclova junto a su binomio Antonio Mercado.

Se hizo una lista de los artículos necesarios y todos se dirigieron a una tienda de autoservicio.

En la delegación no sintieron el sacrificio de renunciar al festejo familiar, al contrario, formaron una especie de hermandad que se apoyaba; juntos no padecerían estar lejos de casa. En el rostro de los funcionarios asomaban sonrisas y hacían bromas, siendo conscientes que recibían el año con trabajo y amigos.

El grupo asignado a las compras llegó con la comida. Carnitas, limones, tortillas, botana y varias botellas de ron blanco; las abrirían en la noche, cuando la afluencia de personas fuera menor o nula.

Que en las delegaciones no se festejara o bebiera en esas fechas era una orden que sólo existía en los protocolos y propaganda del gobierno. La realidad era que hasta aquel que escribía los manuales y mandaba los memorandos para eliminar esas costumbres se unía a la celebración tomándose una cubita… o dos. Era una idea utópica y absurda que los funcionarios se mantuvieran sentados todo el tiempo frente a sus escritorios, inmunes al ambiente del momento, tal como pretendían presumir como logro las auditorías gubernamentales.

Así que el entorno de aquel año advertía un festejo sincero, aunque moderado. Los abrazos se dejarían para la medianoche y los brindis se celebrarían en el segundo piso, donde estaban las mesas de trámite; alejados de la entrada principal y con algún elemento haciendo *la guardia de la guardia* en la planta baja, atendiendo a la gente que pudiera llegar; eso sí, con su bebida en un vaso de plástico guardada en el cajón de un escritorio para ahuyentar el frío, y acompañado por algún agente judicial o policía de tránsito.

Apenas eran las dos de la tarde, pero no había ninguna prisa ni pendientes relevantes. El humor general era ameno y la jornada se desarrollaba sin eventualidades.

Sin embargo, en ese momento entró en la sala de espera una señora de al menos sesenta años de edad. Un poco alta y con el rostro huesudo —se podría decir que demacrada—, el cabello largo y recogido en una coleta. Vestía pantalón de mezclilla y un delgado suéter rojo, raquítico para el frío que pegaba en la calle.

—¿En qué puedo servirle? —El licenciado Vargas fue el primero en levantarse.

—Vengo a levantar un acta, no sé si sea aquí.

—¿De qué se trata? ¿Qué le ocurrió? —En ocasiones Vargas hablaba con un tono seco y firme, algunos decían que era hosco, pero en realidad era el resultado de levantar miles de actas en todos los años de su carrera.

—Es que sacaron las cosas de mi casa.

—¿Le robaron, señora? —Vargas tomó una hoja en blanco de un paquete y comenzó a escribir usando un lápiz.

—No. Me las sacaron a la calle. Ahorita están todas mis cosas tiradas en el camellón.

—¿Quién le sacó sus cosas, señora?

—Mis hijos.

Hubo algo incómodo en las palabras de aquella señora que desconcertó a Vargas, y le indicó que entrara a su privado y se sentara frente a él.

—¿Quiere un vasito con agua? —Vargas ya se disponía a servirlo, pero declinaron su atención.

—No, gracias, licenciado —respondió la señora con la mirada agachada y preocupada.

—Bueno. Ahora sí. Cuénteme —indicó Vargas.

—Pues es que en la mañana salí a escuchar misa, luego pasé a desayunar, y cuando regresé a la casa mis cosas estaban afuera, y habían cambiado la cerradura de la puerta.

—¿Y quién vive ahí?

—Mis dos hijos, mi nuera, mi nieto y yo.

—¿Pero sus hijos la sacaron?

—Sí, ellos están adentro, me echaron de la casa —confesó la señora apenada.

—¿Y esa casa de quién es? —Vargas, que había continuado escribiendo la declaración, dejó de hacerlo y se cruzó de brazos, poniendo más atención a la historia que al delito.

—Es de todos, la hizo mi marido, pero él ya falleció.

—¿Y a nombre de quién está la casa?

—De él, de mi marido.

—¿Pero sabe a quién se la dejó?, vaya, ¿a quién se la heredó?

—Ah, no, a nadie, no hizo testamento ni nada.

—Ya. Bueno, espéreme tantito, vamos a levantar un acta por despojo y tenemos que ir a hacer una inspección ocular a su domicilio. Deme un momento, ahorita se va con unos agentes.

Vargas se dirigió a la oficina de los judiciales y les explicó la situación; pidió que un elemento acompañara a la señora y a su secretario le ordenó que levantara el acta. Zapata estaba desocupado y se ofreció a la tarea. La policía de tránsito les asignó una patrulla para llegar al lugar.

El camellón estaba lleno de objetos, sobre todo ropa, pero también había un burro de planchar, una pequeña televisión, una silla y un taburete. Ambos muebles eran de madera y viejos, con el barniz levantado. Algunas cajas de cartón tenían artículos dentro. También la base de una cama y un colchón individual estaban recargados sobre un árbol. Enfrente había una casa de dos pisos, sin garaje y con gruesas protecciones de herrería negra. Algunas ventanas tenían sábanas puestas como cortinas, y nadie respondió cuando Zapata tocó la puerta. En efecto, la llave de la señora no abría y se notaba que la cerradura había sido cambiada recientemente. Insistió tocando la puerta un largo rato, pero era evidente que no había nadie. Los familiares de la mujer recibirían el año nuevo en otro lugar, posiblemente para evitar la confrontación que en ese momento se hubiera dado con los agentes.

El policía se asomaba por las ventanas, poniendo las manos y la cara tras los vidrios; continuó tocando el timbre mientras el secretario tomaba nota de todos los objetos aventados en el camellón. Los automóviles que pasaban aminoraban la velocidad tratando de enterarse de lo ocurrido. La patrulla, con su torreta, llamaba la atención.

Zapata se dio cuenta de que era inútil seguir tocando la puerta. Volteó la mirada y desde ahí observó a la mujer de pie, señalando sus pertenencias a Tovar para que las anotara en un inventario improvisado. Había muchos zapatos desparramados por la calle. El viento esparcía la ropa por todas partes. En ese momento la señora cruzó sus brazos, frotándolos, porque el frío arreció y le pegaba directo. El agente pensó que nadie conoce las historias a fondo más que los involucrados. Era probable que aquella señora fuera conflictiva, grosera, o tuviera un trato desagradable. No lo sabía. Probablemente existía alguna historia sobre eso, algo gestado durante largo tiempo que terminó en el acto de aventar aquella ropa y muebles a la calle. Aun así, Zapata no pudo concebir ese acto, había algo ruin en su naturaleza. Sacar a tu propia madre de su casa, aprovechando la menor oportunidad. «Eso simplemente no se hace —pensó el agente—, y no se hace en el último día del año, cuando el resto de las familias se disponen a celebrar».

La mujer estaba al otro lado de la calle, delgada, vulnerable y frágil. En su rostro no se percibía enojo, sino preocupación, tristeza y abandono.

—¿Tiene dónde quedarse? —Zapata se acercó y le preguntó mientras subía a la banqueta del camellón.

—Voy a hablarle a una amiga de la iglesia para irme con ella, yo creo que sí me recibe.

—Va a tener que contratar una mudanza para que le lleven sus cosas a otro lugar y que no se le echen a perder, o se las roben —sugirió Tovar mientras cerraba el cuaderno donde anotaba lo necesario para levantar el acta.

—Sí, ahorita les digo a unos muchachos aquí de la esquina que me ayuden.

—Bueno —respondió Tovar—, y después puede ir a la delegación, ahí donde fue ahorita y le levantamos el acta.

—Tome. —Zapata sacudió el suéter más grueso que encontró en la tierra—. Póngase mejor esto, señora.

La mujer recibió la prenda. Miraba al suelo con vergüenza, y no apartaba la vista de ahí. Se abrigó con la ropa y se encaminó calle arriba a buscar a los muchachos, para pedirles ayuda.

Zapata y Tovar subieron a la patrulla. Zapata apagó la torreta, prendió el automóvil y avanzaron para tomar la ruta de regreso a la delegación.

—¡Qué cabrones!, ¿no? —dijo finalmente Tovar, después de unos minutos de silencio.

—Sí —respondió Zapata sin hacer alarde; pero la realidad era que la imagen de la mujer frotándose los brazos, con el frío dándole en la piel le incomodaba el corazón. Dieron vuelta en la glorieta para tomar la misma vía y en el camino volvieron a ver la ropa y los muebles tirados.

—¿Sabe algo, licenciado? —dijo Zapata—, no creo que esa señora haya sido tan ojete como para merecer ese trato y en este día.

—Y con el frío que hace —añadió Tovar.

—Creo que en realidad hemos dejado la sensibilidad humana a un lado, y ya no podemos recuperarla.

El automóvil avanzó. En el cielo las nubes cubrían el sol por última vez en el año, y el aire gélido cruzaba la ciudad.

PARTE 3

XXXIII

La casa es blanca y un poco antigua, de dos niveles, con tejas terracotas. La puerta principal es de madera oscura y tiene un patio con piso de cemento. En la esquina hay una jardinera redonda con arbustos y abelias. La reja es de altura media, también blanca.

A inicios del 2004 una constructora comenzó una obra en el predio de al lado. No hacía mucho limpiaron el terreno y algunas tablas de triplay verde con frases pintadas de «No pasar» y «Propiedad privada» delimitaban el lugar. Adentro no había más que tierra y unos polines sobre los cuales construirían andamios en los siguientes meses.

En la mañana del 6 de enero dos vecinos que caminaban sobre la banqueta, enfrente del terreno, vieron grandes manchones marrones provenientes del baldío y en dirección a la casa vecina, la cual tenía las dos puertas abiertas, la de la reja y la principal. Desde la calle alcanzaron a ver los pies de una mujer tirada. Le llamaron por su nombre, pero no obtuvieron respuesta, entonces se apresuraron a pedir ayuda.

La policía municipal llegó al mismo tiempo que la judicial en una suerte de sincronización poco común. Lo que ocurrió fue que en el trayecto los elementos preventivos dieron aviso a la delegación y el tráfico pesado complicó la llegada de la patrulla; por otro lado, los judiciales, que estaban más cerca y con las calles despejadas, arribaron prácticamente al mismo instante.

Los agentes preventivos vieron estacionar un Cougar verde con una torreta sencilla de luz roja en el techo y prefirieron no entrar a la casa, limitándose sólo a resguardar el inmueble. Moreira y Zapata descendieron tranquilamente del vehículo y lo primero que vieron fueron las gotas rojas —evidentemente de sangre—, que esbozaban el trayecto de una persona herida que iba de la construcción a la casa.

Tal como les habían indicado por radio, también se apreciaban los pies de una persona, a todas luces muerta.

Zapata le quitó el cintillo de protección a la funda de su pistola y Moreira ni siquiera se molestó en hacerlo, el instinto le indicaba que el asesino no se encontraba en el lugar; pero de instintos fallidos el exmilitar vio morir a varios compañeros en el ejército, así que no se fiaba.

Ambos siguieron con la mirada el rastro que terminaban en el marco de madera de la entrada. Ahí se encontraba tendido el cuerpo de la mujer. Los pies estaban dirigidos hacia la puerta y el torso daba al interior. La mujer, de al menos cuarenta años, mostraba una cantidad absurda de heridas con arma blanca, la mayoría en la cara. La sangre no se detenía ahí alrededor de su cadáver, el rastro continuaba un par de metros al fondo de la casa, donde encontraron el cuerpo de una adolescente de unos catorce años acostada, sin respirar, y junto a ella un perro muerto con una bolsa cubriendo su cabeza.

Moreira se inclinó al lado de la joven para ver su rostro, golpeado en repetidas ocasiones. Los pómulos morados e hinchados, la frente roja, seguramente por los impactos contra el suelo, y una de las piernas fracturada.

Chisguetes, gotas, escurrimientos y charcos hemáticos. El lugar estaba salpicado por todos lados. Era un completo desastre.

El estado del cuerpo de la joven indicaba que su asesino no estuvo interesado en ofrecerle dignidad, pero no fue lo mismo con el perro, por el que parecía haber sentido remordimiento al sacrificarlo; por eso le tapó la cabeza usando una bolsa, aunque las puñaladas eran evidentes en el dorso del animal. El homicida no quería que el perro, en su último aliento, lo viera actuar en su naturaleza criminal y salvaje.

Con respecto a la mujer, supusieron que era la madre de la joven; seguramente sorprendió al asesino en el mismo acto de matar, por eso estaba tirada en la puerta; o estaba entrando o intentando huir, pero por la posición del cadáver consideraron que apenas ingresaba al lugar. No había mucho que adivinar, el homicida se deshizo de ella rápido, con coraje por haber sido interrumpido, ésa era la razón por la que tenía más de cincuenta puñaladas en el pecho, teoría que más adelante confirmó el examen forense.

—Un desastre, un desastre. —Moreira volteó el rostro de la joven al lugar donde estaba originalmente.

—Es un cochinero —respondió Zapata deambulando por la casa, con la palma de la mano en la cacha de su pistola, pero tal como supuso su compañero, no había nadie en la vivienda. La misma puerta abierta indicaba una huida exitosa.

La sangre de la joven se mezclaba con la del animal, más oscura, convirtiendo el piso en un pegoste carmesí que reflejaba el techo y los muebles del comedor.

—La pierna rota —señaló Zapata.

—Sí, me di cuenta.

—El mismo cabrón —dijo mientras inspeccionaba de nuevo alrededor y de reojo observaba a los cadáveres.

—El mismo —confirmó Moreira.

Para ese momento los vecinos se conglomeraban en la calle. Hasta la casa llegaban los cuchicheos y las expresiones de asombro. Zapata se asomó y con la mano le indicó al policía preventivo que se acercara.

—A la orden, mi jefe —dijo el municipal.

—Oiga, ¿quién fue el que dio aviso?

—Ahorita se lo traigo, jefe.

Segundos después el policía le permitía el paso a dos hombres, uno mayor y un adolescente.

—Ellos son los ciudadanos que hicieron el llamado —dijo el policía mientras les ponía la mano en la espalda, empujándolos suavemente hacia el Judicial. Los dos sujetos no querían acercarse demasiado porque los muertos siempre imponen, pero el morbo mueve a los tímidos, así que entraron y vieron sesgadamente el reguero de sangre y los cuerpos inertes.

—¿Son vecinos? —preguntó Zapata.

El hombre mayor tomó la palabra, era el padre del chico y prefería adelantarse a los hechos para no turbar al muchacho, que estaba ya bastante impresionado.

—Sí, vivimos más adelante, pero sobre esta misma calle.

—¿Y conocen a las víctimas?

—¿Están muertas las dos?

—Así es. ¿Las conocía?

—Claro, ella —y señaló el cuerpo de la mujer en la entrada—, la señora Ale, y la chica es Alita, su hija.

—¿Y cómo se enteraron que estaban muertas? —En ese momento Zapata sacó su libreta y comenzó a tomar apuntes; mientras tanto le hizo una seña con la cabeza a Moreira para que estuviera al pendiente de la multitud; observar a la gente que se arremolina en la escena del crimen era una costumbre entre los buenos judiciales. En más de una ocasión descubrieron a un mirón que resultaba ser el homicida o un testigo importante, se les notaba en un extremo interés o mostraban una dudosa indiferencia que los delataba. El judicial se asomó por la ventana, haciendo a un lado la cortina para observar a la gente, que cada vez era más.

—Mi hijo y yo —declaró el hombre tomando al muchacho de los hombros— veníamos de comprar leche. No vimos nada de ida a la tienda porque nos fuimos por la otra banqueta y platicamos todo el camino, pero de regreso a mi hijo le llamaron la atención las gotas y me preguntó si esa no era sangre, y pues sí, sí es; vimos la puerta de la señora Ale abierta y sus pies asomados, y fuimos a la casa a llamarle a la Policía.

—¿Y ustedes dónde viven?

—Un poco más allá, en el 326 de esta misma calle.

—¿A cuántas casas está?, enséñeme cuál es su casa. —Zapata tomó al señor del brazo y juntos caminaron hasta la mitad de la calle.

—La de color rosita con rojo de ahí. —Señaló moviendo la mano abierta.

—Ah, no, pues sí está cerca, ¿y no escucharon nada?

—No escuchamos nada. —Para ese momento el señor estaba más que dispuesto a cooperar, ansioso de ser parte de la investigación y enterarse de lo ocurrido, así que fue dócil y colaborativo.

—¿No escucharon algo en la noche o en la

mañana? —Zapata continuó con el interrogatorio sin separar la vista de su libreta.

—Nada.

—Bueno, yo sí escuché algo —interrumpió el muchacho—: en la noche escuché que el Benito hizo mucho ruido.

—¿Quién es Benito? —preguntó el agente abandonando la transcripción.

—El perro se llama Benito, bueno, se llamaba, ¿no?

—Ah, sí —confirmó Zapata—, también lo mataron. —Luego pidió al joven que continuara con el relato.

—Yo sí lo escuché como a las once o doce de la noche, porque ladró muy feo un rato, pero no mucho.

—¿A poco? Yo no lo escuché, pero bueno, es que llegué cansado del trabajo —se justificó el padre.

—Sí, yo sí lo escuché.

—Es que —interrumpió el señor—, la recámara de mi hijo da a la calle. —Y volvió a señalar con la mano, pero en esta ocasión apuntó con el dedo a una ventana—. Es esa que está ahí.

—Yo escuché que el Benito se puso muy, pero muy inquieto, y luego chilló bien feo, pero pensé que la señora Ale le había pegado por escandaloso, y ya no escuché nada más.

—Ya. ¿Y el esposo de la señora Ale?

—Uy, no, no tiene —respondió el hombre mayor—, siempre han vivido aquí la señora Ale con su hija, solas.

—¿Y sabe si tenían algún pleito con alguien?

—Pues por lo que les hicieron, yo digo que sí, ¿no?

Zapata pensó que el hombre al que interrogaba tenía razón. Había algo de insolencia en su respuesta, pero no estaba alejada de la verdad; de cualquier manera no era la información que necesitaba; tampoco necesitaba las deducciones mordaces del vecino, así que volvió a preguntar.

—Sí, pero ¿no sabe si tenía bronca de tiempo atrás o alguna enemistad con algún vecino?

—Ah... El hombre pareció entender que el interrogatorio no admitía comentarios aficionados o sarcásticos—. No, la verdad no, aquí todos nos llevamos pues bien, llevamos la fiesta en paz.

—¿Y ese terreno de quién es? —Zapata señaló el predio de al lado.

—Quién sabe, apenas llegaron para construir, pero la mera verdad no sé de quién es, ¿tú sabes, mijo?

El muchacho negó con la cabeza.

—¿No era de la señora... —Zapata consultó los apuntes de su libreta—, de la señora Ale?

—¡No qué va!, si la señora Ale no tenía mucho dinero.

—¿Y hay algún velador? —preguntó Zapata.

—No, pues qué va a cuidar, si no han construido nada.

—¿Sí, verdad?

En ese momento Zapata supo que no podría conseguir más información, y sintió, por las respuestas del vecino, que estaba haciendo preguntas muy pendejas; así que concluyó el interrogatorio y regresó al interior de la casa, donde Moreira trataba de establecer la mecánica del ataque por la trayectoria de la sangre.

—No, pero no hay preguntas pendejas, uno tiene que cerciorarse de todo. —Zapata entró murmurando para sus adentros.

—¿Qué tanto balbuceas, Zapata?

—No, nada, aquí, que el señor andaba muy inventivo con sus respuestas, aunque pues la verdad tenía razón.

—¿Eh?

—Nada, olvídalo. ¿Qué has visto?

—Lo que dijiste; es un cochinero —afirmó Moreira, seguro de sí mismo y de la rápida recreación de los hechos que hizo con los elementos que tenía a la mano.

—Pues es el mismo asesino que estamos buscando —repuso Zapata observando las paredes manchadas de sangre—, pero aquí se descontroló.

—¿El Loco?

—Sí, pero pienso que esta vez lo cacharon y por eso hizo este desmadre.

—Pero, ¿por qué no mató a la chava en el terreno de al lado? Porque desde ahí viene la sangre, ahí empezó el ataque.

—Ahí empezó, y por alguna razón acá terminó —sentenció Zapata lentamente.

—Este asesinato está raro y feo. ¿Crees que la chava nos haya dejado alguna otra pista en el camino?

—Quién sabe, pero vente, vamos a ver, igual y nos llevamos una sorpresa.

Los detectives salieron siguiendo el rastro carmín a la inversa y llegaron hasta el terreno baldío; quitaron el tablón que impedía la entrada, pero no vieron más que algunas gotas de sangre coaguladas en lodo, y se dieron cuenta de que los gritos de la noche anterior habían sido ahogados por la misma tierra que ahora pisaban sus zapatos.

XXXIV
Alita y Alejandra

Patricio ha estado deambulando por la zona a bordo de su Camaro. Tiene prendida la calefacción debido a que afuera ha disminuido la temperatura. Un par de veces se ha bajado a deambular por las calles, pero abandona la idea porque no aguanta el clima; empieza a estornudar y tiene escurrimiento nasal. Es alérgico al frío. Podría regresar a la comodidad de su casa y renunciar a la idea que le ha estado dando vueltas en la cabeza desde que leyó los titulares de los periódicos, pero sabe que si hiciera eso no podría estar tranquilo, no lo ha podido estar desde esa noche. La mente le da vueltas con el simple acto de pensarlo. Ha estado ebrio de placer al imaginarse cometiendo un nuevo asesinato, esta vez con toda intención. Se ha vuelto un estudioso del Loco. Gracias a las notas periodísticas sabe que las armas que usa son un martillo y un cuchillo. Fácil.

Apenas ayer compró los utensilios en lugares separados para no despertar sospechas. Se ha tomado la planeación del homicidio lo más serio posible. Presiente que ésta puede ser su vocación secreta, un susurro interior se lo ha revelado.

Hoy ha sido el día. Cruzó a la ciudad hasta llegar al barrio de Los Olivos y recorre las calles despacio. La gente lo mira de reojo, su automóvil llama la atención. Adentro del carro sigue estornudando; para la siguiente ocasión —porque seguro habrá más—, llevará con un antihistamínico «¡Pero qué buena idea!», piensa. Cargar con un botiquín de primeros auxilios, nunca se sabe cuándo se puede salir herido en el combate cuerpo a cuerpo con una persona que lucha por su vida.

Ahora se ve como un asesino consagrado, uno que piensa en cada detalle, como un reloj de ingeniería fina y ajustada. La idea le vuelve a subir a la cabeza como un cohete y le complace la decisión que ha tomado.

Ese sentimiento, esa pasión hasta ahora desconocida, ese frenesí que nunca tuvo, ese grito distorsionado en su interior que lo motivó a subir al automóvil esta tarde para cometer su segundo asesinato. Asesinato, qué palabra más maravillosa, tan respetada, tan temida, tan oculta y tan a la vista, tan prohibida.

Ha tenido que acelerar en algunas ocasiones cuando se percata de que algunos jóvenes caminan tras su auto, es algo que tendrá que resolver después, el vehículo es demasiado vistoso; bueno, ni modo, será para la otra, no hay que desesperarse. Piensa que tiene que conservar la calma y la planeación. Sabe que tiene a su favor el físico, su complexión es grande y fuerte. Es consciente de que su presencia impone y puede enfrentarse con cualquiera, intimidarlos; pero no viene a eso, no está aquí para peleas de barrio, sino para asesinar a una mujer, sólo que no la ha encontrado, ninguna se ha cruzado en su camino; además, debe esperar a que se alineen las circunstancias. Debe ser una mujer vulnerable que deambule sola en una calle desierta. No sabía que reunir esos elementos era tan difícil, pero si el Loco lo ha hecho y ha tenido éxito, él también puede, por más que lo consideren un imbécil, porque sabe que a sus espaldas muchos lo llaman así.

Él puede ser un buen asesino, el mejor, el más temido. No va a descansar hasta alcanzar la excelencia y la perfección.

«Voy a ser el puto amo», piensa al bajar la ventanilla para percibir el olor de la pobreza que abunda en ese lugar, y toma rumbo incierto en busca de su presa.

El frío ha recrudecido, se agudiza cuando no hay esquinas que impidan el paso del viento y éste le pega de lleno a la cara. Ha traído una sudadera con capucha para evitar ser reconocido por las personas que lo observan.

«Tengo que parecer normal, actuar de forma natural», esos pensamientos que rondan su cabeza lo drogan cada vez más. Que un asesino pueda caminar entre la gente sin que nadie lo sepa, sin que nadie lo note, sin que nadie se preocupe, es una idea que lo excita.

«Tengo que ser un asesino que se vista como todos y camine como cualquiera».

Al fin la encuentra y el estómago se le revuelve. Es perfecta; es una adolescente, morena, delgada y no muy alta que camina sola con paso apresurado, seguramente por el clima, pero confiada en que conoce la zona. Patricio observa por el retrovisor y se asegura de que no haya nadie en la calle, tampoco al frente. Es su oportunidad.

Primero la sigue sobre el Camaro a una velocidad lenta. Ella voltea al escuchar el motor, le llama la atención el automóvil, como a todos, pero regresa la mirada porque no tiene un interés particular en los carros. Sigue caminando. Patricio experimenta una nueva forma de poder al estar sobre el vehículo acosando a la joven, es un estado superior de dominio. «¿Pero ese estado de superioridad será mejor al que se tiene cuando estrangulas a alguien viéndolo directamente a los ojos? ¿Cuando su miedo es tu ventaja y tu poder es matar? No lo sabe, pero lo piensa constantemente, y esta tarde va a obtener todas las respuestas».

Hay un terreno a la mitad de la cuadra. La calle sigue desierta. Tiene que aprovechar el momento, no podría ser mejor. Empareja la velocidad del auto con el paso de la joven y así se mantiene algunos segundos. Después acelera y se orilla unos metros adelante. Ella vuelve a ver el vehículo y una vez más sigue su camino sin darle demasiada importancia. El escalofrío que siente Patricio recorriendo su cuerpo le indica que es el momento de atacar. Toma el cuchillo y, justo cuando la mujer pasa frente al terreno abandonado, baja del automóvil corriendo y la empuja dentro del predio. Ella apenas grita algo, pero cae de costado sobre la tierra. Con el impacto se rompe la puerta improvisada que delimita la incipiente construcción.

Patricio no pierde el tiempo y de inmediato le entierra el cuchillo en el brazo. Ella gime, y en respuesta él la toma de los cabellos y le aplasta la cara contra el suelo. Ella siente cómo se corta la piel de su rostro y la tierra le entra a la boca. Su atacante sigue empujándole la cabeza y se forma lodo de tierra y saliva alrededor de sus labios. Empieza a ahogarse. Mientras esto ocurre le acuchilla otra vez el brazo. Se mueve con desesperación y logra zafarse; de estar tumbada comienza a gatear, después se incorpora como puede y corre; todo eso le lleva tres o cuatro segundos.

Patricio se asombra. Esto debió ser más fácil, tal como ocurrió con Vanessa, que su muerte no opuso resistencia; pero no importa, mejor, la adrenalina lo mantiene estimulado. Observa cómo su víctima se levanta rápidamente, cómo lucha por su vida. Se sorprende de la agilidad que genera el temor y la fuerza del instinto de supervivencia. Le ha podido enterrar el cuchillo en el brazo dos veces, lo ha hecho con profundidad, pero claro, el brazo no es ningún órgano vital. Nadie muere de una herida en el brazo. Es inútil gastar energía en causar esas heridas, otro aprendizaje. La mujer huye escurriendo gotas de sangre que no se absorben en la tierra. La escucha gritar, pero también se percata de que nadie acude en su ayuda. Culminar el asesinato o escapar será cuestión de segundos, y se decide por lo primero. Va tras ella.

Alejandra, el nombre de la adolescente, ha logrado escabullirse del primer asalto. Ha logrado retrasar el embate final. Siente la hemorragia correr por su brazo, pero eso no es lo que le preocupa, sino llegar a casa, que por fortuna es la vivienda contigua al terreno donde fue atacada. Aprovecha la ventaja que le ha dado la sorpresa de su escape para entrar. Abrir la reja no supuso ningún esfuerzo, no tenía candado ni cadena puesta; es una reja pequeña y el patio también lo es, cinco pasos son suficientes para atravesarlo. Se azota en la puerta por la prisa y la desesperación. Busca las llaves y rápido las encuentra, son varias las que tiene su llavero. Siente la boca seca y lágrimas de miedo escurren por sus mejillas.

—Rápido, rápido, rápido —susurra llorando.

Encuentra la llave correcta. La mete en la cerradura. La puerta se abre. Aún no termina de entrar y siente el cuerpo de aquel hombre caer sobre ella. Ocurre igual que en el primer ataque, la ha tumbado con un empujón de fuerza desproporcionada.

Patricio vio a la mujer salir corriendo del terreno, sintió cómo se le iba de las manos, sacando fuerza de la desesperación. Intentó agarrarla en el escape, pero no lo logró, peor aún, soltó el arma cuando la chica logró escabullirse. Patricio se debate entre ir tras ella o recoger el cuchillo; en una rápida reacción decide que las dos opciones son posibles. No debe desesperarse. Busca el arma que está un par de metros más allá, la toma y luego, con grandes zancadas, sale del terreno; las gotas de sangre le indican el camino, aunque no son necesarias porque escucha los gritos de la mujer, que no son muchos ni fuertes. La ve entrar en la casa de al lado, ese puede ser el fracaso de sus planes, si logra entrar está perdido, no sabe si adentro hay alguien que pueda auxiliarla y ella le ha visto la cara. No ha pensado en eso, en su mente asesinar era un asunto seguro. La víctima no debería sobrevivir. «Era seguro, era seguro», se repite una y otra vez mientras corre tras ella. No tiene otra opción más que terminar lo que empezó y va tras la joven, quien intenta desesperadamente entrar a la casa; entonces toma impulso y avienta todo su peso sobre ella. La puerta se abre bruscamente por el impacto y los dos caen al piso.

Alejandra siente a su atacante sobre ella. Ambos caen. Ella se zafa nuevamente, pero antes de que pueda incorporarse la jalan del pie y la arrastran de regreso, puede ver la cara de su agresor, su mandíbula cuadrada y los ojos llenos de rabia. Se cubre con las manos de las múltiples puñaladas que está sintiendo. Recibe heridas en los dedos, las palmas y los antebrazos. Voltea la cara porque las cortadas que recibe son numerosas, entonces escucha un sonido que puede ser su salvación.

Patricio ha tumbado a su víctima, ambos están en el piso. Ella trata de escapar, pero él ha aprendido la lección. Todo debe ejecutarse con precisión y sin dar una nueva oportunidad, así que la toma de la pierna y la arrastra de regreso hacia él. Con la otra mano empuña el arma y comienza a acuchillarla. Por cada herida que acierta una furia inexplicable crece dentro de él, y la lastima una y otra vez. El ataque es más rápido, casi desesperado. No se cansa de apuñalar. Ella sigue consciente, lo ha mirado fijamente a los ojos durante un instante, se han encontrado víctima y victimario. Ya no hay otro camino que llegar hasta el fin. Entonces escucha un ladrido, es un perro que ha bajado rápidamente las escaleras; ni muy grande ni muy pequeño, pero el animal en su desesperada lealtad ladra y gruñe con furia y se le avienta a la espalda. Las garras del perro le rasguñan el cuello y los hombros. Patricio se arquea del dolor y siente una mordida en el brazo. Se libra como puede del animal y lo avienta, el perro cae a un lado, de pie sobre sus cuatro patas, y vuelve al ataque; en ese momento la mujer se escabulle a rastras. Patricio no sabe a quién atacar o si debe huir. La escena se ha complicado de una forma terrible. Se decide por acabar con el perro, que ladra ferozmente y se ha colocado en una postura de ataque. Patricio es grande y se abalanza sobre el animal, que recibe el impacto de lleno. El sacrificio del perro le ofrece a su dueña la oportunidad de escapar.

Alejandra escucha cómo el gruñido del animal se convierte en lamento. Lo han herido. Rápidamente la furia de su perro se transmuta en dolor.

El pequeño cuerpo recibe varias puñaladas en el costado y se queda tendido sin moverse. Alejandra no ha podido aprovechar la oportunidad para huir. Se ha quedado inmóvil por la impresión de ver a su mascota caer en su defensa. Mira fijamente al animal y la respiración de ambos se acelera. Lágrimas y sangre se mezclan en su cara llena de tierra. El agresor se acerca, la carga y la azota con el mismo impulso. Luego se monta sobre ella, pero la joven deja de sentir las numerosas puñaladas que entran y salen de su costado. Lo único que intenta es acercarse a su mascota. El perro la observa fijamente y la protege dentro de esa mirada; y en esa mutua contemplación, Alejandra muere.

Patricio comprende que las heridas han sido suficientes. Su víctima ya no se defiende. Dejó de gritar en ese tercer ataque, inmóvil ante la realidad. Vio cómo el pecho de la mujer dejó de moverse. Ya no se escuchan los gritos ni los llantos, tampoco el ruido del forcejeo, sólo el sollozo del perro que aún tiene un hilo de vida que se extingue lentamente; en cada exhalación del animal hay un lamento agudo que se clava en la mente de Patricio.

No puede con eso, después de que la adolescente perdió la vida, el perro ha puesto la mirada sobre él y lo incomoda. No le provoca furia ni cólera. Se siente humillado ante la mirada del animal. Se levanta y busca algo para taparle la cara. Encuentra una bolsa sobre la mesa, cuando regresa para cubrirle la cabeza el perro ha muerto, con los ojos abiertos y la mirada gris. Le coloca la bolsa en la cabeza y hasta ese momento se da cuenta de que todo el piso está cubierto de sangre.

Un nuevo grito recorre la casa, esta vez de horror, esta vez largo y fuerte. Una mujer adulta ha entrado y se ha quedado estupefacta al ver a Alejandra tirada, con toda la sangre cubriendo el piso; el cuerpo de su hija está sobre el charco de sangre. Se mantiene al borde de la puerta incapaz de reaccionar. Patricio no tarda en actuar, ahora tiene el instinto asesino activo y no duda en saltar sobre la mujer. La golpea en la sien con la empuñadura del cuchillo para aturdirla, pero no se espera a la reacción. No puede cometer el mismo error dos veces, así que la cose a puñaladas, unas tras de otra, rápidas, precisas, algunas en la cara, la mayoría en el pecho; que muera rápidamente, esto ya ha durado mucho, el plan se complicó demasiado y demasiada ha sido la emoción. No le quedarán muchas fuerzas si esta mujer escapa, ya no podrá ir tras ella, lo sabe. También necesita energía para regresar al Camaro y largarse de ahí; porque ya para ese momento siente un hormigueo en los brazos, consecuencia de todas las puñaladas que ha dado, y un mareo lo está venciendo. Para su fortuna, la mujer no opuso tanta resistencia como la joven ni como el perro. Quizá le perforó algún órgano vital o le dio en una arteria en las primeras puñaladas, no lo sabe, piensa averiguarlo después, en el siguiente homicidio. Deberá estudiar dónde enterrar el cuchillo, con qué fuerza y qué zonas golpear, eso le ahorrará estas incomodidades.

Finalmente, el ruido dentro de la casa se apaga por completo. ¿Y ahora qué se hace? Ve los tres cuerpos tirados y no entiende qué es lo que sigue. ¿Qué haría el Loco? ¿Qué va a hacer él? De los tres cuerpos el que más le incomoda es el del perro; no le permite disfrutar el momento, aparte sabe que todo el acto ha durado demasiado. Debe irse pronto.

Una última cuestión. Regresa al automóvil y toma el martillo, nuevamente ingresa a la casa y se queda de pie ante los cadáveres. No sabe cómo hacer esto. Se ve envuelto en una situación que no esperaba. Es distinto atacar contra el acto de sobrevivencia, la adrenalina le ayuda, que golpear un miembro inerte. «¿Cuánta velocidad debe llevar el impacto? ¿Cuánta fuerza se necesita para romper un hueso?». Se aventura y da un primer golpe, débil, bofo y acolchado, que no sirve sino para hacerlo consciente de la resistencia del cuerpo, aun sin vida.

Golpea varias veces y cada impacto es peor. Se desespera. Después de seis o siete martillazos escucha un hueso quebrarse, pero le ha quedado una impresión repugnante del acto. «¿Qué placer hay en eso?, es repulsivo. Con razón al Loco le han dado ese mote». Lo peor es que ahora tiene que repetir la acción con la madre, que yace en la entrada. En esta ocasión no se queda a comprobar la fractura, puede haber ocurrido o no; sin embargo, el resultado general ha sido satisfactorio. Tendrá que mejorar el final pero, salvo eso, puede decir que logró su cometido.

Antes de huir da un último vistazo a la casa. Es una escena sangrienta, cruda y horrorosa, pero también hermosa. El momento es embriagador.

Patricio sale; afuera el frío ha aumentado, pero él no siente nada. También ha dejado de estornudar. Quién lo diría, ha combatido su alergia con tres asesinatos, y le ha resultado.

XXXV

Sin duda Dante Rodríguez se había convertido en el reportero estrella del semanario *El Nuevo Alarma*. No sólo consiguió la primicia de los asesinatos ocurridos en Chimalhuacán, sino que prácticamente inició la leyenda del Loco con su primer reportaje, y logró lo que pocas veces ocurría: los demás diarios adoptaron la nota y provocaron que creciera.

Para ese momento estaba bien probado que todas las publicaciones relacionadas con el Loco se vendían por encima de los asesinatos pasionales y los muertos ocasionales. Dante, por su parte, estaba al frente de la investigación periodística.

Su trabajo creció debido a que preguntaba en las delegaciones aledañas con mayor velocidad que las mismas autoridades judiciales, y de esa manera pudo encontrar relación con al menos dos muertes más y —hay que repetirlo—, tenía buen olfato para las noticias sensacionalistas. Sabía armar los reportajes, encontrando puntos en común sobre las ligeras olas de la nota roja.

El reportero no indagó sobre los asesinatos en el segundo turno de la Agencia del Ministerio Público de Chimalhuacán. Le dijeron que Zapata estaba furioso por la serie de reportajes que publicaba, pero el enojo pasó pronto; una vez que salieron a la luz las actividades del múltiple homicida, la policía se enfocó más en encontrarlo y menos en buscar culpables en la prensa.

De todos los periódicos el que iba a la cabeza de la información era *El Nuevo Alarma*, pero muy de cerca estaba *La Prensa*, seguida por el *Excélsior*, que tenía menos notas, pero se contagió con la noticia del momento en el Estado de México. Incluso a Dante lo mandó llamar el dueño del semanario para decirle que su seguimiento del Loco iba a tener un especial de fin de año con los mejores casos de crímenes y asesinatos.

A inicios de 2004, con nuevas noticias y teorías en cada publicación, Dante daba cuenta detallada de los homicidios perpetrados por el asesino serial. Iba de municipio en municipio observando, leyendo cada acta y atando cabos con el ingenio de un novelista; escribía desde su pequeña recámara las atrocidades que se vivían en manos del criminal de moda. El sonido de las teclas de su máquina de escribir inundaba la habitación por las noches, y luego iba a las oficinas del periódico y en su cubículo corregía el texto, para después entregarlo con las fotografías que conseguía durante el día.

Con titulares como: «Siembra terror el Loco de Chimalhuacán en el Bordo», «Loco viola y estrangula mujeres en Chimalhuacán» y «Niñas y ancianas, nadie se escapa», entre otros, la reputación del reportero subió por los cielos en ese tiempo.

Dante fue el responsable de dar a conocer al público los homicidios de:

1. Cynthia Alvarado. Trabajadora de la tienda de autoservicio calcinada al borde de la carretera.
2. Martha Galván. Estudiante de secundaria ejecutada en la construcción a la orilla del barranco.
3. Leticia Romero. Mujer adulta encontrada en estado de putrefacción abandonada en un lote baldío.
4. Yareli. Adolescente estudiante encontrada desnuda en las vías del tren.
5. Paola. Joven embarazada colgada en el patio trasero de su domicilio.
6. Mariel. Estudiante hallada a finales de año dentro de una casa usada como bodega.

7 y 8. Alejandra y Alita. Las dos mujeres asesinadas a la puerta de su casa.

Y a esas ejecuciones se les sumó una que inquietó, aún más, a los detectives. Se trató de la que hasta ese momento era la más cruel y alarmante, si es que aún cabía asombro por el trabajo del asesino.

A mediados de enero el director de Seguridad Pública ofreció una conferencia de prensa dando a conocer el descubrimiento de un nuevo homicidio realizado con mayor brutalidad.

Se trataba de una mujer de veintidós años, estudiante de la ENEP Aragón, asesinada y descuartizada. Algunas partes del cuerpo fueron arrojadas a un canal de aguas negras cerca de la zona conocida como La Compañía.

La joven desapareció de su domicilio en la colonia Agua Azul, en Nezahualcóyotl y dos días después, la tarde del 12 de enero, fueron encontrados su brazo derecho y la pierna izquierda. Se logró establecer que eran de la misma persona debido a la ropa que usaba: pantalón de mezclilla azul, botas blancas y cinco pulseras con cuentas de plástico de varios colores. La vestimenta y la pulsera fueron halladas junto a los restos humanos, flotando en el canal.

Las alarmas se prendieron y se dobló el esfuerzo para encontrar al asesino; los ánimos se caldearon dentro de la Procuraduría y la presión aumentó. El presidente municipal no tenía mucho de haber asumido el cargo y estaba ansioso y asustado; no necesitaba muertos heredados en su administración y presionaba constantemente para que se resolviera el asunto. Por su parte, el subprocurador Benítez dejó instrucciones claras de la urgencia por resolver el caso, y toda esa presión la recibía el comandante Barboza, que por más que fueteaba a sus agentes, no encontraban salida a una averiguación que solo crecía, sumando más víctimas conforme las horas se consumían.

Dentro de los primeros seis días de haberse encontrado las extremidades humanas en el canal de aguas negras, la búsqueda de las demás partes del cuerpo alcanzó niveles frenéticos. Elementos de bomberos y una unidad especial de la policía estatal, apoyados con perros entrenados, se dieron a la tarea de encontrar los miembros que faltaban.

Los esfuerzos fueron en vano y los familiares de la joven se unieron a la búsqueda. Su ayuda fue bien recibida y supervisada por las autoridades, que necesitaban resolver el crimen lo más pronto posible.

Barboza y su equipo pensaron que el homicidio de la estudiante de Aragón era obra del Loco; las fechas estaban alineadas con el periodo de actividad del asesino que buscaban, y no sería la primera vez que encontraban un cuerpo desmembrado adjudicado al homicida; ahí estaba el de la señora Leticia, desmembrada y que sirvió de alimento para perros y gatos callejeros, sólo que en esa ocasión el desmembramiento fue a causa de la depredación animal más que del *modus operandi* del Loco; pero no se podía descartar nada, todo parecía indicar que el homicida evolucionaba a un nivel de violencia y perversión superior.

Por la tarde del séptimo día se encontró el resto del cuerpo de la mujer y, para tranquilidad de las autoridades, las heridas que le ocasionaron la muerte no coincidían con las tácticas del Loco. La pieza clave para descartar su autoría fue que la otra pierna del cadáver no estaba rota. Moreira y Zapata estaban seguros de que la extremidad presentaría fractura, pero no fue así; aún más, la mujer tenía una herida de bala en el pecho, lo que la alejaba por completo de las costumbres mórbidas características del Loco.

Diez días después el agente González, mejor conocido como el Chacho, encontró a los culpables. El novio de la joven junto a un cómplice eran los homicidas. La había llevado a un lugar alejado con la intención de hacer un trío sexual con un amigo, cuando la joven se negó, la situación se salió de control hasta el punto en el que tuvieron que matarla. Después, creyendo que sería fácil, desmembraron el cuerpo y trataron de esparcirlo por la ciudad, dejando unas partes aquí y otras allá. Con esto el Chacho González se colocó otro éxito en su historial, y el homicidio de la estudiante se retiró de la carpeta de investigación del multihomicida. Había sido un crimen atroz, pero completamente separado.

Los ocho asesinatos atribuidos claramente al mismo autor se llevaron a cabo en apenas dos meses y medio; tiempo en el que las notas del reportero Dante Rodríguez lo colocaron como el nuevo periodista estrella de la nota roja. Mientras él recibía el reconocimiento de su editor, los agentes judiciales en Chimalhuacán eran llamados constantemente para exigirles resultados que, al parecer, estaban lejos de llegar.

XXXVI

—¡Voy a creer que un cabrón tragamierda asesino es mejor que seis agentes experimentados! Qué digo seis, ¡doce!

El comandante Barboza reunió a seis de sus mejores agentes. Cuando se supo de la joven descuartizada y esparcida por la ciudad, el escándalo se descontroló y el presidente municipal hablaba todos los días para saber si ya habían dado con el asesino. Con la presión de los medios llegaron más recursos, asignaron un generoso apoyo especial de policías municipales y se destinaron dieciséis judiciales para resolver el caso, pero como se aclaró que la mujer desmembrada no era parte de las víctimas del asesino serial, las aguas se calmaron y se retiraron los apoyos con una celeridad escandalosa.

Barboza se quedó con los mismos policías de siempre; recibió varias llamadas de atención y la advertencia de que el gobernador Montiel había sugerido cambiarlo por alguien que diera resultados. El comandante finalmente decidió reestructurar su grupo. Tres parejas de judiciales se enfocarían en el caso, y dejaría a los otros diez para resolver las averiguaciones pendientes y los asuntos que día a día se sumaban al trabajo.

En la oficina de Barboza se encontraban el Chacho González y Padilla, Martínez y Peralta y, por supuesto, Moreira con Zapata.

—Iba a regresarle el asunto a los agentes originales —dijo Barboza—, pero no veo que estén avanzando.

Zapata se movió de la silla y torció la boca, incómodo por el señalamiento; mientras Moreira ponía atención a las palabras que escuchaba.

—Aparte —continuó el comandante—, el Chacho fue el que agarró a los asesinos de la descuartizada, así que lo voy a sumar a la brigada junto con su pareja, también los van a apoyar Martínez y Peralta.

A Moreira le parecía bien que sumaran manos a la investigación, entre más pronto se resolviera este asunto mejor; Zapata, por su parte, era celoso de su trabajo, aunque estaba consciente de la escasez de resultados. Si tardaban en agarrar al Loco, las muertes aumentarían.

—Es que no me puedo creer que no haya habido avances —reclamó Barboza con evidente molestia.

—Tampoco es que no haya habido avances, comandante, no hay que caer en exageraciones, porque logramos perfilar al asesino —respondió Zapata.

—¡Perfílame los huevos! —dijo Barboza alzando bruscamente la voz—, a mí de qué me sirve la perfilación si lo que quiero es que agarren a ese cabrón.

Zapata, que comenzaba a exaltarse, iba a responder, pero Moreira lo detuvo. No valía la pena entrar en una discusión, y menos con el jefe.

Asunto aparte era que el asesino no estaba *perfilado* propiamente, no tenían rasgos que seguir o un patrón social que les permitiera sesgar sospechosos. La verdad es que seguían sin tener nada.

—A ver —preguntó Barboza—, ¿en qué va eso de que el sospechoso era policía o expolicía?

—Lo sigo creyendo —Zapata se adelantó a contestar, ya más calmado—, a mi parecer este asesino tiene mentalidad de academia policiaca, no puede ser que no se le haya ido viva una sola víctima. Aparte tiene la sangre fría para actuar sin apresurarse; sigo pensando que es un policía o un agente judicial o un antiguo trabajador de la Procuraduría.

—Yo creo que no —interrumpió Peralta—, porque entonces usaría una pistola, les daría un balazo y se acabó.

—No hay placer en lo inmediato —intervino Moreira—, nuestro asesino no mata por matar, sino porque le gusta. No es un homicida espontáneo, es uno que analiza y calcula. ¿Qué caso tendría estudiar a sus víctimas y matarlas de un balazo? Para eso mejor saca el arma por la ventanilla del carro y dispara a quien se le cruce.

—Bueno, eso sí —aceptó Peralta.

—Mentalidad policiaca... ¡están inventando pura chingadera! —Barboza seguía furioso, tenía poca paciencia, manoteaba al hablar y dejaba caer el puño sobre su escritorio—. ¡Eso de que es un agente porque les rompe las piernas está muy jalado de los pelos!

—No, comandante —continuó el Chacho—, yo también creo que puede ser un agente, o al menos estar relacionado con la academia o con un policía. En los cursos no nos dicen explícitamente que disparemos de la cintura para abajo, ni que evitemos perforar la femoral o que inmovilicemos al delincuente metiéndole una bala en las piernas, pero es el primer consejo que te regalan los agentes veteranos; de esta manera no nos levantan cargos por homicidio, como ocurre cuando el disparo es en la cabeza; además ¿usted sabe cuánta distancia se puede correr con las piernas rotas? —El comandante negó moviendo la cabeza, sorprendido por la pregunta del Chacho—. Nada, no se avanza nada. No se llega a ningún lado, el dolor es enorme; uno no tiene fuerzas ni para gritar porque el dolor lo consume. Uno no puede ni arrastrarse, porque cuando tienes un hueso fracturado, de sólo pasar la yema del dedo por la herida la gente se dobla; es más, ya ni fracturado, con que lo tenga fisurado el dolor es enorme; es una tortura, no hay manera de escapar.

—Ahora agréguele —dijo Zapata haciendo el relevo— que están en un lugar alejado, en el campo o en un llano, o en la punta del cerro y nadie puede escuchar los gritos, imagine que usted está solo con ese asesino, en la noche, sin posibilidad de correr.

Al comandante Barboza, con todo y sus años de experiencia, se le erizaron los vellos de los brazos de tan sólo pensarlo.

—Bueno, si eso creen, confío en ustedes. —Barboza cedió a la teoría—. Pero entonces, ¿ya empezaron a investigar a los agentes que están suspendidos o los hayan dado de baja de la Procu?

—Con todo el respeto, jefe, pero eso sería imposible, a menos que usted nos asigne los recursos para entrevistar a los cientos, si no es que a los miles de policías que están activos y a los que hayan dado de baja, aparte de los que ya no trabajan en la institución por jubilación; si usted nos facilita los elementos para entrevistarlos a todos, corroborar coartadas y les permite faltar a los otros a su trabajo para ser entrevistados, podríamos avanzar como usted sugiere. Tendríamos que comenzar investigando en las Delegaciones vecinas, como en Palacio, la Bola, la Perla, aparte de Chimalhuacan.

—No, pues está cabrón, Zapata, sabes que eso no es posible. Nadie tiene el poder para mandar una investigación de esa magnitud; así que no mames, tampoco seas sarcástico, van a trabajar con lo que tienen, ya es mucho poner a seis elementos en este caso.

—¿Y podemos hacer a un lado nuestras otras averiguaciones, jefe? —preguntó Peralta.

La mirada del comandante Barboza lo dijo todo. Sabían que eso no iba a ser posible, una cosa era que les pidieran dar prioridad al asunto y otra que pusieran pausa a los cientos de casos que tiene cada agente judicial. Tendrían que trabajar cubriendo ambos flancos.

—No, pues yo nomás decía, qué tal que es chicle y pega —retomó Peralta entendiendo la respuesta silenciosa del comandante.

—Bueno, a ver More —dijo Barboza—, comparte lo que han investigado con los demás para avanzar en este desmadre.

Moreira se levantó de la silla, caminó al fondo de la oficina y metió la mano en el bolsillo interior de su saco; los demás judiciales siguieron sus movimientos con la mirada; el agente sacó una libreta y buscó entre las hojas hasta dar con las notas que contenían el patrón de su investigación.

—El primer homicidio del que tenemos información fue en noviembre, quizá haya otros antes; lo que pasa es que en ese nos tocó ir a levantar el cadáver. A partir de ahí el asesino actuó continuamente, por eso Zapata lo pudo relacionar con otras muertes que ocurrieron en un lapso corto.

—También sabemos que actúa en su mayoría en el Estado de México. En específico en las cercanías de Chimalhuacán; es decir, Ciudad Nezahualcóyotl y los municipios vecinos. Claro, como dice el jefe, no tenemos los recursos para saber si en otros estados ha asesinado, así que tenemos que empezar por ahí —concluyó Zapata.

—Lo que sí sabemos es que es hombre, actúa por la noche y transporta a sus víctimas en un automóvil. Los servicios forenses dijeron que el lugar de la muerte muchas veces es distinto al sitio donde encontramos el cadáver, así que puede llevar los cuerpos en la cajuela —continuó Moreira.

—O tiene una camioneta, es más fácil —dijo Martínez.

—Ándale, es cierto —aceptó Moreira—, ahora, no siempre lleva los cuerpos bordo del vehículo, a algunos sólo los mueve de lugar, como la señora que se la comieron los animales, también la calcinada y la de las vías del tren, a esas las movió, pero a la niña de la casa del barranco y la de la casa que usaban como bodega, esa que estaba abandonada, y la de la madre e hija que ejecutó en el mismo domicilio, así como la chica embarazada que colgó de un gancho, a todas esas las dejó en el mismo sitio donde inició el ataque.

—Oye, More, también te pregunto a ti, Zapata —dijo el comandante Barboza—, ¿y están seguros de que es la misma persona?, porque todas las víctimas han sido distintas.

—Sí, estamos seguros. Los informes periciales ya compararon las heridas e indican que las fracturas de las piernas son provocadas por el mismo objeto contundente, el mismo martillo, pues; y la misma fuerza de golpe. Todo coincide, el que se aleja un poco es el de la señora con su hija, porque ésa fue una carnicería, pero de todas formas coincide con las fracturas, que no están relacionadas propiamente con la muerte, sino con la tortura previa.

—Está bien, si lo dicen los peritos entonces ya es un respaldo.

—Sí, y también a todas las ejecuta usando arma blanca, con impactos de fuerza similar.

—¿Y hay violación en todas? —preguntó Padilla.

—No, eso también varía, yo lo que deduzco es que a este cuate le gusta matar, y si tiene oportunidad de violarlas, pues lo hace, pero no siempre.

—¿Y de los interrogatorios que ha salido? —preguntó el Chacho González.

—Muy poco, de la calcinada creíamos que había sido el novio, fue el que interrogamos la otra vez aquí —dijo Zapata.

—Ah, sí —recordó el Chacho.

—Pero no, el chavo no fue, entonces alguien le dio el levantón a la joven y la mató en otro lugar.

—Una camioneta, estoy seguro de que la secuestraron en una camioneta —dijo Martínez—, no puedes dar un levantón en un carro tipo sedán, a menos que sean varios los asesinos, ahí sí la pueden subir a un automóvil pequeño e impedirle que grite y pelee.

—Sí, tienes razón, porque no son varios asesinos, es uno sólo; lo confirmaron los peritos por la mecánica de los golpes. Son uniformes.

—Bueno —dijo Barboza—, ya sabemos que probablemente tiene una camioneta y que en su mayoría ataca de noche.

—O en la tarde —aclaró Moreira—, a la mujer calcinada que trabajaba en el centro comercial la atacó en la tarde, un día lluvioso.

—Pero ¿sabes qué, More? —interrumpió Zapata—, a la niña del barranco la atacó como a las dos de la tarde, cuando salió de la escuela.

—Pues, sí —respondió el agente dándole la razón a su compañero—, pero sigue siendo la tarde. El caso es que no ataca en la mañana, y busca lugares poco poblados.

—Pero nos estabas diciendo de las declaraciones, Zapata —insistió Barboza evitando que la plática se desviara.

—No hay nada, o muy poco, todo parece normal. Las víctimas de pronto desaparecen. El asesino cuida que no lo vean, es meticuloso.

—Entonces no tenemos nada del físico, mucho menos un retrato hablado porque a todas las ha matado.

—Pero sí tenemos algo —dijo Zapata y el resto de los judiciales en la oficina se incomodaron, incluido Moreira—, yo creo que no es un hombre mayor, sino un joven.

—¿Por qué lo dices? —preguntó Padilla.

—Ah, porque cuando interrogamos a las compañeras de la joven que encontramos en las vías nos dijeron que su amiga salió para encontrarse con un chavo que conoció en Facebook, y ese día iba a ser la primera vez que se verían.

—¡Eso está interesante, pinche Zapata!, ya vamos descartando. —Se emocionó Padilla.

—Y eso no es todo, las amigas dijeron que cuando le preguntaron a Yareli, así se llamaba la joven, por qué le gustaba el chavo, ella respondió que era porque le escribía muy bonito. Yo pienso que el asesino es un chavo un poco nerd, de edad entre los veintiuno y treinta años…

—Y conduce una camioneta —agregó Padilla.

—Y sus víctimas tienden a ser jovencitas —dijo Moreira.

—¿Ya les dije que tiene una perversión? Tiene un fetiche con la ropa íntima, es un elemento común que encontramos —explicó Zapata.

—Entonces yo descartaría que es un policía —dijo Martínez levantando la mano.

—¿Por?

—Una, por la edad, aunque si se acerca a los treinta puede ser policía, pero más joven, pues no, pero sobre todo porque mencionas que el asesino escribe bonito, ¡no mames, aquí en la Procuraduría con trabajos sabemos escribir!

Nadie rio de la broma de Martínez, porque en realidad no era broma, sino anécdota y, por otro lado, una característica que alejaba al sospechoso de pertenecer a la policía; aunque su pericia al ejecutar a sangre fría indicaba lo contrario.

Había dos caminos que seguir, dos líneas de investigación, dos perfiles que buscar. Una contradicción, un camino que se bifurcaba y el tiempo que corría en contra de los judiciales.

XXXVII

El caso por el que se hizo famoso el Chacho González había ocurrido once años antes, en 1992.

Se trató de un hombre atropellado sobre la avenida López Mateos. Contrario a la mayoría de estos accidentes, el conductor se detuvo para auxiliar a la persona arrollada, pero no tuvo suerte. La muerte había sido inmediata.

El automovilista llamó a la ambulancia que llegó minutos después y ésta, a su vez, a los Servicios Médicos Forenses para avisar del deceso. Al lugar se presentaron las autoridades, llevaron al responsable a la delegación y después de detenerlo doce horas lo dejaron libre. Se determinó que la carga de responsabilidad caía más en la víctima que en el victimario, y tenían razón, el atropellado actuó con imprudencia al atravesar una avenida de alta velocidad que, además, estaba limitada por la mitad con malla y concreto. Por su parte el victimario no huyó, todo lo contrario, contactó a los servicios médicos, como indicaba la ley; de manera que el Ministerio Público determinó que la libertad era aplicable en este homicidio imprudencial.

Al momento en que el conductor salió libre, la familia del atropellado se encontraba reconociendo el cuerpo y el drama invadió la delegación. Entre llantos y gritos la parentela exigía justicia y desoía la responsabilidad que caía sobre su familiar. Los ánimos violentos respondían a los acontecimientos, ya de por sí trágicos.

Algo en la escena inquietó al Chacho González, no se sabe si fue una mirada, o una amenaza directa, pero una vez liberado el automovilista decidió seguirlo de cerca. Su instinto no falló porque pocas cuadras después, uno de los parientes del fallecido se acercó al conductor con cuchillo en mano para cobrar venganza. El Chacho impidió el homicidio. Asombrosamente su instinto evitó un nuevo crimen y con eso se ganó el respeto de la brigada. A partir de ese momento todos decían que el Chacho tenía mucha intuición para solucionar los asuntos, lo cual era cierto, había sido dotado con un olfato policiaco agudo que, aunado a su inventiva y valor, daba resultados.

Asuntos como ése y ocurrencias originales para resolverlos serían el sello distintivo del agente el resto de su vida. La última de sus rimbombantes investigaciones fue la del tráfico ilegal de los gorilas, donde se disfrazó de primate para obtener la flagrancia del delito; esa sería, sin duda, una de sus grandes hazañas, aunque no la única.

Pero también había otro lado que los judiciales

conocían muy bien en las costumbres del Chacho González: su desdén por las leyes que, mezclado con su desesperación y su adicción al halago, lo hacían propenso a golpear y torturar a los delincuentes para obtener una rápida confesión. También era cierto que casi nunca se equivocaba y presionaba con gritos, amenazas, patadas y cachetadas una declaración que tarde o temprano llegaría. El Chacho era, pese a sus defectos, un buen policía.

Sus compañeros se sentían seguros a su lado, confiaban en él y la gente se encantaba con la soltura de sus movimientos. Era presto y simpático. Siempre estaba limpio y su bigote negro contrastaba con su piel blanca y cabello bien recortado. Vestía trajes de mejor calidad que el resto de los judiciales. Cuidaba su imagen y, más aún, su fama de investigador efectivo. El comandante Barboza lo tenía en tan buen concepto que, incluso mostraba, su preferencia y simpatía sin miramientos, usualmente lo alababa y lo ponía como ejemplo ante los demás. El Chacho también era bueno para el trago, aunque eso no era exclusivo de él, todos en el cuartel eran bebedores de carrera larga.

Cuando lo llamaron a la junta para resolver el asunto del Loco, se formó una rivalidad sana —y necesaria— con Moreira y Zapata, que para ese momento empezaban a tener una visión pesada y oscura del caso. Les venía bien escuchar nuevas voces y otras ideas, cualquier cosa para evitar que se siguieran sumando las víctimas de aquel primer asesino en serie del Estado de México.

La instrucción del comandante Barboza, aunque más bien era una orden, fue que se enfocaran en sacar ese expediente lo más rápido posible. No le importaba mucho la técnica o costumbres de cada judicial. Quería resultados pronto, quería resultados claros, quería seguir en su puesto porque aquello se había salido de sus manos; así lo constataban los constantes periodicazos dirigidos a la institución, a los superiores y a su misma persona.

Editoriales como: «Que se pongan las pilas; habitantes de Chimalhuacán y Ciudad Nezahualcóyotl exigen al procurador que cumpla su promesa de acabar con la delincuencia y la corrupción» o «Zozobra por el Loco del Bordo; se encierran mujeres en Chimalhuacán», otra más: «La policía se ha mostrado incompetente para aclarar el alto número de asesinatos de jóvenes mujeres y niñas registrados en la zona oriente de la entidad» o incluso publicaban textos con un dejo literario como «El hombre despide un olor particular: de entre todos los animales, sólo él apesta a cadáver».

Surgían también algunos acuerdos entre ciudadanos y autoridades para vigilar la zona. La idea era justificada y desesperada, incluso efectiva, pero no dejaba de afectar la imagen de ingobernabilidad, y ponía mal paradas a las autoridades.

Así que la idea de cazar a un asesino a toda costa se metió en la cabeza de los judiciales.

La moneda de las probabilidades bailaba en el aire. Por un lado, estaba el entusiasmo del equipo, que llegaba como una bocanada de aire fresco en un ambiente viciado por el olor a muerte; y por el otro lado, se encontraban dos hombres que, sin conocerse, asesinaban bajo el mismo apodo del Loco y masacraban a sus víctimas, hasta convertir su cuerpo en un templo de carne.

XXXVIII

¿Qué era eso que Moreira sentía atravesado en el corazón cada noche, cada mañana y últimamente en cada intento de respirar? Pensaba que la retumba de su pecho le anunciaba el final de su vida con el aviso de un infarto; pero no, aquello no era mortal, sino algo más grave: era depresión.

Venía cargando mucha mierda desde tiempo atrás y había perdido la capacidad de olvidar los problemas en la puerta de su casa. Ahora los llevaba consigo constantemente y le pesaban en la espalda, pero sobre todo se manifestaban como un cansancio crónico anudado a su estómago. Apenas se subía al automóvil, le asaltaba un pesar en los párpados que en ocasiones lo obligaba a orillar el auto para dormir cinco minutos y recobrar fuerza. ¿Le había pasado antes? No, jamás. Siempre se distinguió por sacar energía de los momentos difíciles, ya no se diga en los rutinarios; cuando trabajaba día y noche, comiendo, almorzando y cagando la solución a las averiguaciones, una entrega total que nacía dentro de él. Pero ahora parecía que la llama se había transmutado en brasa y pocas veces ardía con la misma intensidad. Sólo quedaba angustia.

No sabía hacer otra cosa más que ser policía. Cuando empezó en la Procuraduría, treinta años atrás, le parecía el mejor trabajo del mundo, una combinación entre poder y responsabilidad, autoridad y admiración, temor y aventura; líneas invisibles a la orilla de la ley que, si sabías manejarlas adecuadamente, podías disfrutar de los privilegios de portar una placa, enfundar una pistola y hacer un bien a la sociedad.

Un bien a la sociedad... ¿Hace cuánto no pensaba eso? ¿Le había dejado de importar? Suponía que no. Aquello era una máxima en su vida y las máximas no se diluyen, sólo se ocultan tras la sombra del tiempo. De cualquier manera, el pesar se le manifestaba en los párpados y hasta en las bolsas bajo sus ojos cansados.

Recordar algunos buenos momentos lo ayudaba a seguir adelante; leer y el sonido de la lluvia también. Por eso cuando escuchó la llovizna de la madrugada golpetear la ventana de su habitación no consiguió dormirse de nuevo, pero se embriagó de un buen sentimiento. Se levantó de la cama tratando de no hacer ruido para no despertar a su esposa, se vistió un pantalón y se cubrió con una chamarra. Salió al pequeño patio y observó las gotas que caían con delicadeza, un sonido único e imperceptible, y coralmente casi una balada.

Y ahí, en medio de ese húmedo golpeteo se sentó en el escalón que dividía el patio del resto de la casa. El olor a tierra mojada llegó hasta él y sintió el agua ganar terreno en el dobladillo de su pantalón. Las gotas dibujaban círculos al impactar en los charcos que ya se formaban aquí y allá. Si su vida estaba pasando de la felicidad a la tristeza, entonces ese instante era un interludio.

La lluvia en las hojas de las plantas, sobre todo en aquellas más gruesas, generaba un sonido diferente. Un ruido sordo que sacudía las alocasias; y así se descubrió con gruesas gotas bajando por su frente. Ya tenía el cabello empapado. No se dio cuenta que ya lo abrazaba la lluvia, que era suave pero fría.

Hacía unos meses había visto que los gorilas se cubren con esas gruesas hojas en las tormentas de la selva; en él no fue necesaria una tempestad para empaparlo, estaban tan mojado como si hubiera pasado un tifón, pero no se percató de ello y en pocos minutos la chamarra fracasó en su intento de cubrirlo. Ahora estaba lleno de agua, de los pies a la cabeza, y se dio cuenta de que ése era el reflejo de su vida. Ciertamente no había experimentado ninguna desgracia, no de forma personal; nunca se presentó algún drama en su entorno; todo parecía estar bien; pero se rodeó de las desgracias ajenas, de muertes lejanas, esas que antes parecían no afectarlo; adversidades diminutas como gotas de lluvia que caen en la piel sin concederles importancia, pero que empapan segundos después. Así se sentía, como un gorila en medio de una tormenta que arreció sin notarlo, y ahora estaba en medio de la selva, escuchando los gritos salvajes del viento enmarañados por el silencioso ciclón de lo impredecible.

No se molestó en cambiarse la ropa. Con ese mismo impulso de nostalgia y serenidad salió de su casa, subió al automóvil y tomó rumbo al este de la ciudad, pero antes hizo una llamada telefónica.

Después de veinte minutos de manejar, estacionó el vehículo y se quedó un momento observando las calles poco iluminadas, el limpiaparabrisas se movía cada tanto mejorando la visibilidad. Trataba de percibir todo, aunque a esa hora las calles estaban tranquilas y, salvó algunos automóviles, muy pocos, no había nada que ver. Hasta ese momento sintió el frío, cuando ya no podía hacer otra cosa más que afrontar la decisión de haberse mojado. Había valido la pena.

Entonces escuchó cómo tocaban la ventanilla. Un golpe apresurado y firme de nudillos contra el cristal. Dio un pequeño brinco, exaltado porque seguía ensimismado estudiando el entorno; era Zapata que pedía que le abriera la puerta. Moreira se apresuró a quitar el seguro y su compañero entró.

—More, buenos días. Más vale que sean buenos, Silvia me regañó por salir tan temprano de la casa. ¿Para qué me querías?

—Buenos días, Zapata... mira... —Moreira señaló al fondo de la calle—. ¿Qué ves?

—Nada.

—Exacto.

—¿Siempre te despiertas tan apendejado o sólo cuando llueve?

—Es que no hay nadie.

—... creo que sólo te despiertas todo pendejo cuando llueve. ¿Para eso me levantaste de la cama?

—¿Cómo te sientes?

—Pues a decir verdad, medio encabronado. Silvia va a estar enojada conmigo todo el día por haberme salido tan temprano, todavía es de madrugada.

—Ya, Zapata, fíjate bien.

Zapata volvió a ver el final de la calle y comprobó que en verdad no había nada, todo estaba quieto y las luces, dispersas.

—En serio que no veo nada, ¿para qué me trajiste?

—Porque ahí, al lado, hay una escuela. No tardan en llegar los alumnos, y va a haber poca gente alrededor, como dices, aún es de noche.

—Dije de madrugada.

—Exacto.

—Me estás poniendo de mal humor, More.

—Si tuvieras que escoger a una chavita, para llevártela, ¿la escogerías en la tarde, cuando hay mucha gente y te pueden descubrir?, ¿o en la mañana, cuando no hay nadie y puedes analizar cómo llegan los estudiantes, distraídos por las prisas y el frío?

—Pues yo no escogería ningún momento; creo que secuestrar personas es, aparte de ilegal, de mal gusto.

Moreira golpeó el brazo de Zapata y éste se quejó y comenzó a sobarse.

—Pero claro, entiendo tu punto, More; en la mañana es más seguro.

—Yo también lo creo. Hay poca gente, puede que no te ocultes totalmente entre la multitud, pero las personas vienen amodorradas.

—O de malas, como yo.

—Pero puedes ver mejor a las niñas, por ejemplo —Moreira señaló algunos automóviles estacionados en la banqueta frente a la escuela—, ¿cómo sabes que el asesino no está en esos carros?

—Puede ser, puede ser, pero ¿cómo vamos a descubrirlo? No creo que sea buena idea tocar a todas las ventanillas de los carros. Si comenzamos así y de casualidad el Loco está en otro automóvil se va a arrancar, y de entrada se nos va a pelar; aparte no tenemos nada que pruebe que un auto que se arranque sea del asesino, en el supuesto caso de que sea el Loco quien lo conduzca.

—Sí, es verdad.

—¿Entonces ya nos podemos regresar? A lo mejor todavía encuentro dormida a Silvia y puedo descansar un poco más.

—No mames, Zapata, ya no vas a dormir hoy, y lo sabes.

—Bueno, pero tampoco quiero quedarme aquí contigo, hueles a perro mojado, ¿te corrió Aura?

—No, me levanté sin despertarla.

—Vas a tener un pedote cuando se despierte.

—Por eso te corrieron del ejército, ¿verdad, Zapata?, porque te encanta sacarte los mocos y no resuelves los asuntos.

—En primera, dejé de sacarme los mocos hace un año; en segunda, no me corrieron del ejército; y sí, tienes un punto, a lo mejor el asesino estudia a sus víctimas por las mañanas, pero te está fallando algo: no todas las víctimas son estudiantes.

—Cuatro de ocho, yo creo que es un buen número para suponer que le gustan las niñas, y si pensamos que en el caso de las dos Alejandras, la mamá fue una víctima colateral, entonces tenemos que cuatro de siete han sido estudiantes, con eso tengo para pensar que podemos empezar por las escuelas.

—Sí, bueno, tienes razón, pero ¿cómo se te ocurre que vamos a abarcar todas las escuelas?

XXXIX

—¿De tamaleros? ¡No mames, Moreira! —Padilla no podía creer lo que proponía el agente en la junta de reporte, el martes en la oficina del comandante Barboza.

—Sí, y creo que es una buena idea; somos seis, cada uno puede abarcar una de las secundarias de la zona, sólo nos faltaría la Federal 56, pero esa nos la podemos ir turnando.

—No, ni madres, estás pero bien pendejo —dijo Martínez.

—Secundo la idea —agregó Padilla—, no de disfrazarnos de tamaleros, sino de que estás bien pendejo, mi More, con todo respeto.

—Bueno, también podríamos vender sándwiches y cafés en el puesto —dijo Moreira tratando de sumar argumentos a su idea.

Todos los agentes rompieron a discutir al mismo tiempo, parloteando y alzando las manos. Las palabras se confundieron unas con otras entre quejas y reclamos, mientras que el Chacho González, que estaba sentado en la esquina de la oficina, guardaba silencio, escuchando cómo peleaban y se contradecían.

No intervino hasta que vio que la plática se salió de control.

—More tiene razón, es una buena idea. No vamos a poder dar con el Loco si no comenzamos a vigilar todas las zonas; aparte el asunto ya se hizo muy popular, tenemos poco tiempo, si es que el asesino no huyó para este momento; pero en caso de que siga activo, vamos a tener pocas oportunidades, y ésta puede ser una de ellas.

Era todo lo que necesitaba escuchar el comandante Barboza, que tenía confianza en Moreira, pero admiración a las tácticas del Chacho.

—No se diga más. —Todos los judiciales vieron al comandante alzar las manos—. Se me largan a vigilar las secundarias desde mañana como agentes encubiertos; quiero que me entreguen reportes detallados, nada de hacerse mensos. Necesito que lleven una relación de todos los automóviles que presenten un comportamiento extraño, busquen coincidencias, también quiero reportes de cualquier hombre sospechoso antes —hizo énfasis en la palabra *antes*— y les repito: *antes* de que lo arresten. No vayan a calentarse; necesitamos tener este caso bien armado, nada de sorpresas.

—Y qué, comandante, ¿usted nos va a comprar los triciclos con los tamales o qué? —preguntó Martínez.

Antes de que la discusión se reanudara el Chacho intervino de nuevo.

—Zapata, ¿todavía tienes a tu amigo el que trabajaba en inteligencia del Seguro Social?

—¿Juan Luis?

—Ese mero.

—Sí, pero ya está en la Policía Preventiva.

—Seguro nos sirve. Ellos metían elementos encubiertos cuando estaba en el Seguro, ¿no?

—Uy, ni te digo, se metían hasta la cocina para averiguar quién le debía favores a quién, o por qué estaban ahí, la gente no sabe, pero estamos vigilados por todos lados.

—¿Y no crees que nos ayude a conseguir los artículos necesarios para hacernos pasar por tamaleros?

—Sí, seguro nos ayuda; ese wey es a toda madre.

—Pero no nada más que nos consiga las bicicletas, necesitamos todo.

—Oye, Moreira —preguntó Padilla—, ¿y cómo se va a llamar el operativo? ¿Operativo Tamal de Rajas?

—No mames, Padilla —respondió Zapata defendiendo a su compañero.

—¡A ver! Tranquilos. —La expresión del comandante comenzaba a mostrar hartazgo—. Hagan un mapa que incluya a todas las jóvenes reportadas como desaparecidas, no sólo a las que han encontrado muertas. Así podemos ver si hay más colegios alrededor del perímetro que puedan estar comprometidos.

—Está bien —aceptó finalmente Padilla—, no deben ser muchas escuelas en la zona.

Dos días después, en el estacionamiento trasero de la agencia del Ministerio Público, dos triciclos con sus respectivos botes repletos de tamales servían como aula para que los agentes asignados al caso del Loco se capacitaran con dos tamaleros experimentados. Aprendieron a agarrar los tamales sin que les quemara el vapor, a quitar la hoja de maíz rápidamente, abrir un bolillo con un cuchillo en mano de un sólo tajo, colocar el tamal adentro, cobrar y servir el atole; también a ser versados con el cambio, correr a la panadería en tiempo récord para el reabastecimiento de teleras, manejar el triciclo con perfecto equilibrio y tener morralla suficiente para que el cambio no escasee.

Cierto, durante la semana que duró la capacitación los agentes se comieron una cuarta parte de los tamales, y el producto sobrante lo sirvieron al resto del personal de la delegación para afinar el oficio recién adquirido. Así fue durante cuatro días.

El siguiente lunes en la mañana, con la pistola escondida en una hoja de tamal y un radio de comunicación bajo el papel estraza, los judiciales, cada uno en diferentes calles, llegaron a las cinco y media de la mañana, antes de que la luz asomara y con el frío colándose bajo las ropas, por demás humildes, que todos vestían.

La consigna era detener al violador; atrapar al homicida y, de ser posible, conocer su rutina, si es que la había.

Las preguntas rondaban y un par, en particular, obsesionaba a Moreira: ¿Qué lleva a una persona a convertirse en agresor sexual?, y ¿cuáles son las señales de alerta que pudieran evitar tantos asesinatos?

XL

La recámara en la que vive tiene dos camas, una al lado de la otra, pero desde hace tiempo una de ellas está desocupada. Hay una mesa de madera algo astillada y sin mantel, también una silla. Nada más. Alquiló la habitación con esos muebles. Casi siempre hace frío, pero es para lo que le alcanza. A veces, por la mañana, sube a la azotea para calentarse con los primeros rayos del sol, porque adentro de la habitación el aire se cuela por debajo de la puerta y hiela las paredes.

La dueña de la casa, una mujer entrada en carnes y con aires de matriarca, se llama Claudín. Es viuda y tiene dos propiedades, una la ha habilitado como hotel de bajo costo; no es un lugar de paso, sino un sitio donde obtener un cuarto tranquilo sin gastar demasiado. Las habitaciones del hotel son pequeñas, algunas cuentan con baño completo y en otras los servicios son compartidos. El patio central muestra numerosas macetas con helechos y flores. Algunas de las macetas están en el piso y otras son colgantes, lo que le da un aire fresco que ayuda a que se disimule el concepto de vecindad con el que fue construido.

La otra propiedad cuenta con varias habitaciones; se usa como casa de asistencia para estudiantes y trabajadores. En ella viven dos profesores de inglés, un estudiante de Geología y uno de Medicina. Todos, en su momento, testificarán en su contra, relatando su estilo de vida, callado y solitario, como si lo conocieran lo suficiente.

A él no le alcanzaba para alquilar una de las habitaciones del hotel, por más baratas que fueran, pero pudo negociar la renta de un cuarto compartido. No tenía mucho dinero, no tenía planes, su futuro era ciego.

Llegó al Estado de México en 2001 y no ha podido encontrar un trabajo fijo. Lo intentó en una óptica y después en una librería, también en un estudio fotográfico, pero en todos los lugares le dijeron que no había vacantes, que regresara a su tierra, que ahí no tenía oportunidad.

Se tuvo que conformar con trabajos irregulares. Al inicio, cuando se acabó su primera tanda de ahorros, aceptó barrer las calles de las tiendas. En ocasiones se ofreció como mesero y le fue bien, pero no lo llamaron demasiado. También cayó en el engaño de algunas empresas que le prometían trabajos bien pagados y prestaciones atractivas, pero terminaron siendo marañas de mentiras y estafas.

Una temporada vendió tarjetas de crédito en un *call center*, pero también renunció, no pudo manejar la presión de colocar la cantidad mínima de tarjetas que le exigían. Su trabajo más estable y productivo fue en una agencia de Ecoturismo, que más que de turismo *ecológico* era de turismo *económico*. La agencia ofrecía vacaciones a lugares populares abaratando costos; el trabajo fue bien hasta que los socios se pelearon y cerraron el negocio, pero le tocó una buena liquidación y también tenía ahorros. Sus gastos eran mínimos, con eso pudo vivir varios meses y pagar algunos favores. Ya sin trabajo se dedicó a recorrer y conocer la ciudad manejando su camioneta. En ocasiones hacía mandados.

En su habitación tenía una pila de libros que lo mantenían con la mente ocupada. Su primera adquisición la compró en una librería de viejo y fue *Los tres mosqueteros*, de Dumas, que aún guarda con aprecio. A él le gusta leer, le gusta escribir.

Constantemente redactaba cartas a su familia —que vive en San Luis Potosí—. Escribía durante largas horas relatos detallados, en algunos mentía sobre su situación, en otras era sincero, en la mayoría escribía cinco o seis hojas para su mamá, tíos y primos, pero cuando iba a depositar las cartas al buzón de Correos de México terminaba por romperlas y tirarlas antes siquiera de entrar al establecimiento. No envió ninguna los últimos seis meses.

Una mujer trabaja en la tienda de artículos para acampar al lado de la casa donde se alojaba; la joven se llama América e hizo buena amistad con ella, hasta que la descubrió viéndolo con una sombra de lástima y eso lo incomodó, por eso dejó de visitarla.

Al llegar a la ciudad intentó refugiarse en la iglesia, pero no se veía cantando en el coro ni tocando la guitarra en primeras comuniones, de modo que la idea fue abandonada pronto.

Llegó a la ciudad buscando a una mujer que conoció en la Feria del Libro Infantil y Juvenil en San Luis Potosí; coincidieron asistiendo a las mismas conferencias y finalmente intercambiaron direcciones. Fue un amor platónico unilateral. Idealizó una relación al recibir respuesta de la carta que le envío un mes después de conocerse, motivo suficiente para creer que tenía una oportunidad sentimental, por eso al poco tiempo empacó sus cosas, subió a su vieja camioneta y fue a buscarla a Texcoco, donde ella vivía; pero al preguntar le hicieron saber que la joven se había casado no hacía mucho y no vivía ahí. La respuesta a su carta ni siquiera fue escrita por ella, sino por la hermana de ésta, que se compadeció de aquellas líneas escritas con tanto sentimiento; fue una respuesta piadosa, pero él se sintió humillado; había viajado más de 400 kilómetros sólo para hacer el ridículo. Sin embargo, no regresó a San Luis; el fracaso de su aventura era algo que no podría encarar con su familia y amigos; entonces decidió probar suerte en la ciudad, abrirse paso y salir adelante, pero fue un camino difícil. El despecho y la frustración también son caminos que llevan a la locura.

En casa lo recibirían, claro, pero responder las preguntas lo dejaría aún más en ridículo; sería el hazmerreír de la tía Socorro y del tío Andrés, que siempre hicieron escarnio de él y de quien se dejara.

Si su infancia era considerada normal, tampoco estuvo exenta de violencia. Su hermano fue un delincuente hasta que consiguió trabajo —irónicamente— en la policía, y hasta entonces se reformó. No sólo para su sorpresa, sino para la de toda la familia, vio cómo su hermano asistía al Centro de formación y desarrollo policial y finalmente se graduó. De un momento a otro dejó de ser un maleante para defender la ley. ¡Qué absurdo!, ahora aquel que amedrentaba resultaba ser casi un santo cuando había sido poco menos que un criminal de barrio. La arrogancia del nuevo policía le molestaba, pero al menos ya no recibía los golpes que a diario le propinaba. No, no podría regresar a su casa y confesar el ridículo de su paso por la ciudad.

Él, en cambio, siempre pensó que sería abogado, o tal vez arqueólogo, pero no pudo ni terminar la preparatoria. Se interesó por los libros y se obsesionó con ellos. Ahora tiene sobre la mesa *La náusea*, de Sartre.

En los últimos meses de 2003 su situación económica se complicó; si no encontraba trabajo pronto tendría que desalojar el cuarto que alquilaba y vivir en su camioneta. No quería eso. No necesitaba esa última derrota.

Los vecinos lo veían por las mañanas caminar con las manos metidas en los bolsillos. En la calle encontraba constantemente grillos muertos a causa del frío, los tomaba y los subía a la azotea para ver si revivían con el calor del mediodía, pero los intentos eran inútiles. Coleccionó un montón de insectos apilados en la cornisa esperando la resurrección por intervención de la canícula y eso inquietó a sus compañeros de vivienda.

Le dijo a todo el que quiso escucharlo que en la decadencia se encontraba una virtud que termina siendo resistencia, y bajo esa perspectiva él era un hombre virtuoso y resiliente. Era ése el destino que le tocaba y caminaba sobre el sendero de su deprimente fortuna.

Sus días no tuvieron sentido ni rumbo hasta que comenzó a acosar a mujeres. La fantasía se produjo muchos meses antes de las violaciones y los asesinatos. Sintió gran placer en observarlas, y después encontró más satisfacción al someterlas.

Toda su vida dio un vuelco. Si su hermano pasó de ser criminal a policía, él cambió sus aspiraciones de abogado por las de homicida; y la poesía, que tanto disfrutaba escribir, se convirtió en las palabras vulgares que acompañaron la bestialidad que caracterizó sus crímenes.

Matar a una persona nunca estuvo en sus planes, pero ocurrió, y encontró sentido en ello. No existía humillación en asesinar, sólo victoria; pero no mataba por matar, sino por orgullo; y no se suicidaba por cobarde.

Después leyó en los periódicos que lo llamaban el Loco, pero él no compartía esa idea. No se consideraba un hombre demente. Él no era un homicida común. Cuando asesinaba era diferente. Su destino era más grande, más íntimo, más interesante.

No pensaba en sí mismo como el Loco, sino como el príncipe nómada de la destrucción.

XLI

—¿Crees que lo agarremos? —Los ojos de Zapata estudiaban el camino por el retrovisor y finalmente puso la direccional.

Moreira tenía las hojas de papel sobre las rodillas y rellenaba las casillas con un bolígrafo. Se dirigían al cuartel para entregar el reporte diario que debían llenar después de terminar la vigilancia encubierta del día.

—Yo espero que sí. Si no ¿para qué trabajamos en la Procuraduría? ¿Para qué nos hicimos policías?

—O sea, ¿tú piensas que uno es policía para crear una mejor sociedad?

—Pues, claro, ¿tú no?

—Yo creo que esta ciudad no tiene remedio, pero también creo que es lo mismo que sucede en todas las ciudades grandes como Guadalajara o Monterrey, o hasta Londres o Nueva York.

—Ay, pinche Zapata mamador, si tú nunca has salido de tu colonia, seguro lo más lejos que has llegado es al Tepetongo.

—Pues fíjate que en el ejército sí me mandaron a Tijuana y crucé la frontera para McAllen, y cuando estuve asignado a Chetumal, visité Belice.

—¿Belice es bonito?

—Toda esa zona tiene mucha vegetación y puedes ver pájaros bonitos en todos lados.

—¿A ti te gusta ver pájaros?

—Pinche More, ¿me estás albureando?

—Más o menos, pero dime, ¿está lindo?

—No te voy a responder, nomás me agarras de bajada.

—Ya, perdón… ándale Zapata, en serio, dime.

—Sí, está bonito. Toda esa zona es húmeda, y no me vayas a salir con una guarrada pinche More pelado; lo que pasa es que con tanta humedad también salen unas cucarachas gigantes que andan por todos lados. En la habitación donde me hospedaba, cuando me daban el día franco encontraba muchas en las paredes, pero no salen con la luz, te dabas cuenta cuando prendías las lámparas para ir a mear y las agarrabas desprevenidas a las cabronas. Ahí veías un chingo en el techo o en la cabecera de la cama. Al principio te sacas de onda, después te acostumbras.

—¿Y McAllen?, ¿es bonito?

—Ah, mira, ya salió el peine, el que nunca ha salido de México eres tú.

—Es verdad, nunca he salido del país, no tengo ni pasaporte.

—¿Sabes? —Zapata movió la espalda para acomodarse mejor en el asiento del conductor—, lo que ocurre con Estados Unidos es que es un país bien diferente, aun cuando hay muchos mexas allá, se siente distinto. Hace mucho calor, eso sí, y frío de a madres cuando es temporada. No es como en el sur, donde siempre hace calorcito sabroso; pero hay algo en Estados Unidos que te hace sentir como en las películas, no sabría decirte qué es, a lo mejor es cómo está construido.

—Yo prefiero conocer todo México y luego visitar otros países.

—Eso dicen todos los jodidos que nunca han salido del país, la verdad. Siempre dicen: «Es que México está bien bonito y tiene de todo», pero no salen de Acapulco, que siempre huele a coladera.

—Pues, sí, también tienes razón…

—¿En qué tengo razón? ¿En que Acapulco huele a coladera o en qué?

—En las dos cosas.

—¡Ah, chingá! ¿Y eso que me diste la razón sin hacerla de pedo? Hasta se me hace raro.

—Oh, pues entonces no. Uno que trata de complacerte.

—Mejor compláceme en acompañarme a comer algo antes de llegar a la delegación, ¿no quieres echarte un taquito o algo?

—Estaría bien, algo rapidito porque tenemos que regresar a peinar la zona.

Independientemente de la vigilancia encubierta por las mañanas, los agentes tenían que seguir con la investigación durante el resto del día. Después de entregar el reporte con las actividades que anotaban a la entrada de las escuelas, se dedicaban a recorrer zonas cercanas con la esperanza de dar con el Loco.

Durante cuatro semanas trabajaron todo el día y por las noches descansaban muy poco.

Los agentes llegaron a un puesto en la calle, y se metieron al garaje de una casa donde preparaban toda clase de antojitos. Los policías tienen ojo experimentado para encontrar buenos lugares donde comer.

—A mí sírvame unas manitas de cerdo —pidió Zapata a la mesera mientras se sentaba en la silla metálica secándose las manos en el pantalón después de ir al baño.

—Ya me antojaste, yo también voy a querer lo mismo —dijo Moreira dejando la carta del menú a un lado.

—Aquí las preparan bien, no están tan bañadas en vinagre y tienen mucha carnita.

—Oye, Zapata, ¿entonces qué me estabas diciendo de las ciudades? ¿Que todas están jodidas?

—Ah, sí, pues sí, yo creo que las ciudades se salen de control cuando crecen mucho; porque un asesino como el Loco no podría existir en un pueblo pequeño, ahí la gente se da cuenta de todo. En cambio, acá en la ciudad las personas están bien distraídas con sus problemas, por eso es fácil para él agarrar a las mujeres desprevenidas, porque todas van pensando en otras cosas; y aparte la gente es bien apática, no se preocupa por ayudar.

—Hay pocos policías para todos los delitos que se cometen. ¿Sabes cuántas investigaciones me dejaron cuando me cambiaron de delegación? ¡195!, y todos los días se acumulan más. No hay manera de que podamos resolverlas todas.

—Sí hay manera.

—¿Cómo?

—Pues que asignen correctamente recursos, que den salarios decentes para que el policía no robe, pero ¿sabes lo que pasa?, que el gobierno no tiene el mínimo interés en solucionar los problemas. Los políticos son la peor cagada de este país, son unos pendejos, sólo vienen a mostrar las nalgas bronceadas para dar el siguiente paso en su carrera. Escucha bien esto, Moreira: ¡al gobierno le vale madres acabar con la inseguridad, y siempre será así, eso no ha cambiado y no va a cambiar!

—Sí, es verdad, pero para eso estamos aquí, Zapata, para que la cosa no esté tan mal.

—Es lo que te decía, More, tú sí crees que la policía le hace bien a la sociedad.

—¿Tú no lo crees? Tú eres buen policía Zapata, se ve que amas lo que haces.

—No, espérate. Yo no amo ser policía, soy bueno haciendo mi trabajo, que es diferente; pero así que ame ser policía, no. Yo estoy aquí para demostrar otras cosas, pero no por amor al arte, como tú.

En ese momento la mesera entregó los platillos. Las manitas de cerdo estaban acompañadas de lechuga, chiles y tostadas; una mosca se paró en el plato de Moreira y éste la espantó con la mano.

—¡Pinche mosca...! Yo sí creo que podemos mejorar las cosas, Zapata, no arriesgaría mi pellejo si no lo creyera.

—Eres un buen policía, todos piensan eso en la delegación. Yo también lo pienso.

—Pues no sé lo que digan, no lo hago para caerle bien a la gente.

—Oye, y después de entregar el reporte, ¿qué vamos a hacer?

—Vamos a ir a las colonias más alejadas, no creo que el Loco esté cerca de las escuelas cuando los alumnos andan tomando clases. Pienso que por la mañana estudia a las chavitas y por la tarde busca mujeres que salen del trabajo, como en las fábricas.

—¿Entonces tú no crees que el Loco es policía?

—Tengo mis dudas, Zapata, para qué te voy a mentir. Tienes razón en lo de las piernas y en que sabe más o menos cómo actuamos. En caso de ser un policía, no está activo. No tendría tiempo. Para este cuate asesinar es una actividad recreativa, no lucra con los asesinatos. ¿Qué le puede robar a las jovencitas? Nada. —Moreira tomó una de las patitas en vinagre y le mordió la parte más carnosa.

—Es verdad —dijo Zapata dándole la razón a su compañero—, de hecho, de la casa donde asesinó a la chica colgándola del gancho no se robó nada.

—Exacto, tampoco es que hubiera mucho que robarle, pero es un buen ejemplo.

—Debería de asesinar a alguien en una buena colonia.

—No mames, Zapata.

—Lo digo en serio, sólo así asignan más recursos para resolver las cosas. —Zapata se llevó a la boca la botella de Coca-Cola y de un sorbo se tomó la mitad.

—Ah, chingá, ¿entonces qué? ¿Estamos haciendo esta investigación rascándonos los huevos? Porque llevamos más de un mes trabajando a marchas forzadas, sin descanso, sin ver casi a nuestras familias, ¿qué clase de presión extra quieres?

—Bueno, sí, es cierto. Hacía mucho que no asignaban a tantos compañeros para resolver un solo caso.

—¿Oye? ¿Cómo crees que vaya el Chacho con su averiguación?

—Quién sabe, ahorita le preguntamos, ese wey es bueno.

—¿Cuánto le debemos, señora? —Moreira sacó un billete y pagó la cuenta.

Los agentes se subieron de nuevo al Cougar. El ánimo mejoró considerablemente después de comer y continuaron con la plática.

—¿Pero sabes algo, Zapata? Quiero detener al Loco porque cada vez me pesa más en la conciencia que una persona ande matando impunemente, que las niñas no estén a salvo, que no puedan regresar a casa. Me enerva la forma como las humilla. Cómo abusa de su fuerza. Cada vez que lo pienso no puedo dormir.

—¿Por eso lo quieres detener?, ¿para aliviar tu conciencia?

—Lo quiero agarrar porque es lo correcto, Zapata.

—Ya te involucraste demasiado, Moreira; estás a nada de obsesionarte con este asesino; claro que es urgente, pero la presión se te nota en el físico, te ves enfermo. No vale la pena.

—Quizá tienes razón, este caso es diferente, siempre es desagradable caminar sobre sangre, pero de alguna manera te las arreglas para continuar.

—Estás tomando el asunto muy personal y sólo vas a poder descansar hasta que agarres al Loco.

—No me importa quién lo agarre, si es el Chacho, Peralta o nosotros, pero quiero que esto se acabe.

—Es que eres un buen policía. A lo mejor estás un poco viejo, pero eres el policía que esta ciudad necesita.

XLII

—Oye, Chacho —dijo Padilla la mañana del martes, mientras esperaban en el andador de una zona habitacional a las orillas de Ciudad Nezahualcóyotl—, ¿no deberíamos estar en las escuelas disfrazados de tamaleros?

—Deberíamos, pero no lo estamos, pareja.

—Nos va a regañar el comandante si se entera de que dejamos nuestros puestos de vigilancia.

—Mira, Padilla, ya llevamos casi un mes vigilando las escuelas y no hemos obtenido resultados.

—De eso se trata poner una campana, Chacho, de esperar pacientemente hasta que caiga el sospechoso.

El Chacho observó a ambos lados del callejón y se frotó las manos para calentarlas y alejar el frío, luego las metió dentro de las bolsas de su chamarra de piel y bostezó.

—No digo que la idea de Moreira sea mala, pero no estoy hecho para quedarme esperando en un lugar; si el asesino busca en las escuelas y es meticuloso, como creo que lo es, entonces ya se dio cuenta de que lo estamos vigilando. Puede que hayamos cometido el error de ser demasiado obvios. Que de la nada aparezcan seis nuevos tamaleros en la zona no es normal que digamos, eso pudo haberlo alertado. No, pareja, yo no puedo quedarme en un solo lugar. Tenemos que estar en movimiento para atrapar al Loco desprevenido y en el acto.

—Para eso tenemos la tarde, para investigar en otros lados.

—Quizá eso también lo sabe el Loco y por eso nos lleva ventaja.

—Entonces, ¿qué estamos haciendo aquí?

—Padilla, tú sabes que en la mayoría de los casos el papel de los soplones es más importante que el de los detectives.

Una motocicleta tipo *cross* se acercó por el estrecho pasillo. El sonido se hizo más y más fuerte hasta que fue insoportable, entonces el hombre joven que conducía la moto se detuvo frente a los agentes, apagó el motor y se quitó el casco verde fosforescente.

—Nada, mi jefe, nadie sabe nada de algún mañoso que ande suelto en las calles.

—¿Estás seguro? —le preguntó el Chacho.

—Muy seguro, pregunté aquí y con los del pueblo, no hay nadie activo.

—¿Nadie ha salido del reclusorio?

—Sólo doña Amparo, por tráfico de pastillas, pero ya ve que ella es tranquila, y ahorita no quiere…

—No busco a una mujer —lo interrumpió el Chacho—, ya te dije que estoy buscando a un hombre, de complexión grande, alguien que esté por alardeando que nos está dando la vuelta.

—No, patrón, ahora sí que le quedo mal, no hay nadie así. De hecho, también nos hemos puesto las pilas nosotros, a las que están matando son a nuestras niñas.

—Bueno, está bien, pero si sabes algo no me lo vayas a espantar, si lo agarras, me llamas, nadie puede detenerlo más que yo.

—Entendido, mi jefe, si sé de algo le llamo a la delegación.

—Y si no estoy, ¿qué te dije que vas a hacer?

—Le dejo recado con Mary, la secretaria.

—Eso es, y me buscas pase lo que pase; acuérdate, no tienen que hacerle nada. Tengo que llevarlo sin golpes con el comandante.

—Así le hacemos, mi jefe. —El joven se colocó nuevamente el casco y se alejó acelerando la motocicleta; dejaba una estela de humo blanco y ruido en su trayecto.

El Chacho y Padilla salieron de los andadores, pero cuando Padilla se encaminó hacia el automóvil, el Chacho se siguió derecho y cruzó la calle. Una zona de juegos infantiles estaba construida sobre un ancho camellón, los juegos eran metálicos, de color rojo, y desde ahí se veía claramente una enorme escultura a unos cien pasos de distancia, también roja, de al menos veinte metros de altura, representando a un guerrero prehispánico en estilo conceptual. El Chacho caminó por el camellón seguido de cerca por Padilla.

—¿Y ahora qué?

—El hecho de que el Loco pueda estar advertido de que vigilamos las escuelas, no significa que la teoría de Moreira esté equivocada del todo —respondió el Chacho con la mirada atenta al entorno—, ya te dije, es una buena deducción la que hicieron los compañeros, pero temo que ahora el Loco esté buscando niñas en otro lugar.

—Por ejemplo… ¿podría ser el señor que está sobre esa camioneta?

El Chacho corrió inmediatamente detrás de una camioneta tipo SUV color azul estacionada cerca de los juegos, donde se encontraba un señor de mediana edad que miraba sin perder detalle a los niños que jugaban en el parque. Padilla siguió a su compañero, más por imitación que por impulso. Mientras corrían el Chacho le dio la indicación de que se colocara al lado derecho de la camioneta para entrar por la puerta del acompañante.

El Chacho atacó primero y directo. La ventanilla de la camioneta estaba abierta, así que pudo meter las manos y abrir la portezuela. El sujeto se espantó con el asalto y se dejó caer a lo largo del asiento. Padilla intentó abrir la otra puerta, pero tenía seguro. El Chacho tomó del cinturón al sujeto y lo sacó de un tirón. Era un hombre mediano y moreno, al sentir el jalón no dijo nada, pero su rostro adoptó una expresión de pánico, se cubrió la cara y dijo:

—¡Llévense la camioneta, llévense la camioneta, no me maten!

En ese momento el Chacho supo que se había equivocado y, pocos segundos después, escuchó el llanto de un niño que corría hacia la camioneta. El niño, de unos ocho años, tenía el rostro asustado y gritaba que soltaran a su papá.

«Puta madre», pensó el Chacho; luego le indicó a Padilla que interrogara al hombre de la camioneta, pero evidentemente no era el asesino, sino el padre del niño. La frustración y el bajón de adrenalina del Chacho lo hizo caminar hasta la zona de juegos, se sentó en la banca que estaba al lado de un hipopótamo de concreto. Puso las manos en las rodillas y notó que se le había secado la boca. Sólo escuchaba el zumbido de los cables eléctricos que descansaban sobre las torres metálicas del camellón.

Después lo alcanzó Padilla y de reojo vio la camioneta arrancar e irse.

—Ya ni me digas, era el padre del niño.

—Así es, estaba cuidando a su hijo desde el vehículo, compañero.

—¿Lo interrogaste bien?

—Sí, no hay duda, no era el Loco. Vi sus papeles y todo estaba en orden, excepto que yo creo que ahora el señor ya es diabético. Se llevó el susto de su vida.

—Pues sí, pero no podíamos dejarlo pasar.

—De acuerdo, pareja.

El Chacho comenzó a reírse de la situación y una tos se le vino a la garganta. El frío se le quitó y sintió el sudor correr bajo sus axilas, y el viento que atravesaba las calles y llegaba hasta ellos.

—Hubiera sido un golpe de mucha suerte —dijo Padilla.

—Demasiada. —El Chacho aún tosía aclarándose la garganta.

—Cuando intenté abrir la otra portezuela, pensé que lo habíamos agarrado en plena acción.

—Sí, por un momento yo también lo pensé, pero me di cuenta de que no era cuando vi su rostro y dijo que nos lleváramos la camioneta.

—Yo cuando vi al niño…

El Chacho se levantó, señaló una tienda y se dirigieron hacia ella.

—Eso fue lo que más me encabrona, haber asustado al pobre niño. Por eso me vine para acá y ya no hice nada, para no asustar más al chamaco.

—Mira. —Padilla le mostró las manos al Chacho; le temblaban.

—¿A poco tú también te espantaste?

—Fue por la emoción inesperada, eso me tiene así.

—Ahorita te compras un yogur, con eso se te quita.

—¿Te alteró ver llorar al niño? —preguntó Padilla.

—Sí. Uno puede con los criminales, o estar al lado de los cadáveres, es más, no te miento, no sé si a ti te ocurra lo mismo, pero luego uno se altera cuando le disparas a los malandros, o cuando estás recibiendo tiros, pero lo que realmente afecta es ver el sufrimiento de los niños. Bueno, al menos es lo que me pasa a mí.

—Tú tienes un hijo, ¿no?

—Una niña, de once años.

—¿Sólo una?

—Sí. Tenía dos, pero una falleció a los nueve. —La nariz del Chacho se frunció al recordar a su hija con evidente pesar.

—Perdón, Chacho, no sabía.

—No te preocupes, está bien, uno lo va aceptando, pero es bien difícil cuando pasa. Hay que trabajar mucho en uno mismo para volver a la normalidad, para sanar aquí. —El Chacho se puso la palma de la mano a la altura del corazón y se dio unas palmaditas—. Aunque aquí entre nos, eso no ocurre, nunca vuelves a ser el mismo después de perder a un hijo.

—¿De qué murió?, si se puede saber.

—Una insuficiencia renal aguda. Ya al final, mi niña estaba muy fatigada y débil, le faltaba el aire; me decía que le dolía mucho el pecho y pues sí, falleció.

—Perder a un hijo debe ser lo peor, no me imagino el dolor por el que pasaste.

El Chacho meditó un poco su respuesta; el recuerdo le había movido las entrañas, como siempre le ocurría al pensar en su hija.

—Los hijos te hieren; los hijos te acaban, te matan, pero también te salvan.

—Chacho, no tienes que contarme más, no quiero incomodarte.

—No te preocupes, ya pasó, de eso hará unos cinco años. En su momento me deprimí; ahora estoy bien.

—¿Tú?, no te imagino deprimido, siempre estás feliz y riendo.

—Soy feliz... soy muy feliz, pero a todos nos pasan cosas y a mí me tocó esto, pero creo que siempre hay que salir adelante, y mira que te lo dice alguien con esta pena. No se lo cuento a muchas personas, aunque... ¿sabes qué me pondría contento? Agarrar al Loco.

—¿Eso te haría feliz?

—No sabes cuánto.

—Oye —dijo Padilla tratando de desviar el tema—, regresando al caso. ¿Ahora qué vamos a hacer?

—Seguir vigilando la zona, pero no vamos a estar en un solo lugar.

—Nos va a regañar el comandante.

—A lo mejor, pero no estoy para hacer trabajo de halcón, no me hallo aplanándome las nalgas en un asiento.

—Pero no podemos descuidar las escuelas.

—Hagamos algo —dijo el Chacho resueltamente—, por las mañanas tú sigue disfrazado de tamalero. Te vas un día a la escuela que me asignaron y otro día a la tuya; mientras tanto yo voy a estar patrullando las calles cercanas, ahí me voy a dar cuenta si alguien ya observa a los vigilantes. Eso por las mañanas, y por las tardes seguimos peinando la zona, con los ojos bien abiertos y los oídos atentos.

—Está bien, ¿pero y las órdenes del comandante?

—Yo me encargo de Barboza, tú no te preocupes. Ya llevamos cuatro semanas sin resultados y el mismo tiempo sin muertos. Según la tendencia el siguiente homicidio debe ocurrir en estas fechas; aunque los asesinos no tienen palabra de honor.

—¿Entonces?

—A mí se me hace que ese wey está a punto de atacar.

—¿Cómo crees que vayan los otros agentes?

—No sé, pero al Loco lo tengo que agarrar yo. Va a ser la siguiente estrella en mi expediente.

—Pues ya tienes muchas, Chacho; no lo digo porque estés aquí, pero eres el judicial con más logros de la delegación.

Los agentes entraron a la tienda, los dos pidieron yogur para beber y un refresco para que se les subiera de nuevo el azúcar, luego el Chacho continuó.

—Pues sí, sé que soy el consentido del comandante, por eso quiero detener a este cabrón: para seguir con mi racha de arrestos relevantes, para ser más feliz y porque nadie se le escapa al Chacho González.

XLIII

La muerte y la vida, la suerte y la desgracia, el llanto contenido, la melancolía y las lágrimas desesperadas del hombre estaban aprisionadas de una u otra manera en el pecho de Zapata. Él lo sabía y evitaba entrar en el conflicto interno de su fragilidad.

Para él lo mejor era seguir adelante sin voltear a los lados, mucho menos para atrás. Si de algo sabía era de lealtad, la profesaba sobre todo a Moreira. Nunca lo dejaría solo, pero veía a su compañero hundirse en la búsqueda desesperada del asesino suelto.

Moreira no tenía que pedir demasiado ni convencer insistentemente a su compañero para recibir su respaldo. Eso era lo que los hacía una pareja asertiva, se cuidaban las espaldas, ninguno le fallaría al otro. Por eso cuando Moreira le pidió que lo acompañara en las madrugadas a patrullar horas extras, aceptó sin preguntar ni quejarse.

Aún era la temporada del año en que el sol se ocultaba temprano y las noches eran más largas.

El viento acarreaba el frío y lo estrellaba en la espalda de los agentes; ningún abrigo podía frenar eso; de modo que esta época la recordarían después como las noches gélidas de su más lamentable investigación.

—Gracias por venir —fue lo que dijo Moreira cuando vio a su compañero llegar por la noche, con los brazos cruzados y las manos bajo los sobacos.

Zapata ignoró el agradecimiento. Era ese carácter duro formado en la milicia, y su piel curtida lo que le impedía responder cualquier atisbo de amabilidad hacia su persona.

—¿Por dónde quieres empezar?

—Creo que por las calles más oscuras, las que no cuentan con alumbrado público, y también por las que se dirigen a las vías de escape donde usualmente encontramos los cuerpos.

—Encontramos cuerpos en todos lados, esto ha sido una masacre. Ahora sólo estamos en una tregua.

—No seas dramático, Zapata, por algún lugar tenemos que empezar.

—Alejémonos de las unidades habitacionales, ahí nunca va a secuestrar a nadie, las casas escucharían el alboroto. Tenemos que ir donde no esté tan poblado. Si yo quisiera asesinar a alguien buscaría esos lugares.

Tomaron dirección a la colonia de Los Olivos, que cuenta con escuelas de gobierno y las calles son largas y oscuras, además ofrecen la suficiente pavimentación continua para escapar en caso de ser necesario; también está cerca de cerros, y los habitantes no salen demasiado por miedo a la delincuencia y a la soledad que los rodea.

—Aquí nadie escucharía los gritos, y si los escuchan no salen a ayudar.

Moreira asintió y bajó la velocidad del automóvil; prendió el aire acondicionado y el interior del vehículo se calentó, pero poco después Zapata apagó la calefacción.

—No calientes mucho el aire, Moreira, nos vamos a adormecer si estamos cómodos, yo sé lo que te digo.

—Ay, cálmate. Yo también he hecho rondines nocturnos, no sólo tú; tampoco vengas a darme consejos.

—Cada vez estás más irritable, Moreira. Te digo que esto ya te sobrepasó. No lo menciono por dar sermón, sino para aprovechar mejor nuestra energía. Yo sé que has hecho muchas guardias y vigilancias en la madrugada, pero no lo estás sabiendo manejar. Éste es el asunto más importante que hemos tenido. Al menos yo, no sé tú.

—También yo. Perdón Zapata, siento que esto me ha quitado la tranquilidad.

—¿Hace cuánto que no duermes bien?

—Ahora está peor que antes. En las últimas tres semanas no sé, quizá unas tres horas al día, y eso en periodos separados.

—Debes cuidar que las emociones no se apoderen de ti. Te vas a morir si no descansas, y no me sirves muerto.

—¿Tú?

—¿Yo?, yo sí puedo dormir, ya lo sabes, no tengo problema con eso. —Luego señaló al borde de la banqueta—. Oríllate ahí, Moreira, vamos a caminar por esa zona.

El cambio de temperatura los puso en alerta tal como dijo Zapata, entonces buscaron las banquetas donde la luz era nula o escasa para ser vistos.

—Cuando estás en la selva te proteges bajo los árboles, bajo la maleza, y te ayuda el uniforme —relató Zapata.

—Pues aquí tienes que andar buscando un lugar donde no te caigan los balazos. A veces creo que la Procuraduría nos usa sólo como carne de cañón, los jefes ni se enteran a lo que nos exponemos.

—¿A veces? Yo diría que todo el tiempo. Acá en la calle somos más animales de caza que otra cosa; hasta dejamos de ser personas. La esencia del hombre se pierde para los que trabajan con el crimen.

—Qué poético, Zapata. Oye, ¿y si nos regresamos al carro? Hace mucho frío.

—En ocasiones es mejor caminar para peinar la zona.

—Pero así no vamos a avanzar nada, este municipio es enorme, buscar a esta velocidad es inútil. —Moreira sintió el dolor que le provocaban los nudos en su espalda—. Buscar la aguja en el pajar, eso estamos haciendo.

—Pero si vamos sobre el automóvil, a esta hora de la madrugada, cualquiera nos va a ver, y de cualquier manera tampoco terminaríamos de cubrir todo el territorio. Si no podemos vigilar toda la zona al menos tendremos la certeza de pasar desapercibidos. Más que una aguja en un pajar estamos buscando un golpe de suerte, Moreira; aquí no vamos por la estrategia, sino por la casualidad.

—Está bien, tú accediste a acompañarme, voy a hacerte caso.

A las tres de la mañana los agentes andaban despacio, cansados de esos meses de presión y de las últimas semanas de exigencia extrema. Cada vez que cruzaban la calle miraban a un lado y al otro, las esquinas estaban solitarias y andaban sin rumbo aparente.

—¿Te costó trabajo adaptarte a la ciudad después de ser soldado?

—Más o menos, se te quedan muchos hábitos del cuartel. ¿Sabes lo que me costó más trabajo?, tener una identidad propia, porque allá te acostumbras a ser tropa, comienzas a olvidarte de ti mismo.

—¿Y cómo le hiciste? —Moreira señaló hacia la calle Fresno, luego se dirigieron por la avenida Coahuila hasta llegar al panteón de Los Rosales, que es muy largo, si seguían por ese rumbo terminarían en la colindancia del panteón Neza, que es más pequeño.

—Quería quitarme ese pensamiento de soldado, y mira, aquí me tienes con las mismas reacciones y reflejos. He visto mucha mierda y he hecho muchas chingaderas siguiendo órdenes. Creo que nunca voy a ser una persona normal, pero lo intento… lo intenté desde que puse un pie fuera del cuartel.

—¿Encontraste trabajo rápido después del ejército?

—Pues no tardé mucho, pero mi primer empleo no fue en la Procuraduría; estuve haciendo muebles de cocinas industriales, ahí me dieron oportunidad.

—¿Ganabas buen dinero?

—Más que en el ejército sí; guardé lo que me sobraba de las quincenas, ¿y sabes qué fue lo primero que hice en cuanto tuve algo de dinero ahorrado?

—¿Te fuiste de putas?

—No. —Zapata indicó con los dedos entumecidos unas cubetas rellenas de cemento y se sentaron en ellas para descansar—. En el ejército no puedes tener nada de alhajas, está prohibidísimo, y yo me moría por tener una cadenota, una esclava de oro, pero una chingona, no de las chiquitas, de las gruesas, y fui a una casa de empeño

—¿Al Monte de Piedad?

—Ahí mero, y escogí la esclava más gruesa que encontré, tenía grabado el nombre de «Ricardo» en grandote, pero no me importó y la compré.

—No mames, Zapata —Moreira comenzó a reír—, pero si tú te llamas Faustino.

—Ya sé, pero no había ninguna con ese nombre.

—Déjame ver si entendí bien. ¿Te compraste una esclava con otro nombre?

—A huevo, pero ya tenía mi pulserota de oro, y me sentí bien chingón.

—¿Todavía la tienes?

—Claro, es ésta. —Zapata estiró la muñeca para mostrar el brazalete.

—¿Y todavía tiene el nombre de «Ricardo»?

—No, después con el tiempo la mandé fundir y con eso me hicieron otra con mi nombre. Está perrona, ¿no?

—Y cuánto tiempo la tuviste con el nombre de «Ricardo»?

—Un par de años.

—Estás muy cagado, compadre.

Luego retomaron el camino. Para ese momento eran las cuatro treinta de la mañana; el filo del sol aún se resguardaba dando paso libre al frío para encrudecer las calles que seguían desiertas.

—Yo creo que ya nos regresamos, pareja —dijo finalmente Zapata—, no tuvimos suerte y en una hora tenemos que disfrazarnos de tamaleros para vigilar las escuelas.

—Tienes razón, vámonos. —Y regresaron sobre sus mismos pasos.

—¿Oye, Zapata?, ¿por qué crees que deseabas tanto esa pulsera de oro?

—¿La verdad?, porque siempre me han hecho menos por el color de mi piel.

—Moreno, como la mayoría de los mexicanos.

—Pero eso no quita que te traten diferente; a mí siempre me hacen menos. Saliendo del ejército quería que me respetaran como a cualquier persona, pero con un físico como el mío siempre te ven para abajo, y no hay pedo, pero te rebajan. Tú no lo sabes porque eres blanco y estás grandote; yo soy lo contrario. Cuando voy a una tienda departamental ningún encargado se acerca para preguntarme qué quiero, siempre tengo que ir a pedirles las cosas, como si me hicieran el favor. Yo pienso que la idea de la esclava de oro era para sentir que había conseguido algo, que podía llegar hasta donde quisiera, igual que los demás.

—Acá en la delegación te respetan.

—Pues no sé, ya me dejó de importar. Supongo que en el inconsciente sigo teniendo ese sentimiento, a lo mejor es un complejo.

—¿Crees que el Loco tenga una historia similar?

—Puede ser. En este país somos muchos los que intentamos sobresalir para que nos vean, sólo que unos lo hacen matando y otros agarrando al matón.

—¿Sientes que no te ven?

—Muchas veces no, pero si agarramos al Loco podrán verme, al menos una vez.

Minutos antes de las cinco, el viento alejó las nubes de la luna y el alba comenzó a levantarse. La noche se acariciaba con la mañana y el color del cielo era indiferente a la luz.

Había sido otro día sin resultados.

PARTE 4

XLIV

El censo de personas y vehículos que aparecían en las escuelas comenzó a formarse con la lentitud de la certeza. A la quinta semanas los agentes tenían una idea del ritmo de cada escuela y sus habituales asistentes; su hora de llegada y salida, actividades recurrentes e incluso el físico de cada maestro y comerciante; información suficiente para someter el trabajo a escrutinio y encontrar similitudes, coincidencias y conjeturas.

Entre los vehículos sospechosos se encontraron un Renault, un Century, una Jeep Liberty y otra camioneta tipo Van.

Los dos primeros modelos contaban con más apariciones: veintitrés y diecinueve respectivamente. La Jeep se repetía doce veces. Pero la actividad de estos tres vehículos se limitaba a las mismas escuelas; en cambio, la camioneta tipo Van sólo repetía su presencia seis veces, pero en diferentes locaciones. En tres de esos seis días estuvo estacionada en un plantel y los otros tres en dos escuelas distintas.

Salvo la aparición repetida de la Van no había elementos que justificaran intervenir directamente sobre algún vehículo en particular; una vigilancia detallada sería un buen punto de partida.

Anotaron e investigaron las placas de todos los automóviles y no encontraron nada que los pusiera en alerta. Todos tenían los papeles en regla y no había reporte de robo.

Moreira vio la camioneta estacionada por séptima ocasión fuera de la escuela que vigilaba en modo incógnito y se acercó. El viento gélido no daba tregua, los judiciales soportaban el clima gracias al vapor que emanaba de los botes de tamales. El agente aprovechó que no tenía clientes, se sirvió un café caliente de su termo y caminó lo más natural que pudo hasta estar tras la Van; antes pasó al lado de varios automóviles y vio la escarcha en los techos que se extendía hasta los parabrisas. Moreira, que era un agente por demás experimentado, supo que tenía desventaja por el mero detalle de no poder ver claramente dentro de los vehículos debido al hielo, no podría asomarse de manera obvia; aun así se acercó con el vaso de café calentando sus manos y puso las nalgas recargadas en la parrilla del cofre para sentir el calor del motor, pero no percibió indicios de actividad reciente. Era imposible con ese clima.

Caminó alrededor de la Van, que no tenía ventanas traseras ni a los lados, sólo la puerta lateral. Pasó por el lado derecho y se aventuró a recargarse, puso el vaso sobre el toldo y con las manos libres haciendo un cuenco sopló vapor de su aliento. Sentía la nariz congelada; de reojo trató de observar lo más que pudo al interior de la Van, pero realmente era poco lo que se podía ver; oscuridad y una manta desdoblada en la parte trasera, por lo demás parecía estar vacía.

Su instinto le dijo que debía mantenerse pendiente; tomó de nuevo su café y regresó al triciclo donde ya lo esperaban dos maestras que acostumbraban desayunar tamales antes de dar clases. Atendió a la clientela y minutos después las calles se llenaron de alumnos, padres y docentes; todos apresurados; algunos por entregar niños, otros por regresar a casa, y unos más por llegar a tiempo al trabajo. Las ventas fueron bien esa mañana y con la misma velocidad con la que se llenó la calle, también se vació.

Con las calles desiertas su plan de vigilancia se encontraba en riesgo de ser descubierto. Moreira no pudo quedarse más tiempo en la escuela, pero al mismo tiempo no quería perder de vista la camioneta. Tenía un mal presentimiento. Sabía que al romper la rutina establecida por tantos días sus movimientos levantarían sospechas y sería el fin de todo el trabajo y tiempo invertido. No tenía otra opción más que seguir con el plan preestablecido.

Pero el viejo policía era necio cuando esos presentimientos lo abordaban en el pecho; así que tomó la radio oculta y llamó a su pareja solicitando apoyo, le pidió que llegara para llevarse el triciclo y continuar con la vigilancia de la escuela.

Zapata apareció veinte minutos después, intercambiaron algunas palabras, intentaron parecer conocidos y se llevó la bicicleta. Moreira se metió a una papelería para perder tiempo; después llegó Martínez en un carro que estacionó enfrente del local, entró al establecimiento y discretamente le entregó las llaves al agente. Pasados algunos minutos Moreira se subió al auto. En todo ese tiempo nunca perdió de vista la unidad sospechosa.

La mañana y la tarde transcurrieron lentamente. Moreira movió el carro lo suficientemente lejos para evitar sospechas, pero lo bastante cerca para seguir al conductor cuando éste llegara a recoger la Van.

Así pasó un día entero. El agente se entumeció al permanecer sentado por tanto tiempo al interior del auto; sólo salió a comprar algo de comida para soportar la vigilancia y también usó el baño de la tienda, pero no hubo señales de que alguien siquiera se acercara a la camioneta.

La corazonada de Moreira había fallado. El vehículo estaba abandonado. Ni modo, la suerte del policía tiene sus límites; de cualquier manera decidió vigilar una noche más. Cuarenta y ocho horas de observación era lo máximo que se daría y ya llevaba día y medio merodeando; doce horas más y regresaría a bañarse y a descansar en su cama junto a Aura, que seguro lo esperaría con una sopa de verduras caliente y algún buen guisado sobre la mesa.

Finalmente el tiempo autoimpuesto para la

vigilancia se cumplió. Las piernas, los pómulos y la nariz le dolían, sobre todo por el frío. Había sido una guardia estéril y Moreira decidió retirarse, encendió el automóvil y se dirigió a casa.

Al marcharse pasó al lado de la camioneta y siguió su camino. Adentro de la Van, en la parte de atrás, un hombre se encontraba escondido bajo una cobija. Tenía casi dos días sin comer, se retorcía del hambre y durante ese tiempo defecó y orinó en el interior para no ser descubierto. Por primera vez el Loco sintió miedo, humillación e impotencia.

XLV

Silencio. Está rodeado de oscuridad y silencio, también hay frío. Ha experimentado la ferocidad de los elementos durante los dos días que ha estado tumbado y entumido dentro de la camioneta, sintiendo el roce del metal helado en el cuerpo.

¿Por qué se ha expuesto de esta manera? ¿Por qué cedió al impulso de atacar de nuevo? Anteriormente escogió mujeres de manera casual, la mayoría agresiones de oportunidad, solamente había estudiado a la joven embarazada. Quizá por esa vivencia decidió ser más meticuloso en su depredación; quería repetir la experiencia y regocijarse una vez más en los resultados que daba ser paciente y analítico; porque con esa mujer disfrutó plenamente y sin prisas. Pero ahora cometió un error, era obvio que lo buscarían en las escuelas. Fue una tontería acudir a estos lugares porque ha revelado previamente su preferencia por las jóvenes, la mayoría de las mujeres que ha podido someter son menores de edad. ¿Cómo no se adelantó a eso?, lo buscarían aún más en las escuelas, es una tontería porque en realidad a él no le gustan tan niñas; aunque la adolescente que mató en el barranco y que usaba uniforme escolar le despertó un deseo escondido; en cambio a Yareli no la disfrutó tanto, la trabajó mucho escribiéndole cartitas pendejas de amor, y el placer que consiguió no fue proporcional al tiempo invertido.

Está confundido. Ha caído en la soledad del triunfo, porque se considera un asesino exitoso.

Hasta ahora la policía no tenía idea de quién había cometido los homicidios. Se ha expuesto de una manera estúpida, yendo por las mañanas a buscar niñas a las escuelas. Pero qué manera tan idiota de arriesgarse, de poner en peligro su posición, de perder la ventaja. A él ni siquiera le atrae el reto de escapar de la policía; leyó que eso emociona a los criminales: burlar la ley. Él no encuentra satisfacción en eso, al contrario, sabe todo lo que le harían si llegan a atraparlo, su hermano le confesó esas prácticas.

Pero qué imbécil ha sido. No puede creer el error tan básico que cometió. Claro que lo iban a buscar en los lugares donde las mujeres son más vulnerables. Ahora él es el vulnerable, bajo la manta y dentro de la camioneta que es merodeada por ese policía. Porque obvio era un policía, se acercó demasiado.

La misma capacidad de observación que ha perfeccionado para acechar le hubiera servido para poner atención a los detalles de su entorno. Debió haber visto no sólo para adelante, también para atrás; cuidarse las espaldas. Ese policía no salió de la nada, seguramente lo ha estado vigilando durante varios días, no hay duda, no hay manera de que escogiera su camioneta al azar; estaba oculto en algún lugar. Pero al poner todo su interés en las estudiantes olvidó cuidar el entorno; qué mal.

Lo peor es que ya había decidido dejar las escuelas, esa era la última ocasión, y justo cuando iba a arrancar el motor vio por el retrovisor al hombre acercarse, apenas tuvo tiempo de esconderse en la parte de atrás y cubrirse con la manta. Escuchó los pasos y cómo rodeaba la camioneta, hasta sintió el movimiento cuando el tipo se asomó cínicamente por las ventanas. Pensó que ese era su fin, que lo habían descubierto. Esa emoción no le agradó. No sintió el mismo placer que experimenta al tener a una mujer a su merced.

Pasó demasiado tiempo dentro de la camioneta. Fue una lucha de voluntades entre él y el policía, pero tuvo la desventaja de estar encerrado. En algún momento le llegaron las ganas de cagar, pero no podía moverse, no pudo ni bajarse los pantalones por temor a ser descubierto; al terminar de defecar el olor se encerró dentro de su ropa, después subió, creció y se expandió al interior de la camioneta.

Durante todas las horas que estuvo sin moverse tuvo tiempo para pensar. Lo que más le molestó no fue el olor a mierda, sino el frío, porque hizo un terrible invierno ese año y la cobija no resultó suficiente para abrigarlo. Al final el hambre y la sed también le hicieron pasar un mal rato, pero no tanto como el frío, no pudo moverse ni para frotar sus propios brazos; pero ha reflexionado en lo que se ha convertido, ha podido pensar en cómo sería si esto fuera diferente, cómo se hubiera sentido mejor en esos momentos de angustia y encierro; y ha llegado a la conclusión de que, si hubiera tenido a una mujer sometida dentro, a su lado, hubiera podido calentarse, frotarse contra su cuerpo, tentarle las caderas y los senos. Eso lo hubiera entretenido, le habría hecho pasar mejor el rato. Por supuesto que la mujer debería estar inconsciente para evitar gritos y forcejeos. O amordazada, probablemente sólo aturdida. La vería a los ojos y la escucharía llorar, o a lo mejor no hubiera llorado, quién sabe, todas actúan diferente. La mayoría tienen un trance similar que llama su atención: en algún momento se abstraen y parecen no estar ahí. Eso ocurre después de las súplicas. Un mecanismo de protección y aislamiento, una infranqueable dignidad oculta.

¿Y ahora qué va a hacer?, ya no va a regresar a las escuelas, eso es seguro. ¿Debería dejar de matar? No, ¿por qué? ¿Él qué ha hecho para dejar de hacer lo que le gusta? Lo mejor será que cambie sus métodos, regresar a lo básico, deambular por las calles; pero qué pereza, eso es para novatos. Él ya está más allá, no tiene por qué ir mendigando mujeres. Él está para escoger, no para ser escogido, mucho menos rechazado.

La verdad es una lástima, porque ciertamente le gustó una estudiante sonriente de aretes pequeños, cabello largo y castaño, blanca, de ojos grandes y frente amplia que ha visto por varios días. Hubiera estado bien tenerla, pero ni modo, no se pudo.

Ya no se escuchan ruidos ni sonidos de acecho.

Ahora que ha librado el peligro, ¿debería levantar a otra mujer en el camino? No. Piensa que tiene que descansar bien, ir a su cama y dormir como no ha podido en los últimos días.

Hubiera estado bien tener a esa jovencita de nariz larga y elegante, de ojos cafés y cuerpo pequeño que escogió, era su tipo ideal.

Recuerda su tamaño, su andar, incluso su seguridad.

¿Y si regresa por ella? No. No puede cometer el mismo error dos veces, pero le hubiera gustado tenerla.

XLVI

—Pinche López Portillo, en buen momento se le ocurrió morirse al cabrón —Moreira se quejó refiriéndose al fallecimiento del expresidente de México.

—¿A poco todavía vivía? —dijo Zapata sentado en una silla de cuero quebrado y con los pies sobre una pila de expedientes, al lado de la barandilla—, yo pensaba que ya estaba muerto. Me caía mal, con su boca de chicharrón. Muy feo el cabrón, ¿no?

—Te estás confundiendo con Díaz Ordaz, el de la matanza del 68. El que se murió fue López Portillo; fue el que dijo que iba a defender el peso como perro y se puso a chillar frente al Congreso en su informe de gobierno.

—Ah, sí, ya me acordé. ¿A poco se murió?

—Ayer, creo que de neumonía —aclaró Moreira mientras revisaba los asuntos continuados del turno anterior; lo dijo como si nada, un poco para sí mismo al tiempo que pasaba el dedo sobre las actas que podrían ser relevantes, pero no hubo ninguna.

—¿Se murió en la colina del perro? —los interrumpió Martínez, que salía del baño subiéndose la bragueta del pantalón, tras el sonido del desagüe del escusado.

—No, pues no sé, no soy su vieja —Moreira se apresuró a responder.

—Cómo vas a ser su vieja, si esa es la Montenegro —dijo Martínez, ahora abrochándose el cinturón; luego fue hasta la barandilla, abrió la puerta de media altura y se encaminó hacia la máquina de refrescos.

Moreira no puso atención a la respuesta de Martínez, era un agente con el que prefería evitar la convivencia, no le caía bien debido a su tosquedad y prepotencia, pero sobre todo por la arraigada costumbre que lo caracterizaba: golpear desmedidamente a los detenidos. De cualquier manera retomaron la conversación.

—¡Pinche Martínez! —le gritó Zapata desde la silla—, cierra la puerta cuando salgas del baño, dejaste todo apestoso… pinche puerco —lo último lo dijo más quedito. Martínez no alcanzó a escucharlo.

—A ver si no se le ocurre al jefe encuartelarnos para cubrir alguna manifestación de estudiantes. —Moreira dio un sonoro carpetazo cerrando el libro de actas al terminar de revisar los expedientes.

—No creo, ¿por qué habría manifestaciones?, ni que fuera Díaz Ordaz o Echeverría.

—Díaz Ordaz era un pendejo, se echó la culpa porque se creía el chivo que más meaba, pero el que mandó a matar a los estudiantes fue Echeverría.—Moreira era consciente de que estaba metiéndose en una plática controvertida; hablar de la masacre de Tlatelolco era un tema complicado, pero para su sorpresa nadie le debatió el punto, quizá porque no estaban interesados o a esas alturas lo único que les importaba era saber si los iban a encuartelar o no, por lo que prefirió buscar una manera de desviar la discusión, luego dijo—: Además, los estudiantes buscan cualquier pretexto para hacerla de pedo.

—No estoy enterado de alguna fobia contra López Portillo —comentó Zapata—, y si la hubiera, seguro no sería muy grande; ahora los chavos están interesados en otras cosas, como la ruptura de Barbie y Ken.

—Cómo eres pendejo, Faustino. —Nadie llamaba a Zapata por su nombre de pila; en algunas ocasiones lo hacía Moreira, quizá porque tenían muchos años siendo pareja policiaca y habían resuelto demasiados crímenes juntos.

—¿No te enteraste? —El agente bajó los pies del escritorio y se levantó de la silla, viendo que tenía la oportunidad de llevar la voz cantante en la conversación.

—¿De qué?

—De que Barbie y Ken ya no son novios… es en serio.

—¿Los muñecos?

—Sí.

—¿Cómo van a romper, si son unos muñecos?

—Pues salió en las noticias.

—¿Dónde te enteras de tanta pendejada?

—Leo los periódicos, por eso estoy enterado. Hay que estar informados de todo, tener cultura general, por eso tengo tema de conversación, no como todos los piojos de aquí que nada más hablan de futbol.

—¿Qué tienes contra el futbol? —reclamó inmediatamente Padilla apareciendo de la nada.

—A mí me caga el futbol, pinche deporte de panaderos.

Antes de que Zapata terminara de quejarse, sonó el teléfono. Moreira contestó.

—Policía Judicial... sí, mi señor, para servirle... claro que sí señor, ya estamos en eso... a la orden señor. —Colgó y alzó la voz para hacerse escuchar.

—Que nos vayamos al CCH Oriente; les dije que nos iban a mandar a las escuelas para tranquilizar a los estudiantes.

—Pero si ni les podemos hacer nada —Zapata se quejó, pensando que la orden tendría resultados estériles—, les ponemos un dedo encima y en el pedote que nos metemos.

—Ya sé, pero seguro es para estar al tiro, por si se pelean o se ponen a pintar las paredes o romper ventanas en las tiendas.

—Para eso están los granaderos —dijo Martínez.

—Pinches estudiantes conflictivos. —Zapata agarró su saco y se lo echó al hombro, resignándose.

—¿A poco tú nunca fuiste así? —le preguntó Moreira a sabiendas de que su compañero sí había participado en varias marchas y protestas mientras estudiaba la preparatoria. Cuando ocurrió la matanza del 2 de octubre, Moreira organizó varios mítines con pancartas.

Zapata se quedó pensando un poco y luego respondió:

—No, cuando fue lo del 68 yo todavía vivía en Oaxaca y... —se puso a hacer cuentas con los dedos— ya estaba en la milicia —luego rectificó—, no, no, me estoy confundiendo con el 78, no soy tan viejo como tú.

—¡Ah, sí!, que empezaste siendo soldadito pinta árboles, no me acordaba.

—¡Huevos!, fui soldado de los chingones, lo sabes.

Moreira buscó las llaves del automóvil dentro de las bolsas de su pantalón, cuando las palpó se escuchó el tintineo del metal, entonces se acomodó la pistola en el cinturón. Ya se adelantaba al estacionamiento cuando escuchó al Ministerio Público requerir apoyo; acababan de informar sobre un cuerpo femenino encontrado en las inmediaciones del Estado. Moreira le comentó a su compañero las nuevas instrucciones, y en el último minuto el Chacho González se sumó a la comitiva, evitando ir a la vigilancia de los estudiantes.

XLVII

Llegan al lugar, son enormes prados utilizados mayormente para la siembra, pero es la época en la que la cosecha duerme y los campos ofrecen una vista árida y sin obstáculos. El cielo está particularmente azul ese día y las nubes se presentan espaciadas y algodonadas.

Los terrenos son enormes, abarcan varias hectáreas destinadas al cultivo. Hay un sendero que atraviesa los diferentes campos, la mayoría delimitados por surcos de pasto; sólo un par se encuentran rodeados de mallas y rejas de alambre. A esa hora el sol cae de lleno en el lugar, por lo que hay buena visibilidad, pero también aumenta el calor.

—¿Están seguros de que es un cuerpo? —pregunta el Chacho González.

—Estoy seguro —responde el tendero que avisó a las autoridades—, vi las piernas de una niña saliendo de uno de los campos.

—Pero ¿está muerta?

—No se movía.

—¿Para dónde nos tenemos que dirigir?

El lugareño señala al camino y avienta la mano al cielo indicando que el trayecto va a ser largo, luego añade:

—La van a reconocer porque uno de los pies que se asoma está descalzo, la niña no lleva un zapato.

—¿Alguien sabe el nombre de la jovencita?

—Se llama Karina, desde ayer la están buscando.

Los agentes comienzan a caminar hasta donde los habitantes señalan que encontraron el cuerpo. Debido a que el terreno es sinuoso y desigual, no pueden meter la ambulancia o las patrullas, aunque el sendero está bien marcado.

En el trayecto cruzan por una parcela con pinos altos y ahuehuetes, la única con esa vegetación, lo que abunda es la maleza y pequeñas plantas con flores amarillas y hojas espinosas; dejan atrás un gran ducto de concreto que en algún momento se usó para llevar agua a los sembradíos y desde hace tiempo es obsoleto, ahora sólo sirve para atravesar un campo y entrar a otro.

Los agentes sudan. Se desabotonan las camisas y aflojan las corbatas mientras caminan. El Ministerio Público lleva un cuaderno para anotar los pormenores y lo usa para cubrirse de los rayos del sol. El polvo se levanta con las pequeñas brisas que forman copetes de arcilla y, en algunos casos, incipientes torbellinos. Es una tierra hostil bajo un cielo inmisericorde.

Llegan hasta la parte trasera de un terreno donde asoman los tallos de la siembra, de apenas diez o quince centímetros de altura, avanzan hasta el tercer surco y aparecen los pies de una niña tirada. Viste uniforme escolar.

—¡Es ella! ¡Es mi prima! —dice uno de los hombres que acompañó a la comitiva.

El Ministerio Público le pide al sujeto que no avance ni toque el cuerpo. Deben preservar la escena del crimen. El hombre queda impresionado cuando la reconoce plenamente. Se derrumba en la tierra, luego regresa corriendo para dar aviso al padre de la niña. La esperanza de encontrar con vida a la joven se ha perdido en la extensión de los campos.

El cadáver está dentro de un área húmeda debido al riego agrícola. Los zapatos se hunden un par de centímetros al ingresar (después comprobarán que la zona pantanosa llega a tener hasta seis centímetros de profundidad). Gracias al estado lodoso de la tierra pueden ver huellas frescas de neumáticos que indican la salida de un vehículo. ¿Qué tipo de vehículo?, es imposible saberlo, se han desvanecido los detalles.

Caminan frente a estas marcas y observan un canal de riego y al lado un tubo de asbesto gris de tamaño mediano. Dentro del tubo encuentran una mochila rosa, en cuyo interior se observa un cuaderno profesional rayado, otro cuaderno forrado con papel lustre color anaranjado con el nombre de «Karina», también hay un libro de Ciencias Físicas grado 2, grupo H, otro libro de Español 2, tres lápices y una pluma.

Entre la mochila y el cadáver se encuentra un celular Nokia, que con certeza no fue utilizado para pedir ayuda.

Siguiendo el rastro de los objetos, ya cerca de la niña, está un monedero. La mano del cadáver se aferra a una llave, marcada con barniz de uñas color rojo. Todas las pertenencias se embalan para ser analizadas posteriormente.

El Ministerio Público, junto con Moreira, se acuclillan frente al cuerpo inerte, cubierto de tierra de la cintura a la cabeza. Viste falda, sólo le falta el zapato. El cuerpo se encuentra decúbito ventral, es decir, boca abajo, con la cara viendo al poniente del mundo, los brazos extendidos a los costados, las piernas un poco abiertas y fracturadas. A cinco metros, sobre el piso, se encuentra una piedra llena de sangre. El Ministerio Público pide que envuelvan la piedra y la cataloguen como posible arma homicida. Sobre la terracería se observa masa encefálica y sangre. Todo esto abarca una extensión de metro y medio alrededor del cadáver. También hay cabello esparcido aquí y allá.

Voltean el cuerpo con cuidado y observan la cabeza multifragmentada. La mandíbula, la nariz y los pómulos rotos, los dientes sueltos. La frente hecha pedazos; así está prácticamente toda la cabeza.

—El cráneo básicamente está partido —susurra el ministerio público.

—Estallamiento craneal —lo corrige el médico legista que también observa el cuerpo.

Moreira, con tanta experiencia, no soporta ver la escena. Aleja la mirada, y al hacerlo encuentra moretones en el antebrazo y en la mano izquierda de la joven: señal de lucha, defensa y forcejeo. Sea como sea, por la forma en la que fue encontrada, aquella fue la carnicería más magnífica.

El agente Moreira se levanta, se siente mareado y se toma del brazo del Chacho, quien también está conmocionado, quiere decir algo, pero vuelve a experimentar dificultad para deglutir saliva, algo que le ocurre sólo cuando tiene una fuerte impresión.

Todos guardan silencio; la sangre proveniente de la cabeza de la joven impregnada de tierra forma una mezcla de lodo coagulado.

Los cuatro hombres rodean el cadáver y se hacen conscientes de que nadie llegó en auxilio de la niña; estuvo sola con el asesino, quien la dejó enfrentando una muerte inminente sobre los capullos de los cultivos y entre la maleza.

XLVIII

Después del levantamiento del cadáver, Moreira llegó a su casa. No podía quitarse de la espalda la carga de las imágenes. Era tarde y las nubes cubrían el cielo.

¿Aquello era demasiado? ¿Se había roto el delgado hielo entre el trabajo y su sensibilidad adormecida? No lo sabía, pero tampoco se sentía tranquilo. Aquel momento era una sombra bajo la que no encontraba descanso y de la que no podía verse el inicio ni el final.

Moreira se cansó de imaginar el momento en que este caso terminaría, pero no encontraba la solución, ni siquiera se había acercado y las víctimas seguían apareciendo; eran un ramillete de muerte que le entregaban cada día, sin remitente u ocasión. Aquí no había héroes, sólo había asesinos, golpeadores y violadores. El final estaba cada vez más lejos y no podía advertirlo.

En el caprichoso clima de febrero, una lluvia comenzó a caer sin ánimo de intensificar y abochornó el calor; el agente se sentó a pensar por primera vez en su vida; si aquello valía la pena, si ir tras el asesino le daría la paz que tanto necesitaba; más aún, reflexionó sobre si haber ido tras el asesino anterior valió el precio pagado, y el anterior a ése, y así sucesivamente hasta el primer caso que recordaba, el primero en donde detuvo a un asaltante; o si, con franqueza, alguna vez había resuelto algún caso de forma satisfactoria; porque aquello no paraba, los delitos nunca se detenían, y las depravaciones sólo aumentaban.

¿Valía la pena haber visto tantos muertos? ¿tenía sentido haber levantado todos los cuerpos de niños, hombres y mujeres?

¿Ha valido la pena escuchar tantos llantos?, ¿oír el lamento de las mujeres que perdieron a sus hijos y enterraron a sus padres en el sendero de la tragedia?

El sonido de la llovizna le hizo recordar con detalle la ocasión en que conoció la cara de la desgracia, la verdadera.

Ocurrió al recoger el cuerpo de un viejo al que atropellaron. Nada relevante en su muerte. Sólo un hombre de edad avanzada que cruzó la carretera y no le pudo ganar el trecho a un automóvil que lo golpeó, aventándolo a la orilla, con los zapatos expulsados por el impacto. Eso siempre ocurre con los atropellados y nadie lo sabe: los zapatos son arrancados de los pies por el choque.

Levantaron el cuerpo y lo llevaron a la morgue, ahí se quedó varias horas. Al anochecer entró una pequeña mujer, vieja y encorvada, cansada y usando delantal para identificar el cuerpo. Era la esposa.

La anciana platicó que su marido se dedicaba a la albañilería y no tuvo trabajo por un largo tiempo, hasta que finalmente pudo conseguir empleo en una construcción. No regresó a casa en toda la semana porque no tenía dinero para el pasaje, y era cierto, porque el rostro del señor Arrebedo tenía arrugas de lástima y pobreza.

Moreira recordaba aquella historia: que no tenían para comer, abandonados a su suerte, sin cobijo ni seguridad. Y ante esas palabras se hizo consciente de que este lugar no ofrece nada más que el continuo pasar de los días bajo la mano de la miseria... y está bien, dijo la anciana, para ellos estaba bien esa vida. El hambre se les había hecho costumbre.

Lo difícil de esos casos no es cuando el pariente pasa a la morgue e identifica el cadáver, aunque la escena sea dramática. Lo que no se olvida son los pequeños detalles que la muerte va dejando a su paso.

Las pertenencias de su marido se reducían a una cartera rota con cuatrocientos pesos dentro, producto de su jornada. Iba camino a casa para darle el dinero a su mujer y poder comer unos frijoles propios, sin tener que causar más lástimas, pero carajo, ocurrió lo de su atropellamiento y el viejo no pudo llegar.

La anciana tomó la cartera y la abrió, vio los billetes por varios segundos, pero su rostro no mostró ninguna expresión. Ese dinero era más del que había tenido en varios meses y no le significó nada, ya no.

Esa cartera y ese momento impresionó para siempre a Moreira. Ahí se le comenzó a romper el corazón. Esas son las estampas que la muerte siembra en la memoria.

Y al recuerdo de la cartera del viejo atropellado se unían los objetos de las víctimas del Loco: la ropa quemada del primer cuerpo, la rama en la mano del cadáver desnudo sobre las vías, la pijama afelpada blanca, casi infantil, de la mujer colgada, los útiles escolares regados como testigos del forcejeo en la casa abandonada, la llave pintada de la última niña, y todo aquello que dejaba sobre el camino ese aberrante caso que pedía ser resuelto y no olvidado. Los objetos que tenían que embalar y observar, analizar a detalle, esperando que les arrojaran una señal para poder resolver el crimen.

Moreira hacía eso constantemente: recordar la tristeza, la miseria y la desgracia. Ya tenía suficiente para decir, con honestidad y cansancio, que quería rendirse. Lo necesitaba, había llegado el momento de abrazar la derrota. Necesitaba hacerlo. Esto tenía que parar.

Las promesas hechas a las víctimas no merecían la pena. No existía un final digno en la vida del policía. Lo único decoroso era bajar los brazos, hacerlo ahora, destruirse en silencio, alejarse, caminar entre los escombros, dejar caer la fe y no volverla a levantar.

«No regresaré ahí; no quiero volver a sentir esta angustia», se dijo cuando la noche cayó sobre su casa y se coló por las grietas y ventanas, pensando en todo lo que hizo a un lado por su trabajo: las Navidades lejos de su familia, las graduaciones ausentes, las confesiones mudas, los días que no acompañó a su madre, y todo aquello que la Procuraduría le arrebató y que ahora tanto valoraba: una vida sencilla propia.

«No volveré ahí —se prometió de nuevo—, no vale la pena».

Se recostó en la cama junto a su mujer, pero no pudo escuchar el sonido del televisor, ni tampoco cuando ella, con el rostro lloroso, comenzó a sacudirlo desesperadamente para que despertara. No sintió su brazo izquierdo hormiguear ni el sonido de la lluvia que al fin se animaba a caer de manera copiosa sobre el techo, los árboles y la calle.

Moreira se ahogaba en el océano de su propia desgracia. Al fin se había rendido. Un infarto le taladró el corazón la noche del 14 de febrero de 2003.

Esa fue su redención.

XLIX

La madrugada del 23 de febrero una joven camina en medio del camellón de la calzada de Santa Cecilia, sus pasos son erráticos, está aturdida, se esfuerza por enfocar la mirada y no caer; no encuentra de dónde agarrarse, intenta con desesperación llegar a su casa, que se encuentra a diez minutos de ahí, la cabeza le sangra y está a punto de desmayarse de nuevo.

Hace unos minutos salió de una reunión con amigos de la escuela. Se dirigía a tomar un taxi cuando sintió que la jalaban del brazo, luego del hombro y segundos después recibió un golpe en la cabeza, cayó al suelo y comenzó a ver borroso. Fue arrastrada por la banqueta hacia una camioneta tipo Van que tenía la puerta abierta. No encontró fuerza para levantarse. Un líquido tibio comenzó a resbalarle por el cuello, era su propia sangre; entonces perdió la conciencia y se quedó tendida en la hierba.

Momentos después recobra el conocimiento, voltea a su alrededor y no ve a nadie; está en medio del camellón, no sabe por qué, pero su atacante la ha dejado tendida, tampoco sabe dónde está; salvo el golpe en la cabeza no tiene más lesiones, es cuando se levanta y camina buscando su domicilio.

Llega a casa, toca la puerta y le abre su hermano, le relata lo sucedido y la llevan a la Cruz Roja y de ahí a la delegación para levantar el acta.

Quien se encuentra de guardia en el Centro de Justicia es Zapata, que pone atención a la declaración. Las alertas se disparan cuando la chica menciona una «camioneta tipo Van» donde pretendían subirla, no puede dar mucha información porque estuvo inconsciente durante la mayor parte de la agresión. Sea como sea, la joven se salvó de ser asesinada; si las sospechas de Zapata son ciertas, entonces ha sido la única sobreviviente del Loco.

Zapata la interroga con detenimiento, le pide recordar los detalles, todo sirve, el mínimo indicio sería de gran ayuda. ¿De qué color era la camioneta? ¿Sabe con qué la golpearon? ¿Conoce al sujeto que la atacó? y, lo más importante… ¿pudo verlo? La mujer se esfuerza y responde lo mejor que puede. Recuerda que la camioneta era color café, y al ver fotografías de diferentes modelos señala la más parecida; sobre si supo con qué la golpearon, declara que no, sólo sintió el impacto y la sangre escurrir, pero sí logró ver al hombre que la atacó. Moreno, alto y un poco corpulento, usaba lentes.

—¿Podría reconocerlo si lo ve?

—Sí.

—¿Lo ha visto antes?

—Sí.

A Zapata se le van los ojos dentro de las cuencas. No puede creer lo que está escuchando, por primera vez tienen detalles del asesino. Lo que no saben en ese momento es por qué la joven fue liberada ni qué interrumpió el secuestro. Primero piensan que, lo más probable, era que el Loco fuera visto por alguien más; después se confirmará que la verdadera razón fue que cruzó una mirada con ella, ambos se reconocieron y eso lo detuvo, no sin antes llevarla a rastras hasta el camellón.

¿Quién es? ¿Sabe su nombre? ¿Su dirección? No sabe su nombre; lo ha visto en algunas ocasiones caminando por la colonia, con las manos en los bolsillos, siempre está solo. No conoce su dirección, pero sí la zona por donde acostumbra estar.

Quizá la vigilancia en las escuelas fue inútil, o quizá no, quizá el verse acechado le hizo tomar otras decisiones, no se sabe, pero la desesperación lo llevó al descuido y ha cometido un error, el único pero el más grave.

Le preguntan si puede llevarlos al lugar donde antes lo ha visto deambular. Ella al principio reniega, pero le aseguran que está a salvo, será protegida por los agentes, sólo entonces acepta. Zapata, Martínez y Peralta se suben al Cougar y siguen las indicaciones de la mujer.

El tiempo transcurrido entre el incidente y la salida del grupo de aprehensión ha sido considerable; entre la atención médica en la Cruz Roja y el consecuente levantamiento del acta han pasado al menos doce horas, por lo que ha atardecido en la ciudad. El automóvil de los judiciales se mete en las calles que llevan hasta el sitio que frecuenta el Loco.

«El Loco», ¡qué momento está viviendo Zapata! El corazón se le dispara, tiene el dedo en el percutor de su pistola; está ansioso y siente que después de meses y penurias este caso puede llegar a su fin, pero antes de llegar a la zona sugerida se encuentran con que los habitantes de la colonia han cerrado las calles para hacer una fiesta. Han montado un equipo de sonido que aturde y las luces de los reflectores de colores se pasean por el pavimento y suben hasta el oscuro cielo. No se puede cruzar. Tendrán que seguir el camino a pie.

A la joven se le va el color de las mejillas, es distinto sentirse segura dentro de un vehículo que exponerse al caminar, por más que le juren que va a estar a salvo. Finalmente acepta si avanzan formando un cerco alrededor de ella, sólo estando en medio se siente protegida y aún así intuye que está en peligro. Los agentes le muestran las armas de fuego en un intento de validación o de impresionarla; incluso Peralta cambia el cargador de su pistola y corta cartucho frente a ella. Le explican que su atacante es el famoso Loco, quien ha violado y matado a varias mujeres, el mismo que ha salido en los periódicos. Le explican a la joven que han seguido al asesino durante meses, lo han estudiado y saben que no ataca usando pistolas, sino un cuchillo u objetos de impacto. Ellos llevan ventaja esta vez.

Atraviesan la fiesta, la calle está a reventar, pocos se dan cuenta de las armas que los agentes portan sin disimulo. Entre ellos se hacen señas con la mirada para avanzar entre la multitud, porque el ruido es ensordecedor. Los conos de las bocinas se mueven bruscamente y varias están reventadas, entregando un sonido deplorable, pero a la gente no le importa, sólo quieren que el volumen se escuche alto y, entre más fuerte, mejor.

En medio de la fiesta la joven reconoce a su agresor a la orilla de la banqueta, más que disfrutar la fiesta, observa; su mirada pasa de una mujer a otra, clasificando mentalmente: quién va acompañada y quién no, quién es vulnerable y quién está lejos de su alcance. En el recorrido de su mirada selectiva encuentra a la chica que ha atacado horas antes, también se da cuenta de que está rodeada de tres hombres que a todas luces no pertenecen a la colonia ni han ido a divertirse.

El sujeto da media vuelta y comienza a caminar rápido. Zapata se adelanta y se abre paso entre los asistentes; está cerca de él, pero no puede sacar la pistola entre los asistentes de la fiesta. De pronto, el Loco echa a correr y Zapata lo sigue de cerca. Salen de la cuadra donde se celebra la fiesta. El agente saca la pistola; las calles están oscuras y Zapata no conoce la colonia, en su vida ha estado ahí. El lugar es una mezcla de asentamiento rural y urbano, algunas calles están pavimentadas y otras son de tierra; hay muchos terrenos baldíos. El Loco corre lo más rápido que le dan las piernas, en una esquina gira a la derecha; Zapata avanza con pistola en mano, gira en la misma dirección, pero cae en un barranco; a las diez de la noche y sin luz, Zapata siente que da tres pasos en el aire «como en las caricaturas», relatará después.

Rueda por el piso un tramo que parece no acabar, pero no pierde el arma; cuando se detiene se preocupa, se agacha por instinto, sabe que en la oscuridad está a merced del Loco. Gatea tratando de cubrirse de un posible ataque, pero no hay nadie alrededor.

Sube de regreso donde lo espera Peralta.

—¿Sabes qué?, que se me fue —dice Zapata.

—No, no mames, cómo que se te fue —responde Peralta.

Deciden avanzar hasta donde la mujer les ha dicho haber visto al asesino deambular, no lejos de ahí, unas seis cuadras más allá de la fiesta. Al caminar por las calles, la joven reconoce la camioneta y asegura que es el vehículo que usó el agresor.

Los agentes desenfundan las pistolas y redoblan la precaución. Tocan la puerta de la casa donde está estacionado el automóvil; les abre un hombre alto, blanco y vestido de traje; no es el Loco, sino un habitante de la casa de huéspedes. Les atiende malhumorado preguntando qué es lo que quieren, pero al ver las armas le cambian los ánimos y se muestra colaborativo. Los agentes preguntan por el Loco, dan su descripción física y comprueban que ahí vive, pero —les dicen— no ha entrado a la casa.

Revisan la camioneta. No hay nadie en el interior. Después rodean sigilosos la casa. Todo está solo, el lugar no tiene reja, algunos árboles delimitan el terreno.

—Vamos a esperar, porque este wey va a regresar —dice Zapata.

—No mames, ¿cómo crees que va a regresar?

—Sí, te juro que va a regresar.

Zapata observa la vivienda, camina hasta los arbustos que flanquean la puerta y comienza a subir al árbol más fuerte.

—¿Qué vas a hacer, pinche Zapata? —pregunta Peralta.

—Lo que ves, voy a esperar al Loco acá arriba y cuando entre, me le aviento.

—Me cae que tienes agilidad de chamaco. —Peralta lo observa trepar sin dificultad—. Nomás te falta la resortera.

—Cállate, Peralta, ¿tú qué vas a hacer mientras?

—Voy a entrar adonde vive este baboso. Vamos a ver qué encontramos en su cuarto.

—Está bien, pero si escuchas alboroto te regresas de volada.

—¡Sale!

El hombre que abrió la puerta ahora permite la entrada del agente y lo lleva hasta la recámara del asesino que está al fondo. Peralta tumba la puerta a patadas, adentro no encuentra más que una cama, un tazón con plátanos con crema ya enmohecido y una pila bastante nutrida de libros sobre la mesa.

No hay nada más, muy poca ropa. En una esquina, tirados, un pantalón y una playera manchados de sangre, ya tiesos, y varios cuadernos sobre la cama. Peralta abre uno de ellos, son poemas extraños y perturbadores que pueden servir como prueba para demostrar la inestabilidad mental del asesino.

No pasaron ni siquiera diez minutos y el Loco llega a la casa, desesperado por escapar, necesita entrar a su recámara, tomar las llaves de la camioneta e irse de ahí de una vez y para siempre. Zapata lo observa desde lo alto y se avienta sobre él, lo toma de los cabellos y por primera vez puede verlo a los ojos. El Loco está asustado y recibe un primer golpe, pero no muestra dolor. En tamaño es más grande que Zapata, pero el agente es más versado en el enfrentamiento cuerpo a cuerpo, así que logra esposarlo con las manos al frente. El Loco se asombra de la agilidad del policía y eso lo espanta aún más, si es que eso es posible. Escucha a otro judicial gritar desde adentro: «¡Policía Judicial, no te muevas!». Siente una descarga de adrenalina al saber que le han dado caza y esto le genera una fuerza extraordinaria. Avienta a Zapata a unos metros de distancia, escucha el azote de la espalda del agente al caer sobre las piedras que abundan en el terreno. Logra levantarse y echa a correr.

El agente se incorpora y de nuevo va tras él, ya mermado en sus fuerzas. El Loco, que conoce la zona, se dirige hasta un canal de aguas negras con la esperanza de perder ahí a los policías.

Cuando los judiciales llegan hasta el río no ven ni escuchan nada, todo sería silencio salvo por el ruido de la fiesta que llega de la distancia. Zapata tiene la costumbre de cargar con una navaja, una pequeña pero potente lámpara y una pistola, prácticas de soldado que se arraigaron en él. Prende la lámpara y arroja luz sobre el contorno del río y ve al Loco agazapándose para esconderse entre la hierba, le grita desde lo alto.

—Ven, wey, ya valió madres; ya vente para acá.

El Loco, por el miedo se avienta al río, pero mientras cae también grita: «¡No sé nadar!». El impulso de escapar le dio valor para echarse al canal, pero al medio segundo se arrepiente. El inicio del año ha sido lluvioso y el río está crecido. Zapata voltea a ver a Peralta, que niega con la cabeza, Zapata se avienta al canal, pero antes toma la mano de su compañero y le entrega la pistola.

—Cuídala, es la de la suerte —le dice mientras baja al cauce, pensando que va a caminar con el agua hasta la cintura. Da algunos pasos y de repente se hunde, también se hunde el Loco que cada vez que saca la cabeza le salen borbotones de aguas negras por la boca. Zapata piensa que el criminal se va a ahogar si no se apresura. Comienza a nadar hasta donde se encuentra, lo abraza y lo arrastra a un bordo de lodo, alcanza a pararse de puntitas llevándolo a cuestas y escucha que el asesino le implora: «Oye, pero ¿verdad que me vas a soltar?». Zapata, para evitar otra confrontación en el canal le dice que sí, que se ponga flojito para alcanzar la orilla nadando.

No sabe cuánto tiempo pasó, pero cuando llega de nuevo al límite del río Peralta ya lo espera con una cuerda de charro que le avienta para jalarlo a la superficie, también consiguió dos cubetas de agua limpia.

—¡Encuérate, encuérate, wey! —le dice su compañero. Zapata se desnuda y le avientan el agua limpia encima.

A un lado está el Loco tirado a la orilla del canal. Peralta se acerca y le cambia las esposas a la espalda para someterlo de manera más efectiva, y así, tirado, el sanguinario asesino que ha causado tantas muertes y sufrimientos, que ha tenido a toda la delegación en vilo, que le provocó un infarto a Moreira, parece diminuto.

Peralta lo observa, arrastrándose como gusano por el miedo de la captura. Apenas le pone la mano en el hombro el Loco se estremece. Se hace bolita.

—Gracias —dice el asesino.

—¿Gracias de qué? —pregunta el agente.

—Por detenerme al fin.

Zapata se viste con la ropa mojada. Cruzan de regreso a la calle donde la fiesta está en su momento más escandaloso. Llevan al Loco tomado de las presillas del pantalón, esposado y apestando.

Llegan a donde está el Cougar. La mujer que ayudó a dar con el Loco se ha ido; su casa no estaba lejos y decidió descansar después de la pesadilla que ha vivido.

Zapata, Martínez y Peralta se suben al automóvil; el Loco, esposado, irá en la parte de atrás con un agente a cada lado. Antes de la delegación se desvían a un hotel de paso para que Zapata pueda bañarse a conciencia y no agarre una infección; el pants que usa en las guardias le sirve como muda de emergencia.

La misma oscuridad de la madrugada que ha protegido tantas veces al Loco es la misma que ahora se cierne sobre él, camino a ser entregado, pero su destino no será tan benévolo. Los agentes han cuadrado todas las aristas, saben que el hombre que llevan a bordo es el criminal que tanto han buscado. La camioneta, de la que Moreira dejó constancia de sus sospechas, es el vehículo en que tantas mujeres fueron secuestradas; tiene en el interior una maleta de tela en la que guarda un cuchillo puntiagudo y filoso, y también un martillo con cabeza de metal.

—Pinche baboso, nos vas a explicar con mucho detalle lo que has hecho —le espeta Martínez.

El hombre acepta que es el asesino. Él es el Loco al que hacen referencia los medios. Él es el primer asesino serial del Estado de México, lo dice con orgullo. Los agentes se quedan con ganas de saber más; quieren darle una manoterapia a ese cabrón, pero no será necesario, con todas las pruebas y la confesión, seguro tendrá una estancia en la cárcel poco placentera.

Camino a presentar al Loco, Zapata pide que se desvíen a un lugar específico: Carmirato quinta, número 32, la dirección donde vivía la familia de Moreira.

Una vez ahí, Zapata se baja del automóvil y se encamina a la casa; mientras, los agentes Martínez y Peralta prenden un cigarro dentro del carro. Fuman despacio. Disfrutan escuchar el papel arroz quemarse abriéndole paso al tabaco; el crujir de la brasa los tranquiliza. El humo invade sus pulmones y luego reclama cada espacio del vehículo.

—Cuando sepan mi historia me van a entender —comienza a decir el Loco, esposado y evidentemente asustado bajo la vigilancia de los judiciales.

—No, hijo —le responde Peralta con indiferencia—, la única historia que vas a saber es la que te vamos a contar a puro chingadazo natural, ¿verdad, Martínez?

—Es correcto, pareja, hasta que se nos hinchen los pies de tanto cocerlo a patadas.

—¿Saben? —repela el Loco asustado, pero tratando de guardar la calma ante la pesadilla que se le avecina—, tengo derechos, ustedes lo saben; van a tener que respetarlos.

—¿Cuáles derechos, pinche malandrín? —pregunta Peralta dando una calada a su cigarro.

—Mis derechos humanos.

—Martínez —dijo Peralta—, ¿escuchas por aquí que habla algún ser humano? Porque yo no. Yo sólo escucho a un payaso que no tuvo la mínima conciencia para violar mujeres, asesinarlas, verlas sufrir y divertirse con su dolor… ¿Tú ves por aquí a algún ser humano, compañero?

—No, Peralta —contestó Martínez—, no veo a ningún ser humano aparte de nosotros dos.

—Estoy aquí… estoy aquí —dijo el Loco apretando los dientes.

—Es verdad, Peralta. No veo a ningún ser humano.

L

—No, no, no y no. No lo voy a permitir… y no me vas a convencer de lo contrario —dijo Aura bajando la voz en la última frase.

—Pero, Aura, va a ser peor si no lo hacemos, y lo sabes.

—Ya te dije que no, Zapata. Casi me lo arrebatan la última vez y no voy a permitir que lo hagan de nuevo —respondió Aura preocupada por la recuperación de Moreira.

Después del infarto, los doctores concluyeron que el agente apenas había sobrevivido, dejándole una cicatriz tan profunda en el corazón que casi se lo parte en dos.

—Y, por favor, vete —ordenó Aura señalando la puerta—, que no quiero que se despierte.

—Zapata, ¿qué haces aquí? —preguntó Moreira caminando un poco mareado por la velocidad con la que se levantó de la cama al escuchar la conversación. Entró a la sala despacio, apoyándose con una mano en las paredes y usando un bastón en la otra.

—More, no quise despertarte, perdón.

—Pues, más bien ya te ibas, Zapata —Aura le hizo una mueca y en su mirada se reflejaba una orden y súplica en conjunto.

—Mira, More —dijo Zapata—, a lo mejor después de esto Aura me corre a escobazos, pero tengo que decírtelo, prefiero que me deje de hablar tu mujer a que te quedes con la frustración, o bueno, es frustración, pero también alegría.

—¿Cuál alegría? —preguntó Moreira.

—La alegría de que ya te vas, Zapata —se adelantó a responder Aura.

—Agarramos al Loco, More, finalmente lo tenemos. Lo traemos en el carro.

A Moreira se le tambaleó el débil corazón entre las paredes del pecho, un poco hinchado y otro tanto excitado.

—¿Estás seguro de que es él? ¿Y por qué hueles a perro mojado? —preguntó Moreira.

—Huevos con tu perro mojado, y sí, estamos seguros de que es él, ahí lo traemos —Zapata se olió bajo los sobacos para comprobar si olía a perro o a sudor.

—¿En el carro? —preguntó Moreira incrédulo.

—Sí —respondió Zapata concluyendo que el olor que tenía no era de animal ni sudor, sino todo lo contrario, olía a jabón de hotel barato, luego agregó—, huelo a jaboncito, no mames.

—¿Está en tu carro? ¿Ahí afuera? —Moreira no pudo disimular la emoción.

—Sí, lo están custodiando Peralta y Martínez. Vengo por ti para que lo entreguemos juntos.

Moreira se apoyó aún más en el bastón, se supo por el ruido de la resistencia que hizo la madera al doblarse sin romperse.

—En serio, felicidades, Zapata, eres un gran agente —interrumpió Aura—, pero mi marido no puede acompañarlos.

—Aura —dijo Moreira—, sabes que tengo que ir, ni modo que este soldado cabrón se lleve todo el crédito.

—Pos no —concluyó Zapata—, ni modo que eso.

Aura los observó y confirmó, como tantas ocasiones antes, que los dos agentes estaban hechos el uno para el otro, unidos en una amistad que no sólo tenía bromas, sino balas en las costuras.

—Está bien —cedió finalmente la mujer mientras caminaba a la habitación para traerle una muda de ropa a Moreira—, pero te vas a llevar una chamarra aparte de tu saco y también tus medicinas. Te vas despacio, no hagas corajes, no te arriesgues de nuevo.

—Qué cagado —comentó Zapata al poner atención en la vestimenta de Moreira—, ya usas pijama y pantuflas de viejito.

A Moreira, después de estar internado en el hospital y darlo de alta, le ordenaron reposo absoluto y le sugirieron tramitar su jubilación temprana, algo a lo que el judicial se rehusó tajantemente; pero mientras no se tuvieran los resultados clínicos, la permanencia del agente en la procuraduría estaba en la balanza. Lo cierto era que el viejo policía aún tenía mucho por vivir.

Al salir de la casa, Zapata sintió una tranquilidad que no había experimentado antes; quería presentar al Loco junto a su compañero, que ofrendó el corazón en esta investigación. ¿Había sido necesario el sacrificio de Moreira para agarrar al asesino? No lo sabe, pero está seguro de que su pareja no querría perderse el dulce momento de encarcelar al homicida. Se lo merecía. Entregar al criminal es un honor que corresponde al convaleciente policía.

Ya con Moreira a bordo se dirigen al Centro de Justicia. El auto se ha impregnado con el olor a sudor agrio y agua estancada de la ropa del Loco, pero la sonrisa de los agentes no se puede disimular y el vehículo atraviesa la ciudad como una flecha predestinada a la diana.

Entre la visita al hotel y recoger a Moreira se ha hecho de mañana. La luz asoma por el filo de los cerros descubriendo su silueta. Los crímenes que amenazaban con ser eternos cambiaban por primera vez su naturaleza. Finalmente se abría la puerta al sol y la oscuridad desaparecía.

Dan vuelta por la calle que sube a la delegación; no pueden esperar para poner en custodia al criminal, entregarlo al comandante Barboza que también la ha pasado bastante mal, pero entonces encuentran dificultad para avanzar, hay demasiados carros, demasiada multitud y prensa a la entrada.

—¿Alguien avisó que traíamos a este cabrón o por qué tanto alboroto? —pregunta Zapata a sus compañeros. Todos niegan con la cabeza, la detención se mantuvo en secreto.

Finalmente, y con muchos trabajos, el automóvil logra llegar hasta la reja del estacionamiento de la Agencia del Ministerio Público. Desde ahí ven reporteros y cámaras apuntando a un escenario improvisado con tarimas; el escudo del Estado de México y la bandera nacional de fondo. Ahí estaba Dante Rodríguez, representando a *El Nuevo Alarma*, también se encuentran Carlos Álvarez, Enrique Hernández y Alfredo Ibáñez junto a otros más, todos corresponsales de la nota roja. La explanada está llena de curiosos y el ambiente se percibe viciado.

—Oye… oye… —pregunta Peralta a un policía de tránsito—, ¿qué pasó aquí?

—¿No se enteraron? —responde el policía—, ¡el Chacho agarró al Loco!, lo están presentando ante la prensa en este momento, hasta vino el subprocurador.

—¿Toda esta gente es de la prensa?

—No, en cuanto se corrió el rumor de que el Loco estaba detenido los vecinos comenzaron a llegar. Hay manifestantes y familiares de las víctimas. La gente está enojada, quieren justicia.

Los agentes se quedan estupefactos, no pueden ni saben qué responder.

Moreira baja del carro y, efectivamente, ve a cuatro hombres sobre el tablado. Se trata del Chacho, el comandante Barboza y el subprocurador Benítez tras un micrófono; el cuarto sujeto es un joven de cabello rizado con pánico en el rostro.

En los altavoces se escucha la voz del subprocurador.

—Gracias a las fuerzas del orden hemos detenido al criminal que tuvo al Estado de México bajo su amenaza. Después de un esfuerzo coordinado, los elementos de la Procuraduría, bajo el mando del comandante Barboza, lograron detener a Patricio Dos Casas, asesino confeso de los homicidios cometidos por el criminal antes conocido como «El Loco de Chimalhuacán».

LI
Karina

Diez días antes, Karina regresa de la escuela secundaria. Asiste al turno de la tarde, sale a las 19:30 horas, cuando empieza a oscurecer. Es una tarde calurosa, los perros están inquietos y casi no hay aire.

Vive en una zona complicada donde no ha terminado de llegar la urbanización; en su mayoría son grandes extensiones de tierra destinadas a la agricultura. Su casa se encuentra en la colonia que circunda los campos de cultivo, por lo que las calles que la adentran son de terracería, poco uniformes y cuando llueve se inundan hasta formar un lodazal. Asiste a una escuela cerca de su casa, el trayecto no sobrepasa los ocho minutos a pie.

El 13 de febrero camina junto a una compañera de clase llamada Itzel. Se acercan a la esquina que da a la vereda que, a su vez, lleva a los sembradíos; se despiden y cada una toma su rumbo. Ese día Itzel le dice a su amiga que si quiere la acompaña «un poquito más adelante, por el letrero cerca de su casa», también van otras dos compañeras, pero

Karina declina la propuesta, dice que no, que se puede continuar sola. En ese momento ven pasar un carro elegante que merodeó la escuela un par de semanas antes. Es un vehículo largo y negro: un Camaro. El automóvil pasa dos veces junto a las jóvenes.

Las estudiantes se separan. A mitad de la calle, Karina se cruza con su madre, que se dirige a la tienda a comprar pan, se saludan e intercambian un par de palabras. La madre le alcanza la llave para que pueda entrar a la casa, le comenta que no tardará en llegar: «Sólo voy a la tienda».

La madre de Karina continúa su trayecto y el Camaro pasa en dirección contraria. Le llama la atención el vehículo, como al resto de la gente que vive ahí. Ambas personas, madre y conductor, intercambian miradas fugaces, pero ella retoma su camino para encontrar pan fresco. Nadie más está en la calle, sólo Karina, su madre y el conductor del automóvil.

La señora no demora en la tienda, tan sólo está ahí cinco minutos; regresa y toca la puerta pensando que su hija ha llegado, pero nadie le abre, entonces grita:

—¡Karina, ábreme la puerta!

Pero no obtiene respuesta. Insiste tocando más y más fuerte hasta que su hijo Emilio le abre; entonces le pregunta

—¿Dónde está Karina?

Él responde:

—No, mamá, no ha llegado.

Pasados algunos minutos, un mal presentimiento se apodera de la mujer, que se comunica con un primo y le dice que su hija no ha llegado, que vayan juntos a buscarla.

Karina ya no está cerca; el conductor del Camaro la ha secuestrado aprovechando el único momento en que la calle estaba completamente sola, apenas un par de minutos desde que se fueron las amigas de la niña y la madre de ésta dobló en la esquina. Nadie está presente. El sujeto se bajó del automóvil y a empujones la metió al carro. Él la supera en fuerza por mucho, es alto, visiblemente ejercitado y violento. Ella es una estudiante de trece años apenas cumplidos.

Karina comienza a gritar desde que la avientan al asiento trasero y durante todo el trayecto, pero la desolación del lugar se hace cargo de no acarrear esos gritos a ningún lado. Dentro del automóvil sigue y sigue gritando, pero las probabilidades de ser escuchada son menores con las ventanillas cerradas, comienza a patear el asiento del conductor. Él intenta golpearla desde adelante, pero no puede hacerlo porque debe mantener la vista en ese estúpido camino accidentado, sólo alcanza a tomarla del zapato y se lo zafa. El forcejeo continúa.

El carro toma dirección hacia las tierras de cultivo. Avanza lo más que puede, pero la terracería complica el recorrido. El conductor escucha el chasis rasparse continuamente con piedras y montículos y se pone de mal humor. Cuando se ha alejado lo suficiente de las casas, se detiene. Karina encuentra la oportunidad de salir y correr de regreso a casa, abre la portezuela y se escabulle. Logra avanzar algunos metros, lleva la mochila en la espalda, pero el hombre alcanza a agarrarla justo de los tirantes. Siente el jalón y cae al suelo de espaldas. Se reincorpora, adentrándose en el campo sembrado de maíz apenas crecido, pero por dos pasos que da basta uno de Patricio para alcanzarla. Él le arranca la mochila y la avienta a un lado. Los cuadernos y plumas salen disparados.

Karina es joven y ágil, se repone de los embistes rápidamente. Continúa luchando y eso desespera a su captor, que la agarra nuevamente, la aprieta con fuerza tomándola de los brazos; la niña pide que la deje y por respuesta recibe golpes en el rostro. Ella logra colocarle una patada en el estómago y se suelta, muy poco, porque el terreno está enlodado debido al riego del campo; así que apenas avanza siente que la jalan del cabello tan fuerte que se arquea y cae sobre sus espaldas. Recibe otro golpe en la cara y queda aturdida; no puede ver en la oscuridad, lo que alumbra son las luces del vehículo que atraviesan la parcela, pero no resulta suficiente para distinguir el rostro de su atacante. Después recibe el primer impacto asestado con una piedra, lo que la hace sangrar profusamente de la nariz; luego pierde el conocimiento. No se dará cuenta de que su asesino la golpeará tanto como le sea posible, hasta fracturarle el cráneo y dejarla irreconocible.

«Éste ha sido un asesinato complicado», piensa Patricio, quien siente dolor en los brazos por azotar la piedra tantas veces en el rostro de la niña. A diferencia del asesinato de Vanessa y el de Alejandra y su madre, aquí ha tenido que ser más rápido de lo previsto en sus planes. Pensaba que al estar tan alejado de la urbe podría saborear el momento, pero no fue así. La niña era una fiera luchando por su vida y opuso más resistencia de la que él esperaba; pero ahora no se mueve, murió rápido y los gritos cesaron. «¿En qué peldaño pondrá este asesinato? ¿En los más memorables? ¿En los que están rodeados de temor? O en los insignificantes. El tiempo lo dirá».

Regresa al automóvil y abre la cajuela, donde están el cuchillo y el martillo. El arma no será necesaria, pero debe fracturar las piernas de la niña para que el crimen se le atribuya al Loco, y así lo hace; regresa adonde está el cadáver y le rompe las piernas.

Sabe que tiene el tiempo en su contra. Siente cómo su corazón se acelera. La desesperación le llegará pronto, aumentando su ritmo cardiaco cada vez más. En cualquier momento irán a buscar a la niña, así que apenas escucha el crujir de los huesos sube al automóvil y arranca, pero el vehículo se atasca en las zanjas de riego. Patricio comienza a preocuparse y maldecir; está en un serio aprieto, nada está resultando como debía. Cada vez que acelera las llantas se atascan a mayor profundidad. Por la ventanilla alcanza a ver el lodo salpicar la carrocería. A lo lejos están prendidas las luces de varias casas, donde buscan a la niña.

Baja del carro. No sabe qué hacer. Camina en repetidas ocasiones alrededor del automóvil, luego se aleja un par de metros y regresa, pensando una solución. Se sube de nuevo, enciende el motor y acelera, pero no consigue progreso alguno. Mueve la dirección desesperadamente hasta que siente el automóvil avanzar. Aumenta la velocidad gradualmente y logra desatascar el Camaro, pero en el intento golpea la facia, escucha cómo se arrastra, pero el pánico lo ha invadido, quiere salir rápido y acelera. La defensa del Camaro se queda tirada al borde, trescientos metros adelante del cadáver de Karina.

Ante aquel lugar, tan vasto y con casas esparcidas en la lejanía, con el sendero surcando los sembradíos, está el cuerpo de la niña, tan desamparado que daban ganas de dejarlo ahí, tirado, para que la tierra lo reclamara sin revelar el sufrimiento al que fue sometida. Aquel asesinato parecía un enfrentamiento mortal de bestias.

No había nada que hacer. En los campos de la muerte el dolor no se escucha.

LII

Al día siguiente, por la mañana, encontraron el cuerpo de Karina.

La búsqueda estuvo cargada de intranquilidad y angustia. La voz que llevó la noticia de la desaparición se esparció sobre todas las casas vecinas. Amigos y conocidos se organizaron para encontrar a la niña, que había desaparecido entre los pliegues del tiempo y al borde de la incertidumbre, sin rastro alguno ni aparente amenaza de por medio.

Algunas personas se dirigieron al extremo sur, otros se batieron en los andadores que separaban con estrechos caminos las casas más alejadas. El tendero y su mujer tomaron rumbo al poniente, donde estaban los terrenos destinados a la siembra, y ahí se dividieron para cubrir las enormes extensiones de tierra. Fue el tendero quien caminando por la parcela de maíz se dio de frente con los pies de la joven saliendo de la maleza, uno estaba descalzo.

Mientras tanto, alrededor de la colonia, tocaron de puerta en puerta; varios familiares de Karina pedían información a todo el que se les cruzaba para entender lo que había pasado la noche anterior.

El padre de Karina platicaba con un vecino cercano cuando escuchó los gritos, no lejos de ahí. Llegó corriendo a su casa y encontró a su esposa sentada en el suelo, llorando. Uno de sus hijos trataba de consolarla, pero la señora era un guiñapo de lamentos. Otro hijo, entre sollozos, explicó con dificultad: «Parece que ya encontraron el cuerpo de mi hermana». Él preguntó si estaban seguros, pero parecía que no había dudas. El uniforme y todo lo demás coincidía.

El encargado de la tienda llegó del campo de siembra, donde con miedo, asombro y horror se percató de que la joven que buscaban desde la noche anterior ya no tenía vida. La encontró boca abajo; no respiraba ni respondía. Entonces pidieron auxilio a una patrulla que a los pocos minutos acordonó el lugar. El policía corroboró el hallazgo del cuerpo y negó el paso a los alrededores, mientras daba aviso a las autoridades.

Horas después, en medio del calor, el Ministerio Público levantó el acta correspondiente al homicidio de Karina; acompañado del doctor Márquez Rua, Moreira y el Chacho. Moreira se veía profundamente afectado, pálido y sin energía; se mareó e incluso se apoyó del brazo del Chacho, quien lo sacó del sembradío y le sugirió que fuera a casa a descansar; el agente aceptó adelantarse a la delegación, pero lo pálido en su rostro persistía.

Cuando el Chacho preguntó al doctor Márquez Rua sobre las fracturas en las piernas de la joven, éste corroboró lo que temían: las heridas tenían las mismas características atribuidas a las víctimas del Loco. El agente comenzó con la investigación en ese instante. Interrogó a familiares, vecinos y amigas de la joven estudiante, y así supo de la inquietante aparición de un automóvil «lujoso y deportivo, color negro, que deambuló por las calles en repetidas ocasiones, y que fue visto por última vez la noche del asesinato». Con esa información pudo armar la cronología de los últimos minutos en la vida de Karina.

El Servicio Médico Forense se llevó el cuerpo y el Chacho permaneció en los campos donde, apenas unas horas antes, la niña había sido ejecutada. Decidió investigar empedernidamente, dispuesto a llegar hasta las últimas consecuencias lo más pronto posible, así tuviera que contagiarse de la obsesión que Moreira delataba en su mirada y por el sudor que le habían visto las semanas anteriores.

El Chacho tomó nota de los objetos que rodeaban al cadáver, y registró cualquier mínimo detalle bajo un sol de febrero que le quemaba la piel sin clemencia. Caminó lentamente por los alrededores, observando la pobreza y precariedad de la zona. En sus entrevistas buscó a maestros y comerciantes, preguntó con interés y obstinación esperando descubrir aristas que antes habría ignorado, y dedujo que ningún familiar, amistad o conocido había asesinado a Karina. El único elemento distinto en el lento baile de la cotidianidad era el extraño vehículo negro.

Después caminó más allá de los campos de maíz y encontró sobre la tierra marcas de neumáticos gruesos que parecían haberse atascado. Las huellas eran recientes.

Siguió el rastro y éste lo llevó a la pieza más significativa de su investigación: la facia negra de un automóvil deportivo.

El Chacho no cantó victoria, pero intuyó que tenía algo relevante entre las manos, un hilo que podía liberar la madeja. Abandonó el lugar, guardando los avances para sí. No quiso alertar a nadie ni inquietar a la comandancia con expectativas que aún debían ser comprobadas.

Como parte de su investigación fue con un mecánico de confianza, Jorge Apodaca, y le preguntó sobre el modelo de la facia. Jorge tomó la pieza cargándola con las dos manos, la examinó con detalle, buscó algunos relieves en la parte interna y confirmó que correspondía a un Camaro, específicamente a los modelos ZL1 Edición Especial.

La autoparte se veía en buen estado, aunque el modelo tenía tres años de haber salido, lo que revelaba que su dueño lo cuidaba considerablemente bien. Mientras el Chacho escuchaba todo esto, pensó que el presunto asesino no tardaría en reponer la facia, y el sendero de su investigación se iluminó. Ése sería su siguiente movimiento. Quizá le llevaría varios días visitar todas las concesionarias que ofrecían esa refacción, pero el resultado le llevaría a resolver el caso. Tenía un buen presentimiento. Si algo aprendió durante toda su carrera fue a confiar en sus instintos.

Hizo una búsqueda inversa al territorio. En lugar de cerrar el círculo, lo abrió. Comenzó visitando las agencias de Chimalhuacán, Ecatepec y Ciudad Neza; a todas llevó la facia y dejó instrucciones de que, en caso de solicitarse la pieza, debían llamarlo sin demora. Los gerentes de las concesionarias no necesitaban meterse en problemas, por lo que cooperaron sin cuestionar.

Al sexto día, el 20 de febrero, el Chacho llegó a la sucursal de Huixquilucan; repitió el mismo discurso e hizo las mismas preguntas, y antes de hacer las mismas advertencias el encargado le dijo que no sólo ya habían pedido la pieza, sino que esa misma, la que tenía en las manos, la habían vendido ahí.

El Chacho incluso se incomodó. Su búsqueda finalmente lo arrojaba al lugar correcto. El rastro llegaba a su fin. ¿Estaban seguros? ¿Esa misma pieza? Sí, por supuesto que estaban seguros. Lo confirmaron por el número de serie grabado en uno de los costados de la autoparte. Una punzada acalambró la cabeza del Chacho advirtiendo un bombeo de sangre excesivo, pero mantuvo la calma. ¿Ya recogieron la pieza? No. No la tenían en existencia, pero la habían mandado a traer, llegaría el 21 de febrero. Una vez que la agencia tuviera la facia avisarían al dueño pero, pese a las coincidencias, no pensaban que fuera él a quien buscaba la policía. El dueño del Camaro era un joven adinerado, exigente con los servicios, incluso arrogante, pero parecía inofensivo. Su nombre era Patricio Dos Casas, según constaba en las facturas.

El Chacho se puso de acuerdo con su compañero Padilla, y coordinaron una vigilancia dedicada exclusivamente a la agencia. Consiguieron la dirección de Patricio, pero no quisieron visitarlo en su domicilio. Entrar a la casa y aprehenderlo ahí requería un papeleo burocrático para el que no tenían tiempo, tampoco querían alertarlo, ni a su familia que, por lo que averiguaron, eran adinerados, influyentes y prepotentes. No necesitaban eso. Necesitaban detener al asesino.

El 22 de febrero, a las dos de la tarde, un Camaro negro sin facia se estacionó en los talleres de la concesionaria Chevrolet de Huixquilucan; lo manejaba un joven alto, de cabello chino y tez blanca. Vestía una chamarra de piel café.

Bajó del automóvil y preguntó a los encargados sobre la pieza que había pedido días antes, también si podía dejar el automóvil y en cuánto tiempo estaría listo; pero la respuesta que le dieron los mecánicos fue que la autoparte aún no había llegado. Eso fue suficiente para enfurecerlo y se dirigió directamente a la gerencia decidido a reclamar la falta de profesionalismo que estaba sufriendo y que no toleraría. Apenas entró a la sala de exhibición escuchó los gritos de un hombre tras de él: «¡Policía Judicial, estás arrestado!».

Es difícil saber qué pasó por la mente de Patricio al escuchar la advertencia, igual de difícil adivinar lo que sintió al ser acorralado de una manera tan inesperada. Lo cierto es que intentó correr, pero los guardias del lugar estaban prevenidos y cerraron las puertas en ese instante. El Chacho lo tomó de los hombros y le pateó la parte posterior de la rodilla, Patricio cayó al suelo y de inmediato le pusieron las esposas. La mirada de asombro del joven se reflejaba en el piso de porcelana del lugar, al lado de automóviles último modelo y ofertas de camionetas seminuevas.

Mientras el Chacho lo llevaba apresado, Padilla confirmó que las llantas del Camaro tenían el mismo dibujo que se apreciaba en las marcas de atasque encontradas en los campos de cultivo de Chimalhuacán y, no sólo eso, en el interior del automóvil vio, sin creerlo, un zapato femenino tipo choclo, del pie izquierdo, bajo el asiento del copiloto. Más tarde los peritos, al analizar el automóvil, encontrarían elementos filamentosos que comprobaron la presencia de Karina y a su vez la participación de Patricio en el brutal homicidio de la estudiante.

Los judiciales tenían todo lo necesario. Subieron al homicida para trasladarlo a la delegación, pero antes tenían algunos «asuntos pendientes».

Patricio se mostraba asustado, por supuesto, pero se mantuvo firme en que él no era ningún criminal. Sea como fuera, el Chacho estaba convencido de su culpabilidad, las pruebas abundaban, pero quería escucharlo de su boca. Debía saber los detalles, armar el rompecabezas, encontrar lógica en la locura. Ya tenían el rostro del asesino, ahora faltaban sus palabras.

Los agentes se desviaron a una casa ubicada en los límites de Atizapán. Era un lugar que podían visitar sin ser molestados. Sí, era cierto, lo que pretendían hacer los podría meter en problemas, pero para el Chacho el sufrimiento de las mujeres asesinadas bien valía el riesgo.

Entraron a la casa y cerraron las cortinas. Patricio tenía en el rostro un pánico que nunca había experimentado, las manos le temblaban y sus ojos se movían de un lado al otro, estudiando a los judiciales. Su sola presencia era desagradable, aún así insistía en su inocencia.

—No pueden hacerme nada, mi familia los va a refundir en la cárcel, pinches corruptos, me quieren incriminar, pero no les voy a declarar nada, soy inocente y ustedes unos gatos, gracias a mí ustedes tragan.

Para alguien en la situación en la que se encontraba Patricio, debían reconocer que el joven mostraba valor.

—Pueden golpearme, pero no voy a decirles nada.

Padilla veía al Chacho, esperando la orden para

comenzar un interrogatorio más profundo, pero no recibió ninguna señal o indicación que comenzara con, por ejemplo, una buena cachetada.

—No, mi rey —dijo el Chacho—, si no voy a golpearte. *Yo* —e hizo énfasis en la palabra— no necesito eso. Tú ya estás hundido, tenemos las pruebas en tu carro y testigos de que no las plantamos, porque gente como tú cree que siempre se puede salir con la suya, también tenemos a las amigas de la chava que mataste que te vieron en el lugar, y el testimonio de su mamá, y eres tan, pero tan pendejo, que seguro tienes el martillo y el cuchillo en tu carro.

Al escuchar esto, Patricio sintió que la presión se le bajaba hasta el suelo, porque era cierto, las armas homicidas estaban en el Camaro, no se arriesgaba a bajarlas y guardarlas en su casa. Entonces el Chacho continuó:

—¿A poco crees que iba a golpearte para que luego te revisara un médico y salieras por errores en el procedimiento? ¿A poco me crees tan novato?

En ese momento Patricio supo que estaba realmente atrapado y caía en el profundo pozo de la incertidumbre y vulnerabilidad.

—Pero eso sí —dijo el Chacho—, vas a tener que confesar, ¿y sabes por qué? Porque quiero escucharlo. Quiero oír de tu boquita bien cuidada cómo mataste a todas las mujeres.

—Van a tener que soltarme, no pueden retenerme aquí, yo conozco mis…

—Oye, mi rey, si no te estoy haciendo nada, estás esposado porque eres el presunto asesino de varias personas, pero no te estoy pegando, ¿o sí?

Patricio guardó silencio.

—De hecho, te traje aquí para que comieras cereal, sólo para eso, pues ni que yo fuera un animal.

Padilla se asombró al escuchar las palabras de su compañero, palabras que Patricio no entendía.

—A ver, compañero —dijo el Chacho a Padilla que se encontraba un par de pasos detrás él—, vamos a invitarle al joven un plato de cereal. ¿Qué desayunaste, pareja?

—Tacos de chorizo y carne enchilada —respondió Padilla.

—¿Con cebolla?

—Bastante.

—Ah, pues con eso. A ver, sírvele un plato de cereal al muchacho éste.

Padilla fue a la cocina, sacó un plato hondo de los gabinetes superiores y regresó a la sala; se bajó los pantalones y los calzones y defecó dentro del plato. La sala se llenó de olor a mierda.

—Dale una cucharada de cereal al amigo Patricio —ordenó el Chacho.

Patricio hizo la cara a un lado y para atrás, pero el Chacho se colocó a sus espaldas y le puso nuevamente la cabeza en posición recta. Padilla tomó una cuchara y partió un pedazo de caca, la acercó a la boca de Patricio y le hizo comer el excremento.

El joven escupió inmediatamente y los agentes, con la misma celeridad, le metieron a la boca otra cucharada repleta, y le movieron la mandíbula hasta hacerlo masticar el mojón.

—¡Sí, sí voy a confesar, sí voy a confesar!, ¡ya no me den cereal, ya no quiero! —Lloraba Patricio.

—¿Qué vas a platicarnos, mi rey? —El Chacho se colocó frente al joven.

—Todas las muertes, desde la de Vanessa en el motel, pero déjenme limpiarme la cara.

—Sí, claro que te vas a limpiar la cara, ni modo que vayas con la boca sucia a la delegación, ¿qué va a decir mi comandante? Pero claro, antes, te vas a terminar el plato.

La actitud de Patricio al llegar a la delegación era completamente distinta a la del joven que fue arrestado en la concesionaria automovilística, y no se diga de la cooperación que mostró declarando todo. No se guardó ningún detalle. Encontraron el expediente de Vanessa, la joven hallada muerta en el motel y la relacionaron con el caso. También declaró sobre la muerte de las dos mujeres, madre e hija, en el mismo domicilio, y finalmente, su autoría en el homicidio de Karina.

La noticia de que el Chacho atrapó al famoso Loco de Chimalhuacán corrió como pólvora y llegó a oídos del subprocurador Benítez, quien antes de una hora se presentó en la delegación para conocer al asesino en serie que los había asolado. Al verlo respiró tranquilo, la alta presión a la que fueron sometidos los altos mandos terminaba al fin. No importaba si este muchacho provenía de una familia acomodada, los asesinatos cometidos eran tan relevantes que no podría salir del reclusorio.

A la mañana del día siguiente llamaron a la prensa para presentar la captura del famoso asesino en serie; quien no tenía ánimos de retractar su declaración. No quería comer cereal nuevamente.

Pocas horas después las cámaras de varios medios de comunicación apuntaban a los tablones improvisados, y el discurso dejaba bien parado, entre otros mandos, al subprocurador.

—Gracias a las fuerzas del orden hemos detenido al criminal que tuvo al Estado de México bajo su amenaza; después de un esfuerzo coordinado, los elementos de la Procuraduría, bajo el mando del comandante Barboza, lograron detener a Patricio Dos Casas, asesino confeso de los homicidios cometidos por el criminal antes conocido como «el Loco de Chimalhuacán».

LIII

La explanada está a reventar entre policías, reporteros y vecinos que han ido a manifestar su enojo contra el asesino. El ambiente está tenso, la gente grita indignada. A muchos se les ve con palos e incluso con cuchillos.

—Les pido que guarden la calma. —Se escucha la voz del subprocurador por los altavoces—. Se ha hecho justicia. Este criminal nunca saldrá de la cárcel.

La turba se exalta y se aproxima al estrado. Patricio Dos Casas está aterrorizado; observa a la gente avanzar superando en número a los elementos de seguridad; le pide a los agentes que lo lleven tras las rejas, pero su petición es ignorada.

—Les aseguro —dice el subprocurador— que todos los homicidios que cometió el Loco serán enjuiciados. Todo el peso de la ley y todo el rigor de la justicia hará que prevalezca el estado de derecho, pero no para ayudarlo a él, —y señaló al joven detenido a su lado—, sino para protegerlos a ustedes; el castigo que este homicida recibirá será ejemplar. La siguiente vez que alguien considere siquiera ultrajar mujeres, se lo va a pensar mejor. En el Estado de México los castigos serán ejemplo de severidad, intolerancia y rigurosa justicia.

Una voz se escucha en medio de la multitud, se trata de una señora que grita indignada, lleva una pancarta con la fotografía de una niña de cabello lacio y fleco, vistiendo una chamarra deportiva; es la imagen de Karina, la joven asesinada en los campos de cultivo. La gente guarda silencio para escuchar a la mujer que se dirige a Patricio entre llanto y furia.

—¡Asesino! ¡Eres un maldito asesino desalmado! ¿Por qué la mataste? ¿Por qué? ¿Por qué lo hiciste con esa saña? ¿Por qué? ¿Qué te hizo mi hija? Dime qué te hizo para que me la hubieras dejado así. La mataste muy cruel. No se me olvida cómo le destrozaste su cabeza con la piedra, la mataste sin piedad, ¡no tuviste piedad para hacerlo!

La turba, al escuchar esto, se enardece y grita. Avientan piedras y algunos envases de refresco al estrado.

—¡Es verdad! —la interrumpe el subprocurador pidiendo a la gente que se tranquilice—, y es por eso que elementos como el agente judicial González aquí presente son tan necesarios en las instituciones; porque no descansan hasta brindar paz nuevamente a la comunidad. Tengan por seguro que seguiremos trabajando para que nunca vuelvan a vivirse los horrores que sembró este nefasto delincuente. Con todas las pruebas recabadas el castigo será riguroso, pueden estar seguros de ello.

Al terminar estas palabras el subprocurador bajó rápidamente de la tarima seguido del comandante Barboza y el Chacho, temiendo que la multitud se descontrolara. Varios elementos de la policía escoltaron a Patricio a la celda y lo encerraron.

Mientras tanto, Moreira, Zapata y Peralta entraron por la puerta de atrás con el verdadero Loco apresado.

Cuando la rueda de prensa terminó Moreira pidió hablar con el comandante Barboza y le expuso todo el caso.

—¿Y estás seguro de que el que traen es el verdadero asesino? —El comandante Barboza se mostraba confundido.

—Sí, jefe, ya confesó —respondió Moreira—, ahí traemos las ropas manchadas de sangre y todo. Estamos completamente seguros.

—Pero, More, el subprocurador no se va a desdecir de su propio dicho. No va a aceptar que se equivocó; aparte, ¿viste cómo se puso la gente?, por poco y no la contamos, si no calmamos a los vecinos linchan al güero —dijo Barboza refiriéndose a Patricio.

En efecto para el subprocurador las cosas no cambiaban; no quería que siguieran presionándolo con las escandalosas violaciones y muertes.

—Pero entonces, jefe ¿qué va a pasar? Uniendo las piezas está claro quién cometió cada asesinato.

—Pues lo que va a pasar es que al chavo fresa le van a echar todas las muertes en la espalda. Ni modo, ya se decidió.

La suerte estaba echada. A Patricio le fincarían la autoría de todas las mujeres asesinadas. Con él se terminaría la leyenda del Loco; si en algún momento lo quiso imitar, ahora era el momento de encarnarlo. Para la ciudadanía el joven Dos Casas representaría al asesino que imitó y tanto admiró.

—¿Y al verdadero Loco?

—¿Cuántas muertes le puedes comprobar, que no sean las que va a cargar Patricio?

—Pues es que sólo está el intento de homicidio de la última joven.

—¿Nada más tienes eso?

—No hay nada más.

—Entonces sólo esa, ¿qué le vamos a hacer?

Después Moreira recordó el trayecto hacia la delegación, cada detalle y palabra que salió de la boca del Loco, y añadió:

—... aunque... cuando lo interrogamos mencionó que mató a más mujeres.

—No mames, Moreira, ¿en serio? No me chingues.

—Mi comandante, le juro que eso fue lo que nos dijo.

Era verdad. El Loco admitió haber matado a muchas más mujeres de las que se tenía registro.

—Pues ya está, declaren a ese cabrón con mucho cuidado. Llévenlo a la celda del fondo y averigüen todo, que no se quede con nada, ya sabes a lo que me refiero. Sáquenle una lista, pero que él la escriba, de todas las mujeres que asesinó, y la comparan contra las denuncias de mujeres desaparecidas, a ver qué sale. Encuentren relación entre las actas; pero si no logran que ratifique su declaración, le vamos a tener que imputar sólo el intento de homicidio y ni modo, si no confiesa, saldrá pronto del reclusorio. ¿Está claro? Ahora discúlpame, yo me tengo que ir a comer con los altos mandos, quieren celebrar el éxito.

—Así le haremos, mi comandante.

—Ah, Moreira… buen trabajo, y bienvenido de regreso.

Barboza salió acompañado del jefe de departamento y del subprocurador; la gente afuera seguía inquieta pero la explanada comenzaba a vaciarse poco a poco.

Todo había acabado, al fin podrían descansar del caso más demandante al que se habían enfrentado, o eso creían, porque en el momento en que Moreira se dirigía a la celda para interrogar al Loco escuchó que le llamaban de la oficina; era Mary, la asistente de Barboza.

—¡Moreira!, ya que regresaste a tus actividades, ve a atender una solicitud que nos acaba de llegar.

—¿Es necesario?

—Si no lo fuera, ¿te estaría pidiendo que la atendieras?

—¿Qué es?

—Una violación en la colonia Lindavista. La chica está viva, pero mataron a su papá frente a ella. Córrele para que puedan investigar la escena sin que la alteren los municipales; a lo mejor hasta das con los responsables de una vez.

El agente tomó su saco y se lo puso, le dijo a Zapata que tenían trabajo pendiente y salieron de la delegación, se subieron al viejo automóvil y tomaron dirección al lugar para resolver el nuevo delito.

—¿Sabes, Zapata? —dijo Moreira mientras se abrochaba el cinturón de seguridad—, ahora que estuve en el hospital, después de todo lo que pasó, de toda la violencia que se desbordó con la llegada del Loco y con todas las muertes que hemos visto, he llegado a la conclusión de que, desde hace tiempo, todo este lugar ha dejado de ser parte de la civilización.

Zapata estaba distraído, pensando la mejor ruta para llegar rápido a la escena del crimen, y al tener claro el trayecto retomó la conversación.

—Perdón, More, no te puse atención. Me decías que hemos dejado de ser parte de la civilización, ¿verdad?

—No nosotros, bueno, también, pero me refiero a todo lo que vemos alrededor, a las calles y a las colonias.

—Pero, si ya no son calles, ni colonias, ni civilización, ¿entonces qué son?, ¿qué son todos estos lugares?

Moreira se quedó un par de segundos en silencio, dudando en compartir su conclusión.

—Las ciudades de la muerte —concedió finalmente el agente, sintiendo un pequeño dolor que le persistiría el resto de su vida en el flanco izquierdo del corazón.

Zapata recapacitó por un momento, mirando el camino frente a sus ojos y después dijo:

—Sí, tienes razón, More… tienes mucha razón… La ciudad es de la muerte.

Moreira pensó en lo que entendió su compañero, y mientras sacaba la torreta y la ponía en el toldo del Cougar verde admitió.

—Sí, pareja, en efecto: La ciudad… es de la muerte.

Agradecimientos

Todo empieza y termina con Dios.

A mi madre.
Por su inagotable amor. Por criarnos en un ambiente de leyes y delegaciones.

A Ana Hernández.
Por su total apoyo, por confiar y aceptar que desaparezca cada madrugada para escribir.

A Fabián Roldán.
Por dejarme acompañarlo en su labor de Ministerio Público desde los once años; eso me mostró el lado más crudo de la vida y me formó.

A Aldo Bonattelli.
Por creer en mí desde los días de la desesperanza y construir juntos el barco en el que surcamos los mares de la aventura.

A Romina Pons.
Alma gemela laboral. ¡Qué viaje! ¿Qué haría sin tus palabras, apoyo y ejemplo?

A Nala Bennavite.
Por acompañarme fielmente cada hora y minuto. Por los consejos mudos.

A Nayelli M.
Por su amistad. Por su ayuda y guía en el entramado mundo de las actas e investigaciones.

A Ana Paula Noriega.
Por asesorarme con tanta apertura en el campo de la psicología de las víctimas.

A Gabriel Sandoval.
Por integrarme a la familia Planeta. Por su sencillez, visión y buena energía. Es invaluable encontrar a alguien con la misma visión.

A Carmina Rufrancos.
Por la amable bienvenida, apoyo y la disposición para llevar las cosas al siguiente nivel.

A David Martínez.
Por el descubrimiento, acompañamiento, los consejos y por decir las palabras que tantos años esperé: «Queremos que Planeta sea tu casa editorial».

A Andrea Lehn.
Por su alegría y profesionalismo en la corrección de este libro.

Un especial agradecimiento a todos los agentes judiciales, forenses y funcionarios que me confiaron sus vivencias, aventuras, emociones y problemas. Mi reconocimiento por arriesgar sus vidas cuidando a la sociedad está en estas páginas.

Édgar Jiménez
Alejandro Moreira
David Martínez
Manuel Alegre
Marisela López
Gonzalo Balderas
Elba Margarita Camarena
Ernesto Camarena